Valentina Cebeni

Die Wildrosentöchter

Roman

Aus dem Italienischen von
Ingrid Ickler

 PENGUIN VERLAG

Die italienische Originalausgabe erscheint 2019
bei Garzanti, Mailand.

Sollte diese Publikation Links auf Webseiten Dritter enthalten,
so übernehmen wir für deren Inhalte keine Haftung,
da wir uns diese nicht zu eigen machen,
sondern lediglich auf deren Stand zum Zeitpunkt
der Erstveröffentlichung verweisen.

Verlagsgruppe Random House FSC® N001967

PENGUIN und das Penguin Logo sind Markenzeichen
von Penguin Books Limited und werden
hier unter Lizenz benutzt.

1. Auflage 2019
Copyright © 2019 by Valentina Cebeni
Licence agreement made through Laura Ceccacci Agency
Copyright © der deutschsprachigen Ausgabe 2019 by
Penguin Verlag, München,
in der Verlagsgruppe Random House GmbH,
Neumarkter Straße 28, 81673 München
Umschlag: Favoritbüro
Umschlagmotiv: © Guido Cozzi/Atlantide Phototravel/GettyImages;
tamayura/sumroengchinnapan/naKornCreate/StevanZZ/Schutterstock
Redaktion: Sylvia Spatz
Satz: Greiner & Reichel, Köln
Druck und Bindung: GGP Media GmbH, Pößneck
Printed in Germany
ISBN 978-3-328-10476-6
www.penguin-verlag.de

Dieses Buch ist auch als E-Book erhältlich.

Prolog

August 1944

Ihre Feder löste sich vom Papier, noch bevor die Tinte trocken war, weil die Sirenen das Nahen der alliierten Bomber ankündigten.

Anita ging zum Fenster und schaute hinaus. Draußen über dem Feld leuchtete silbern die Nacht. Nur ein Monat zuvor war dieses Rechteck voller leuchtender Sonnenblumen gewesen, ein wogendes Meer aus Gelb. Dieser Sommer hatte sie für immer verändert, sie spürte es nicht zuletzt an ihrem Körper, in dem ein neues Leben heranwuchs.

Während die Sonne die Erde austrocknete und die Weinreben dunkelrot färbte, war sie wochenlang bei glühender Hitze durch das Feld gestreift, das sich gelb bis zum Horizont erstreckte. Trotz des Krieges, trotz allem war sie voller Lebenslust gewesen in diesem magischen Sommer.

Irgendwann würde der Krieg zu Ende sein, dachte sie, als sie in die dunkle Nacht hinausschaute. Ein neuer Sommer würde kommen, die Menschen würden die

Reben pflücken, den Wein keltern und dabei singen. Und aufhören, einander zu hassen, und dann endlich würde Friede sein.

Das ferne Brummen der Bomber riss sie aus ihren hoffnungsfrohen Gedanken, und sie kroch unter den Tisch. Jeder musste Deckung suchen. Am Fenster zu stehen, war bei Fliegeralarm verboten. Wenn der Hauswart, deutsche Militärpolizei oder kollaborierende einheimische Ordnungskräfte sie erwischten, gab es Ärger. Sie nahmen es sehr ernst mit den ihnen übertragenen Aufgaben. Alle mussten unsichtbar werden wie Gespenster und sich in Wohnungen, Kellern oder Bunkern verbergen.

Den Menschen blieb nichts, als zu beten oder zu weinen.

Anita schluckte und schaute zu ihrem Pappkoffer unter dem Feldbett. Wie viele andere auch musste sie sich nach Udine begeben. Halb Montelupo war schon evakuiert worden, weil es hier nicht mehr sicher war, denn die Front rückte seit der Landung der Alliierten in Sizilien ein Jahr zuvor immer näher. Aber sie würde ihren Heimatort nicht verlassen, ohne vorher ihr Versprechen einzulösen.

Sie küsste das hölzerne Kruzifix um ihren Hals und verbarg es wieder unter der Bluse, öffnete die Läden und ließ sich vorsichtig aus dem Fenster nach unten gleiten, bis ihre Füße die vom nachmittäglichen Regen noch feuchte Erde berührten. Ein letztes Durchatmen, ein stilles Gebet, dass ihre Mutter nicht wach würde, und sie verschwand im Dunkel der Nacht.

Das Fahrrad hatte sie an der Stelle versteckt, wo sie sich von ihrem Bruder Adelchi verabschiedet hatte, der in den Bergen als Partisan gegen die Faschisten kämpfte, denn seit der Absetzung Mussolinis, der Kapitulation Italiens und der darauf folgenden Kriegserklärung an Hitler-Deutschland war Mittelitalien von den einstigen Waffenbrüdern besetzt worden. Deshalb kamen Nacht für Nacht die Flugzeuge und überzogen das Land mit Bomben.

Es war weder sicher zu gehen noch zu bleiben, doch bevor sie Montelupo verließ, musste sie ihre große Liebe retten.

Anita löste ihr Halstuch, deckte damit die schwach leuchtende Lampe ab und stieg auf ihr Rad, trat kraftvoll in die Pedale, bog auf die Landstraße ein und radelte an den Bewässerungskanälen neben den Feldern entlang, bis sie die hohen Zypressen erreichte, die rechts und links des Weges standen, der nach La Carraia führte.

Sie liebte den Duft der Erde, Symbol des immer wieder neu entstehenden Lebens – sie liebte diese Landschaft, das Rascheln der silbern glänzenden Blätter der Olivenbäume im sanften Nordostwind, die golden leuchtenden Kornfelder mit ihren prallen Ähren. In den Weinbergen warteten die Reben still auf die Ernte, die noch warmen Blätter umhüllten schützend die sich dunkel färbenden Trauben.

Wer weiß, ob sie dieses Jahr überhaupt jemand ernten würde, dachte sie und fuhr den langen Anstieg hinauf, der zur Rückseite des Herrenhauses führte.

Innerhalb der Begrenzungsmauer standen uralte Rebstöcke, schmiegten sich seit über hundert Jahren an die verwitterten Steine, ein grün-roter Schleier, der ihr Geschichten von der Sonne und dem Wein und von den Geheimnissen einer Familie zuflüsterte, die ihr, ihrer Mutter und ihrem Bruder Arbeit und Brot gab.

Schließlich hatte sie ihr Ziel erreicht, stieg ab und kniete sich vor einem großen, hohen Rosenbusch nieder, während in der Nähe ein Höllenfeuer vom Himmel herabregnete. Sie musste sich beeilen. Aus ihrer Umhängetasche zog sie eine große, rechteckige Keksdose und stellte sie auf den Boden.

Das Leben blühe selbst auf den härtesten Böden, hatte man ihr vor wenigen Tagen gesagt, und genau in diesem Moment empfand Anita Innocenti die Wahrheit dieser Worte.

»Ciao, mein Schatz«, murmelte sie mit einem Lächeln und begann zu graben.

1

Dezember 2003

Der Blick von La Carraia auf Montelupo war atemberaubend.

In der diesigen Winterluft sah der kleine Ort wie verzaubert aus, denn ein Schleier schien über allem zu liegen, tauchte die Silhouette der Kirche San Biagio, die umstehenden Häuser mit den erdfarbenen Dächern, das zinnenbewehrte Rathaus auf dem großen Platz, die Weinberge und Olivenhaine, die sich außerhalb der Mauern mit den beiden Stadttoren entlangzogen, in ein sanftes Licht. Und dahinter breitete sich die typische toskanische Hügellandschaft aus.

Ich seufzte, während die Dachbalken aus Eichenholz in der Kälte knackten.

Es war Dezember. Die Kinder warteten ungeduldig und voller Vorfreude auf Weihnachten, die Straßen des kleinen Ortes waren vom Duft der Holzfeuer in den Stuben erfüllt. Ich hörte die Musik der Dudelsackpfeifer, der Zampognari, und die der Händler, die jeden Morgen ihren Stand auf der Piazza delle Erbe aufschlugen und den Frauen ihre Waren aufschwatzten, während die Männer in der Bar saßen und über Fußball diskutierten.

Fröstelnd zog ich mir die Ärmel des schwarzen Pullovers über die Handgelenke, um meine Finger zu wärmen.

Ich war traurig, wie fast jeden Tag seit einem Jahr. Der Kalender erinnerte mich daran, dass das Datum, das für mich immer den Nachgeschmack einer Niederlage haben würde, unaufhaltsam näher rückte. Der vierundzwanzigste Dezember. Als ich in der Fensterscheibe mein trauriges Gesicht mit den heruntergezogenen Mundwinkeln sah, wandte ich den Blick ab und wischte mir mit der Hand über die Stirn.

In diesem Moment hörte ich rasche Schritte auf der Treppe. Schnell schaltete ich das Gas unter der Espressokanne aus und schaute zur Tür. Da stand er, der kleine General, der mich in den letzten zwölf Monaten am Leben gehalten hatte: meine Schwiegermutter Mercedes. Sie war zwar nur einen Meter sechzig groß, hatte aber einen eisernen Willen und scharfe stahlblaue Augen.

Eine Frau von altem Schlag, die in der Familie die Zügel mühelos in der Hand hielt, die Blätterteig noch selbst machte und nichts von modernen Küchengeräten hielt. Sie hatte mich in der dunkelsten Stunde meines Lebens fest in den Arm genommen und mich eine gefühlte Ewigkeit nicht mehr losgelassen. Seit jeher hatte sie den Herausforderungen des Lebens ins Auge geblickt, schon als Kind hatte sie seine Grausamkeit kennengelernt – sie war vom Pferd gefallen und hinkte seitdem.

Trotzdem hatte sie sich nicht unterkriegen lassen, war die Seele des großzügigen Anwesens auf dem Hügel, das seit Jahrhunderten den Carrais gehörte.

Obwohl sie diesen Namen erst seit ihrer Eheschließung trug, war sie La Carraia, bildete eine Einheit mit diesem Besitz, war kraftvoll wie die Rebstöcke und die Olivenbäume, deren Erzeugnisse weit über die Landesgrenzen hinaus bekannt waren, und sanft wie der Wind, der vom nahen Lago delle Rose herüberwehte. Vor allem jedoch war sie die Mutter eines Sohnes, den sie entgegen aller Gesetze der Natur vorzeitig zu Grabe hatte tragen müssen.

Meinen Ehemann.

Lächelnd sah ich sie an. Sie und Aurora hatten am Abend zuvor Perlen aufgefädelt und dabei einen Heidenspaß gehabt. Die Kette schmückte jetzt ihre Brille.

»Guten Morgen«, begrüßte ich sie – sie antwortete mit einem Seufzen und verschränkte die Arme über dem ausladenden Busen. Erst auf den zweiten Blick fiel mir ihr angespannter Gesichtsausdruck auf. Er verhieß nichts Gutes, denn normalerweise war sie optimistisch.

»Stimmt etwas nicht?«

»Wie man's nimmt«, murmelte sie und stampfte mit dem Fuß auf den gekachelten Küchenfußboden. »Zumindest ist es ärgerlich.«

Als sie den Kaffeeduft roch, schenkte sie sich eine

Tasse ein, goss Milch aus dem Kühlschrank dazu und griff nach der hölzernen Zuckerdose, deren Deckel mein Mann immer dreimal drehte, bevor er sich einen Löffel Zucker nahm. Das war seine Art gewesen, das Glück zu rufen, wie er es nannte. Viel genutzt hatte es ihm nicht.

»Gibt es Schwierigkeiten?«, hakte ich nach, weil ich nicht verstanden hatte, was sie meinte.

Mercedes rückte die Brille zurecht, ihre Brust hob und senkte sich unter dem bordeauxfarbenen Kaschmirpullover, den ich ihr zum Geburtstag geschenkt hatte.

»Es geht um Primo. Du weißt ja, er ist auf einer Eisplatte ausgerutscht und hat sich den Oberschenkelknochen gebrochen. Nichts Ernstes, behaupteten die Ärzte im San Carlo di Ottona, doch wie es aussieht, ist es zumindest sehr langwierig. Nun ja, er dachte bereits seit einer Weile darüber nach, die Leitung des Chores abzugeben, immerhin ist er nicht mehr der Jüngste. Bloß stehen wir jetzt eine Woche vor dem Konzert ohne Dirigenten da«, sagte sie und zuckte mit den Schultern. »Absagen oder verschieben können wir nicht mehr.«

»Warum nicht?«, fragte ich, aber ich musste sie nur ansehen, um zu verstehen, dass ich dieses Thema besser mied. Gedankenverloren rührte ich in meiner Tasse und schaute zu, wie das Weiß sich mit dem Braun vermischte. »Und jetzt?«

Mercedes setzte sich zu mir an den Tisch und schlug die Beine übereinander.

»Fürs Erste hat er einen Ersatz gefunden, der heute Nachmittag zur Probe kommt. Vorausgesetzt, er schafft es, die Straßen sind glatt, und wer weiß, ob sie bis dahin frei sind.«

Sie deutete auf die Glastür zum Garten, hinter der man zwei Zitronenbäume sah, die gut geschützt der Winterkälte trotzten, während sich Dutzende Alpenveilchen, die vom Frühjahr bis zum Herbst mit ihren weißen, lila und rosa Blüten erfreuen, in den Schutz der wärmenden Hauswand duckten. Ich schob den Vorhang zur Seite, und mein Atem hinterließ kleine Kreise auf der kalten Scheibe.

Inzwischen hatte ich mehrere Winter in diesem Haus inmitten der Weinberge verbracht, die sich je nach Jahreszeit in eine andere Farbe kleideten, und doch begeisterte mich dieses Schauspiel jedes Mal aufs Neue. Die gewundenen Wege, die nackten Weinstöcke, die sich wie Krallen in den schneebedeckten Boden bohrten, die Olivenbäume, deren silberne Blätter unerschütterlich der Kälte widerstanden.

Ich lächelte der steinernen Fassade des Kirchturms von Montelupo zu, dessen Glockengeläut jetzt kurz vor den Feiertagen die Gläubigen zur Messe rief, als wäre die Zeit stehen geblieben.

Ich schob mir eine Strähne aus dem Gesicht und trat einen Schritt zurück, während ich zusah, wie schüchterne Flocken vom windstillen Himmel fielen. Erneut begegnete mir in der Scheibe mein Spiegelbild, mein bleiches Gesicht mit den riesigen grünen Augen, in denen kein Strahlen mehr lag, und den kurzen Haaren, die ich neuerdings trug, weil ich mich so weit wie möglich von der Frau entfernen wollte, die mir von meinem Hochzeitsfoto auf der Kommode entgegenlächelte. Bald musste ich sie mal wieder schneiden lassen, dachte ich und schaute zu meiner Schwiegermutter, die mich aufmerksam beobachtete.

»Mach dir keine Sorgen, ich fahre dich mit Aurora zur Kirche und auch wieder nach Hause«, sagte ich.

»In Ordnung, aber vielleicht wartest du dann auf uns, nicht dass du unnötig hin und her fährst bei dem Wetter«, schlug sie vor, wenngleich ich die Idee, dass sie Aurora mit in den Chor schleppte, nie gut gefunden hatte – allerdings hatte Mercedes in diesem Fall vielleicht sogar recht, und es war gut für meine Tochter. Dennoch hasste ich in manchen Momenten ihre pragmatische Art.

Bei seinem Eintreten fiel mir sofort auf, wie sich über alles in dem großen, hohen Gebäude Spannung legte. Die Mädchen aus dem Chor, die ihre Rucksäcke und iPods auf die vorderste Kirchenbank geschmissen hatten und jetzt vor dem Altar standen, wandten die Köpfe, um einen Blick auf den Mann zu erhaschen, der rasch durch das Längsschiff auf sie zukam. Er trug eine Umhängetasche über der Schulter und eine rote Windjacke unter dem Arm.

»Entschuldigt bitte die Verspätung, die Straßenverhältnisse sind nicht die besten heute«, sagte er und lächelte entwaffnend.

Ich schaute weiter zu meinem kleinen Mädchen, hatte mich in eine Bank seitlich des Altars gesetzt, damit Aurora mich immer im Blick hatte und sich nicht verloren fühlte, denn sie tat sich schwer mit Menschen, die ihr nicht vertraut waren. Seit Lorenzos Tod hatte sie sich regelrecht eingekapselt, und die diversen Ärzte, die wir aufgesucht hatten, stellten immer das Gleiche fest: selektiver Mutismus.

Organisch fehlte ihr nichts, es war der Schmerz, der sie bisweilen verstummen ließ.

In der Luft lag Weihrauchduft, die Kirche war von warmem Kerzenlicht erhellt, und ich gab mich Gedanken hin, die ich sonst lieber vermied. Ich wollte nichts von diesem Mann, der da am Kreuz hing und mich betrachtete, ich wollte meine Ruhe. Er und ich lagen im Streit, und ich hatte nicht die Absicht, ihm das zu verzeihen, was er mir angetan hatte.

Mit dem Zeigefinger tastete ich nach Lorenzos Ehering, den ich um den Hals trug, umklammerte ihn und wiederholte den Namen meines Mannes wie ein Mantra, als ob ich damit das Bild verscheuchen könnte, das mich so sehr quälte: ein Sarg vor dem Altar, darauf ein Blumenkranz und davor Don Anselmo, der die Totenmesse las.

»Darf ich?«

Ich fuhr herum, bemerkte erst jetzt den Mann mit der Tasche und der roten Windjacke und einem freundlichen Lächeln, das mich an Lorenzo erinnerte.

»Ja«, antwortete ich knapp und schaute wieder zu Aurora, die so zart und zerbrechlich aussah wie ein Papiervogel bei einem Sturm.

»Gut, dann lasse ich das hier liegen. Ich bin Enea.« Er streckte mir seine Hand entgegen und zwang mich auf diese Weise, ihn anzusehen.

Für den Standard in Montelupo lag er eindeutig über dem Durchschnitt, er war hochgewachsen wie ein Basketballspieler, hatte ein offenes Gesicht, unbändige goldblonde Haare und einen bräunlichen Teint, als käme er geradewegs aus der Sonne. Irgendwie sah er aus wie die Hauptdarsteller der Hollywoodstreifen aus den Neunzigerjahren, mit seiner ausgebleichten Jeans und seinem himmelblauen Rollkragenpullover.

»Cassandra Carrai«, antwortete ich und schüttelte ihm kräftig die Hand, damit er nicht glaubte, dass ich eine der Frauen war, die bei seinem Anblick in Verzückung gerieten, ihn bewundernd anstarrten und sehnsuchtsvoll seufzten. Er indes machte keine Anstalten, meine Hand freizugeben, deshalb machte ich erst mal deutlich, dass ich mit dem Chor nichts am Hut hatte. »Ich begleite lediglich meine Tochter. Es ist das kleine Mädchen vorne rechts, sehen Sie sie?« Ich deutete auf Aurora, die sich an ihrer Großmutter festklammerte. »Und die Frau daneben ist meine Schwiegermutter Mercedes.«

Meine Stimme klang unfreundlicher als beabsichtigt, dazu ein bisschen von oben herab, aber ich wünschte mir einfach, dass er endlich aufhören würde, mich anzustarren wie eine Außerirdische. Zumindest ließ er jetzt meine Hand los.

»Sehr erfreut, gleich die ganze Familie kennenzulernen. Bitte entschuldigen Sie mich, die Sänger warten auf mich«, sagte er ungerührt und zwinkerte mir fast vertraulich zu, bevor er in Richtung Altar davonmarschierte.

Es folgten eine kurze Begrüßung und einige klärende Nachfragen zum Stand der Proben, während ich erneut meinen Gedanken nachhing und meine Blicke über die Heiligenfiguren in ihren Nischen entlang des Seitenschiffs schweifen ließ.

Die Kirche San Biagio hatte etwas Einladendes, obwohl ich Kirchen eigentlich nicht mochte. Es gefiel mir, hier zu sitzen, im Schein der flackernden Kerzen die feierliche Ruhe des Gotteshauses auf mich wirken zu lassen, die lächelnden Heiligenfiguren zu studieren und die große Krippe zu bewundern, die der Priester in einer Seitenkapelle hatte aufbauen lassen.

Erst die hellen Stimmen des Chores rissen mich aus meiner Versunkenheit.

Ich erkannte die ersten Takte von *Adeste fideles*, »Herbei, o ihr Gläubigen«, einem in aller Welt gesungenen Weihnachtslied. Es klang so emphatisch, so kraftvoll, ganz anders als bei Primo, dem alten Dirigenten.

Vielleicht, dachte ich, lag es ja an Eneas exakten, entschlossenen Armbewegungen, mit denen er Einsätze und Lautstärke steuerte.

Energisch und kraftvoll, diese Adjektive drängten sich mir geradezu auf, als ich ihn dirigieren sah. Hoch aufgerichtet, sämtliche Muskeln angespannt, stand er wie ein Feldherr vor den Sängern. In seinem Gesicht hingegen spiegelten sich die Gefühle, die die Musik in ihm auslöste.

Dieser Mann verkörperte Präzision und Dynamik und zugleich Leidenschaft und Emotionalität.

Alle Augen waren auf ihn gerichtet. Bis auf ein Paar, das unentwegt auf den Marmorboden starrte und dabei die Hand der Großmutter umklammert hielt: Auroras. Sie tat nicht einmal so, als würde sie mitsingen, wiegte sich hin und her und vermied konsequent, den Mann mit dem Taktstock anzusehen.

»Kurze Pause«, sagte Enea und schlug die Partitur zu, während die Chormitglieder kurz etwas tranken und sich leise über den neuen Dirigenten ausließen.

Ich sah, wie Aurora von den anderen weg- und auf mich zustrebte, dabei energisch an Mercedes' Hand zerrend. Mein Herz wurde schwer, vor allem als dann auch noch Enea auf die beiden zuging, auf sie einredete und dabei von einer zur anderen schaute.

Die Miene meiner Schwiegermutter verhieß nichts Gutes, und so erhob ich mich von meinem Platz und gesellte mich zu den dreien.

»Was ist los?«, schaltete ich mich ein, die Arme kampfbereit vor der Brust verschränkt.

Zwar hatte nicht ich die Idee mit dem Chor gehabt, doch ich würde nicht so ohne Weiteres zulassen, dass meine Tochter beiseitegeschoben wurde. Ausgemustert als unfähig, nicht brauchbar.

»Nichts Schlimmes, ich habe lediglich den Eindruck, dass Aurora nicht singen möchte«, sagte er und fuhr sich über die Haare, dabei trat er von einem Fuß auf den anderen. »Signora Carrai, oder besser Mercedes, hat mir erklärt, dass die Kleine … nun ja, ziemlich schweigsam ist.«

Ich atmete laut aus und schaute dem Mann, der nach nur einer halben Stunde mein Feind geworden war, fest in die Augen.

»Würdest du mit Aurora zur Krippe gehen?«, bat ich meine Schwiegermutter, beugte mich dann zu meiner Tochter herunter und schob ihr eine Strähne aus dem Gesicht. »Hast du die Mühle schon gesehen, mein Schatz? Sie sieht ganz echt aus mit dem Rad, das Wasser schaufelt.« Meine Tochter nickte stumm und ahnte nichts von meinen Hintergedanken. Ich nahm ihr Gesicht in beide Hände. »Geh sie dir noch mal anschauen, ja, und zeig sie deiner Großmutter, die kennt sie noch nicht.«

Ich küsste sie auf die Stirn und schob sie sanft zu Mercedes, die sich sogleich ihrer annahm und die Seitenkapelle mit der Krippe ansteuerte. Dann wartete ich, bis sie außer Hör- und Sichtweite waren – meiner

Schwiegermutter war es sicher nicht recht, wenn sie mit anhören musste, wie ich den neuen Dirigenten wegen seiner, wie ich fand, recht unsensiblen Äußerungen über Aurora zur Rede stellte.

»Meine Tochter ist nicht schweigsam, sie leidet an selektivem Mutismus. Sie ist völlig normal, spricht und spielt wie jedes andere Mädchen ihres Alters, außer bei Fremden, da ist sie anders. Primo wusste das, und es war bisher nie ein Problem.«

»Entschuldigung, ich finde durchaus, dass das ein Problem ist und wir nicht so tun sollten, als wäre es keins«, erwiderte er sehr bestimmt, fast ein wenig barsch. »Mir tut es wirklich leid für Aurora, aber das hier ist ein Chor. Und in einem Chor wird gesungen«, sagte er abschließend und schaute mir kampfbereit in die Augen.

Er war entschlossen, meine Tochter auszuschließen, so viel war klar.

Ich fuhr mir mit der Zunge über die Lippen und sah, um Fassung ringend, zu den Heiligenfiguren hinüber. Zum Teufel, von denen würde mir bestimmt keiner helfen, weder gegen den Dirigenten noch gegen sonst wen. Ich ballte meine Hände zu Fäusten und atmete tief durch.

»Damit ich das richtig verstehe: Sie wollen mir sagen, dass Sie meine Tochter aus dem Chor ausschließen, dem sie vor einem Jahr beigetreten ist?«

»Wenn sie nicht das tun will, was man in einem Chor tut, nämlich singen, dann ja. Regeln sind Regeln, vielleicht sollten Sie es mit einer Spiel- oder Tiertherapie versuchen. Funktioniert bei schwierigen Kindern recht gut. Habe ich zumindest gehört.«

»Sie ist kein schwieriges Kind«, erwiderte ich laut und scharf. Es war mir egal, ob mich die anderen hörten, schließlich musste nicht ich mich schämen. Aufgebracht machte ich einen Schritt nach vorn. »Aurora braucht einfach etwas Zeit und etwas mehr Rücksichtnahme als die anderen. Das ist alles. Ich appelliere an Ihre christliche Nächstenliebe, die ihr Kirchenleute immer gern in den Mund nehmt und jeden Sonntag davon singt – jetzt halten Sie sich mal daran! Oder gilt das Gebot nur für die Dauer der Messe?«

»Sie verstehen da was falsch«, wandte er ein.

Eine Hand legte sich beruhigend auf meinen Arm, doch ich wischte sie weg, ich wollte mich nicht beruhigen lassen. Im Gegenteil, ich kam gerade erst in Fahrt.

»Meine Tochter braucht das Gefühl, willkommen zu sein, und sollte nicht wegen einer Kleinigkeit verurteilt werden«, fuhr ich mit erhobener Stimme anklagend fort. »Sie braucht Geduld und muss Selbstvertrauen gewinnen, irgendwann wird sie schon den Mund aufmachen und singen. Und dann sagen Sie mir bitte nicht, dass sie nicht gut genug singt. Wichtig ist, dass sie sich aufgenommen fühlt in diesem Kreis, auch wenn aus ihr keine neue Callas wird. Und Sie mit Ihren Regeln und Prinzipien haben kein Recht, sie auszuschließen. Zumal es niemanden stört, wenn sie nicht singt.«

Erschöpft hielt ich inne und kämpfte gegen die Flut meiner Gefühle an. Ich erkannte mich selbst nicht wieder. Einen Augenblick lang versuchte ich mir vorzustellen, wie ich auf ihn gewirkt haben musste. Eine zierliche Frau, die wie eine Löwin ihr Junges verteidigte. Und als ich mich zum Chor umdrehte, wurde mir klar, dass alle mich so sahen und dass man mein Verhalten missbilligte. Vor allem die älteren Chormitglieder. Ringsum begegnete ich verständnislosen Blicken. Manche, kam es mir vor, zweifelten offenbar an meinem Verstand.

Ich konnte es ihnen nicht verdenken.

Krampfhaft bemühte ich mich, meine Tränen zurückzuhalten und den Kloß in meinem Hals runterzuschlucken, und konzentrierte mich wieder ganz auf Enea. Seine Wangen waren leicht gerötet, die Kiefer fest zusammengepresst, die Hände hinter dem Rücken verschränkt.

Es waren seine Augen, die mich stutzen ließen. Sie hatten fast alle Farbe verloren, wirkten verschwommen grau wie Schneeflocken, die aus einem grauen Himmel auf die graue Erde fielen. Eine unendliche Melancholie lag darin, als wollten sie eine Geschichte erzählen, die ich noch nicht kannte.

»Es tut mir leid, Signora Carrai, für Sie wie für Ihre Tochter, doch ...«

Ich schüttelte den Kopf, griff nach meiner Tasche und nach Auroras Mantel. Er hatte sich wieder in der Gewalt.

»Lassen Sie es gut sein, ich habe verstanden, Sie müssen nichts mehr sagen«, unterbrach ich ihn, wickelte mir den Schal um den Hals und rief meine Tochter, die nach wie vor die Krippenlandschaft betrachtete.

»Komm, lass uns gehen«, sagte ich, als sie zu mir kam, und hob sie hoch.

Zum Glück ahnte sie nichts von dem Streit um ihre Person. Mercedes hingegen sehr wohl.

»Was war los?«, fragte sie argwöhnisch. »Ich habe da aus der Ferne vage was mitgekriegt ...«

Ein letztes Mal ließ ich meinem Ärger freien Lauf und stampfte mit dem Absatz meines Stiefels wütend auf den Boden.

»So, wie es aussieht, sind wir hier nicht erwünscht«, stieß ich hervor und marschierte, Aurora auf dem Arm, zum Ausgang, ohne mich noch einmal umzudrehen. Sobald ich die Kirche verlassen hatte, würde sicher ein allgemeines Flüstern und Tratschen anheben. Aber es interessierte mich nicht. Sollten die da drinnen doch reden, wenn sie wollten.

Sie und ich waren stärker.

Wir hatten gelernt, dass wir stärker sein mussten.

2

Und dann kam der Tag, vor dem ich mich so fürchtete.

Ich hatte ihn langsam auf mich zukommen sehen – der Weihnachtsschmuck, der jeden Tag in den Schaufenstern leuchtete, erinnerte mich ebenso daran wie die riesige Tanne, die meine Schwiegermutter mitten im Wohnzimmer hatte aufstellen lassen mit Hunderten von Lichtern und Girlanden und unzähligen anderen Dekorationen.

Oder die Weihnachtslieder im Radio, die von Tag zu Tag immer häufiger gespielt wurden, und der traditionelle Lorbeerkranz, der mit einem Mal an der schweren, alten Eingangstür von La Carraia hing. Zudem drang aus der Küche ständig der Duft nach Plätzchen und Lebkuchen, nach Zimt, Honig, Sternanis und kandierten Früchten, Schokolade, Trockenfrüchten und Puderzucker, als ob wir eine ganze Schulklasse zu versorgen hätten. Dabei füllten die Namen von Auroras Freundinnen gerade mal eine halbe Seite in meinem Adressbuch.

Und so waren die Mauern des ehrwürdigen Herrenhauses in diesen Tagen von Heiterkeit erfüllt trotz meiner schwarzen Kleidung und der Kette mit dem Ring um meinen Hals. Zum Glück, denn ich war drauf und dran gewesen, die Schönheit des Weihnachtsfestes über meinem Kummer zu vergessen, doch als dann die vier Kerzen, jede für einen Adventssonntag, auf dem Küchentisch standen, überkam mich ein warmes Gefühl, ebenso beim Anblick des lebensgroßen Rentiers aus Weidenzweigen, das vor der Balkontür seinen Platz gefunden hatte.

Die Winterlandschaft tat ein Übriges.

Der Garten war dick verschneit und sah aus wie die Kulisse von einem der märchenhaften Weihnachtsfilme, die Aurora jeden Abend anschaute. Sie lag auf dem Sofa, die Beine auf den Schoß ihrer Großmutter gebettet, den Kopf in meinen, und naschte Schokolade aus dem Adventskalender, den ihr Mercedes geschenkt hatte.

Meine Schwiegermutter hatte sich zwischenzeitlich mächtig ins Zeug gelegt, um die Sache mit Aurora und dem Chor zu regeln. Wie sie es geschafft hatte, war mir ein Rätsel, jedenfalls gelang es ihr, Enea die Erlaubnis abzutrotzen, dass Aurora wieder an den Chorproben teilnehmen durfte, ob sie nun sang oder nicht. Als ich sie danach fragte, meinte sie bloß geheimnisvoll, das sei eines der kleinen Weihnachtswunder und ich solle dankbar dafür sein. Mehr nicht.

Natürlich war ich erleichtert, aber als ich auf einer leeren Bank Platz nahm, um auf den Beginn des Konzerts zu warten, in derselben Kirche, in der ich eine Woche zuvor

vor den Augen von halb Montelupo eine Szene hingelegt hatte, verging mir jedes Glücksgefühl.

Eingehüllt in meinen Mantel, senkte ich betreten den Blick auf meine im Schoß verschränkten Hände und wagte erst langsam nach vorne zu schauen, wo der Chor Platz nehmen würde und wo Kerzen und Weihnachtssterne in allen Farben und Größen standen. An der Krippe hatte sich eine Schlange gebildet. Von meiner Bank aus konnte ich, wenn gerade mal eine Lücke entstand, sogar Einzelheiten dieser bezaubernden orientalischen Krippenlandschaft erkennen. Palmen und Sand, Kamele und Dromedare, karge Hügel mit kleinen Dörfern, die in die Felsen gebaut waren und in denen es selbst Werkstätten und Marktstände mit bunt bemalter Ware gab, Schäfer mit ihren Tieren, die Mühle, die von richtigem Wasser angetrieben wurde, dazu der berühmteste Stall der Menschheit.

Wenngleich ich mich vor Weihnachten gefürchtet hatte, berührte mich die Krippe irgendwie, und ich fühlte mich mit einem Mal mit all den Menschen verbunden, die ebenfalls hierhergekommen waren, um dieses Fest zu feiern.

Dann zogen in zwei Reihen die Sänger und Sängerinnen ein und stellten sich rund um den Altar auf. Sie alle trugen etwas Rotes, einen Anstecker oder eine Fliege. Aurora hatte sich für eine scharlachrote Zopfschleife entschieden und marschierte stolz, Hand in Hand mit ihrer Großmutter, zu ihrem Platz.

Enea bildete das Schlusslicht.

Seine Frisur wirkte unverändert wild, aber er trug dem Anlass und seiner Rolle als Dirigent angemessen einen schwarzen Anzug und ein weißes Hemd. Auf eine Krawatte allerdings hatte er verzichtet, das war ihm wohl zu viel der Förmlichkeiten. Und dass Don Anselmo ihm wegen des offenen Kragens einen missbilligenden Blick zuwarf, quittierte er mit einem Lächeln. Mir gefiel diese kleine Geste der Rebellion, auch wenn ich seinen Blicken auswich. Unsere Auseinandersetzung wirkte noch nach. Einerseits war es mir inzwischen peinlich, andererseits hatte ich ihm sein mangelndes Verständnis für Aurora bislang nicht wirklich verziehen.

Ich schloss die Augen, und bald darauf erfüllte Musik das Kirchenschiff und umhüllte mich wohlig zusammen mit der Wärme, die eine Reihe von kleinen Öfchen erzeugte. Irgendwie fühlte ich mich geborgen wie in einem schützenden Kokon. Die klaren Stimmen, die schönen, alten Lieder, die von einer ganz besonderen Familie und dem Wunder der Liebe erzählten, rührten an mein erstarrtes Herz. Ich schluckte und tastete nach dem Ehering meines Mannes an der Kette um meinen Hals und nach meinem eigenen, den ich am Finger trug.

Diese beiden Ringe symbolisierten, zusammen mit Auroras rundem Gesicht, meine Familie.

Die Erinnerung konnte ein perfider Feind sein, der einen von hinten überfiel, sich in die Stille des Schmerzes schlich und ihn verstärkte, wenn man am empfindlichsten war, dachte ich. Wie jetzt, denn prompt tauchte mit der Musik Lorenzos Gesicht vor meinem inneren Auge aus der Dunkelheit auf, in die ich es immer verbannte, wenn der Schmerz unerträglich wurde.

In diese Kirche waren wir früher gemeinsam an Weihnachten gegangen, um Mercedes singen zu hören, hatten uns an den Händen gehalten und von den Kindern geträumt, die wir einst haben würden, hatten uns in die Augen gesehen und waren uns sicher gewesen, dass wir nicht mehr zu unserem Glück brauchten. Alles, was wir wollten, war dieses Wir, ein Ring und das Versprechen: dass wir uns nie trennen wollten.

Die Worte waren davongeflogen wie ein Papierdrachen auf dem Weg in die Wolken.

Plötzlich spürte ich jemanden neben mir. Lorenzos Gesicht glitt in die Dunkelheit zurück, während mein Herz wie verrückt klopfte und eine unbekannte Hand mir Trost anbot. Sie war rau, ihr Griff kraftvoll – eine Hand, die zupacken konnte. Ringe drückten sich in meine Handfläche, und ein Duft nach Freesien stieg mir in die Nase, der mich an den Frühling erinnerte, an meine Mutter und an die vielen Sommer an der Côte d'Azur – ein Duft nach Umarmungen, nach Gutenachtgeschichten und salziger Luft.

Ich öffnete die Augen und drehte mich langsam um. Lange silbergraue Haare umrahmten das hagere Gesicht einer mir unbekannten Frau, die mich anlächelte. Sie trug eine Tunika und eine weite weiße Hose, ihre Haare waren zu einem Zopf geflochten, der bis zur Hüfte reichte und den sie mit einem Band zusammengefasst hatte. Ihre Hände waren lang und dünn, trotzdem strahlten sie eine starke Wärme aus, genau wie ihr offenes, ruhiges und freundliches Lächeln.

»Entschuldigen Sie, ich glaube nicht, dass ich Sie kenne«, stammelte ich und schaute auf unsere verschlungenen Finger, doch die Frau machte keine Anstalten, den Griff zu lösen.

Sie sah mich an mit dem gleichen zärtlichen Blick, den man einem Kind schenkt, das sich wehgetan hat. »Nein, wir kennen uns nicht, da haben Sie recht.«

»Warum ...?«

»Ich kannte Ihren Mann, ich war seine Reiki-Therapeutin während der Zeit, als er gegen seine Krankheit kämpfte. Eines Tages stand er vor der Tür meiner Praxis und flehte mich an, ihm zu helfen. Ich konnte nicht ablehnen. Er duldete keinen Widerspruch, nicht wahr?« Sie bedachte mich mit einem komplizenhaften Lächeln. »Jedenfalls habe ich etwas für Sie«, fuhr sie fort und hielt mir eine flache Papiertüte hin, die mit einem Klebestreifen und etwas Bast verschlossen war.

»Die ist von ihm, oder?«

»Ich glaube, dass es wichtig für Sie ist, die Nachricht zu kennen, die diese Tüte enthält.«

Beinahe hätte ich ungläubig gelacht, ich wusste nicht, was ich davon halten sollte. Eine Unbekannte, die mir eine Botschaft von meinem toten Mann übermitteln wollte. Eine Tüte, um deren Inhalt sie geheimnisvoll herumredete. Das Ganze war surreal, bis auf die Frau selbst – die war real.

»Ich weiß wirklich nicht, was ich sagen soll«, flüsterte ich, aber die Frau nahm erneut meine Hand und drückte sie fest.

Wieder spürte ich die Wärme, den Trost, die Liebe, die von ihr ausging. Sie sprach von meinem Schmerz, ohne dass ein Wort über ihre Lippen kam, sie nahm ihn an, wie ich es nicht tun konnte.

»Alles wird gut, mein Schatz. Alles wird gut.«

Sie hauchte diese Worte in mein Herz, ließ langsam meine Hand los und verschwand. Sie war wie eine Erscheinung gewesen. Ich wusste bloß, dass sie mir diese unscheinbare Verpackung gab, während Mercedes' klare Stimme vom Altar aufstieg und sich in dem großen Kirchenschiff verbreitete. Viel mehr bekam ich nicht mit, denn meine Aufmerksamkeit war auf die helle Papiertüte gerichtet, die auf der dunklen Bank lag. Was verbarg sich darin? Ich konnte das Ende des Konzerts kaum erwarten.

Auf das, was dann passierte, war ich in keiner Weise vorbereitet.

Als wir wieder zu Hause waren, brachte ich Aurora ins Bett und legte zusammen mit Mercedes die Geschenke unter den hell erleuchteten Baum im Wohnzimmer. Erst als meine Schwiegermutter sich zurückgezogen hatte, öffnete ich die Tüte.

Und dann starrte ich wie gebannt auf den Flachbildfernseher, den Lorenzo mir wenige Monate vor seinem Tod geschenkt hatte, und sah und hörte meinen Mann auf einer DVD, die er selbst aufgenommen hatte.

Er saß in seinem Morgenmantel und dem weißen T-Shirt aus Biobaumwolle, das er so gemocht hatte, abgemagert von der Krankheit, auf demselben Sofa wie ich gerade. Seine Haare waren nachgewachsen, wenngleich erst spärlich, hellblond mit ein paar kupferfarbenen Strähnen, die gleiche Farbe wie sein Bart. Damals betrachteten wir die Stoppeln als ein Zeichen, dass es aufwärtsging mit ihm. Zwar hustete er immer wieder, doch er war nach wie vor der Mann, den ich geheiratet und der mein Leben bereichert hatte.

»Mein Herz, ich weiß, dass du auf eine Nachricht dieser Art nicht gefasst bist, vor allem nicht ein Jahr nach meinem Tod. Ich habe diesen Weg gewählt, weil ich weiß, dass du Abschiede hasst. Iris wird dir diese DVD geben, nachdem sie mir geholfen hat, in Frieden von dieser Welt zu gehen. Sie hat mir die Ruhe zurückgegeben, die mir die Krankheit genommen hat, und deshalb habe ich sie ausgewählt. Für dich. Für uns. Ich habe sie gebeten, dir die DVD erst nach einem Jahr zu geben, denn ich weiß, dass du Zeit brauchst. Dann, hoffe ich, bist du so weit, selbst Advent und Weihnachten ohne mich zu ertragen und vielleicht sogar ohne mich Marshmallows auf dem Rost in der Küche zu grillen. Und diese DVD ist mein Geschenk an dich, ich selbst bin dein Geschenk. Hier bin ich.«

Er öffnete seinen Morgenmantel, und ich konnte seine vernarbte und durch die Einstiche und Blutentnahmen zerstochene Haut sehen. Bis zum Schluss nahm er sich nicht wirklich ernst.

»Okay, okay, ich bin nicht mehr besonders knackig, du hingegen schon«, sagte er und lächelte in die Kamera, als würde er mich weinend vor ihm sitzen sehen. »Du bist fantastisch und verdienst etwas Besseres als die Erinnerung an ein halb lebendes oder halb totes Exemplar wie mich. Wenn du diese DVD siehst, ist ein Jahr vergangen, seit ich dich verlassen musste, mein Schatz, und wenn ich dich richtig einschätze, dann vegetierst du immer noch dahin. Du hast die Pausentaste gedrückt wie in einem Film und wartest auf bessere Zeiten. Hast dich eingeschlossen in einer Blase aus Schmerz und vertrauten Gewohnheiten, an denen du dich mit aller Macht festklammerst. Das schmeichelt mir, aber ich weiß, dass du mich geliebt hast und mich immer lieben wirst. Auch wenn du ausgehst und dich amüsierst und all die Dinge genießt, die wir gemeinsam gemacht haben. Du liebst mich selbst dann, wenn du dich nach allen Regeln der Kunst stylst und dich der Welt als sexy präsentierst. Sogar wenn du im Bett eines anderen Mannes aufwachst, wird deine Liebe zu mir nicht erloschen sein, das weiß ich. Diese Krankheit und die Auseinandersetzung mit Tod und Sterben haben mich gelehrt, dass Liebe nichts mit Besitz zu tun hat, sondern ein Traum ist, den zwei Menschen teilen. Und diesen Traum haben wir nicht verloren, ich lebe ihn jetzt in diesem Augenblick, während du in der Küche stehst und mir diesen schrecklichen Ingwersmoothie zubereitest, damit mir nicht mehr so übel ist. Wobei, unter uns gesagt, er der Hauptgrund ist, warum ich mich übergeben muss. Aber das hindert mich nicht daran, weiter unseren gemeinsamen Traum zu leben – und ich werde ihn immer leben, jedes Mal, wenn du an mich denkst. Über den Tod hinaus. Deine Gedanken kommen durch die Wolken zu mir, das hat mir ein Mönch versprochen, der mit mir im Krankenhaus die Chemo gemacht hat, und wenn das jemand sagt, der sein Leben lang Sandalen und Kutte getragen hat, selbst im Winter, dann glaube ich ihm.«

Er faltete die Hände und lächelte auf diese besondere Weise, wie immer, wenn das Gespräch eine ernste Wendung nahm. Wie damals etwa, als er um meine Hand anhielt, oder in Situationen, wenn er etwas sagte, das ich nicht hören wollte.

»Mein Schatz, du musst wieder lachen. Lachen, verstehst du? Nicht diese Sache mit den halb verzogenen Lippen wie Kermit von den Muppets, das kannst du gut. Nein, ich meine ein richtiges Lachen.«

Als sein Blick durch den Raum wanderte, wich mit einem Mal die Heiterkeit aus seinen Zügen. Er fuhr sich mit der Zunge über die Lippen und schaute zum Fenster, wo die kahlen Bäume und Büsche zu sehen waren, seine

Augen wurden feucht, und er tastete mit den Fingern nach seinem Ehering.

»Cassandra, meine Liebe, du musst leben, richtig leben. Du bist stärker als die Welle, die uns mitreißen möchte«, murmelte er. Er klang verzagt wie damals, als man ihm eröffnete, dass es keine Hoffnung mehr gab, zog ein Taschentuch aus seinem Morgenmantel und putzte sich energisch die Nase. Dann versuchte er tief und regelmäßig zu atmen, um die schmerzhaften Krämpfe zu besiegen, die seine Tage begleiteten. »Ich habe meinen Kampf verloren, doch du bist mein Zuhause, meines und das unserer Tochter. Du wirst für Aurora leben, wenn du es am Anfang nicht für dich tun kannst, aber irgendwann wirst du hoffentlich in den Spiegel schauen und die wunderbare Frau sehen, die ich so sehr liebe. Und dann wirst du lachen, und ich werde mit dir lachen, oben im Himmel. Du lachst, weil mit einem Mal alles strahlender wird, und der liebe Gott weiß, dass wir das brauchen. Wir alle brauchen das. Lach für mich, für Aurora und vor allem für dich. Lebe, mach unserer Liebe dieses große Geschenk, ich bitte dich, und beweise dem Tod, dass man Körper trennen kann, nicht indes die Seelen, die bleiben vereint. Lebe.«

Seine Hand deckte das Objektiv ab, ich legte meine Stirn gegen seine Handfläche und suchte vergeblich nach ihrer Wärme. Die Lichter am Baum spiegelten sich auf dem glänzenden Holzfußboden, und ich rollte mich vor dem ausgeschalteten Fernseher zusammen.

Irgendwann kam Mercedes und schloss mich in die Arme.

»Er hat recht, mein Schatz«, flüsterte sie mir ins Ohr, aber ich löste mich von ihr, erhob mich und ging zum Fenster.

Es war Weihnachten, ich schaute dem Schnee zu, der auf die Bäume und die kahlen Rebstöcke fiel, die an der Grundstückgrenze standen und die ältesten auf dem Gut waren. Ein Stamm fiel mir besonders ins Auge, weil er sich so schwer an die Mauer lehnte, als würde er sonst umfallen. Er war erschöpft und krank, genau wie ich. Vernachlässigt, vom Leben vergessen, auch von mir. Obwohl ich Lorenzo versprochen hatte, mich um ihn zu kümmern, denn er war für unsere Liebe so etwas wie ein Symbol gewesen. Ich hatte mir gewünscht, dass er mit Lorenzo sterben würde, doch er war immer noch am Leben.

Hartnäckig und zäh, wie ich es sein sollte – so wie es mir mein Ehemann auf dieser DVD, seinem Vermächtnis, ans Herz gelegt hatte.

Ich schlang die Arme um meinen Oberkörper, während ich mir die Zweige und Äste genauer ansah, und drehte mich dann langsam zu Mercedes um, die stehen geblieben war und wartete.

»Wie soll man überleben, wenn man so geliebt wurde?«

»Nicht sollen, müssen«, antwortete sie und erstickte meine Seufzer in einer Umarmung. »Man muss, mein

Schatz, weil Lorenzo es so wollte, weil Liebe über den Tod hinausgeht und es deshalb im Tod keinen Schmerz und keine Trauer gibt. Du«, sie nahm mein Gesicht in ihre Hände, »du hast meinem Sohn wunderbare Jahre geschenkt, selbst als wir alle wussten, dass es keine Hoffnung mehr gab, und deshalb bin ich dir ewig dankbar. Du hast ihn geliebt, wenngleich alles anders kam als erwartet. Das hat er gewusst, er hat deine Liebe gespürt, und deshalb konnte er so ruhig gehen. Und genau aus diesem Grund musst du nach vorne sehen. Damit wirst du nicht die Erinnerung an eure Liebe aus deinem Herzen verbannen, du wirst sie weiterhin wertschätzen und das Versprechen, das ihr euch gegeben habt, am Leben halten.« Sie deutete auf den unter dem Schnee schlafenden Garten. »Du bist stärker als dieser Winter, ich weiß es. Ich war nicht stark genug, um dem Schmerz über seinen Tod etwas Positives entgegenzusetzen, du kannst es. Du bist die Rose unter dem hundertjährigen Weinstock, die schönste Rose, die uns seit Ende des Krieges beschert wurde. Du bist die Hoffnung. Für mich, für Aurora und gleichfalls für Lorenzo, wo immer er sein mag.«

Ich schaute ihr in die Augen, schluckte meine Tränen hinunter und führte sie zum Sofa, wo wir uns setzten und unsere Finger miteinander verschränkten. Sie hatte ihren Sohn verloren und ermutigte mich dennoch immer wieder, nach vorne zu sehen, mahnte mich, dass es nicht falsch war zu leben. Ich an ihrer Stelle hätte diese Kraft wahrscheinlich nicht gehabt. Deshalb griff ich nach der Fernbedienung und richtete sie auf den DVD-Player.

»Wollen wir uns Lorenzo zusammen ansehen?«

3

Ich öffnete die Tür zum Garten und ging nach draußen, hatte genug vom Weihnachtsessen, von der gezwungenen Heiterkeit, den Geschichten von Massimo Gori, dem Uraltfreund der Familie Carrai und Verwalter des Weinguts. Seit Lorenzos Tod kümmerte er sich um alles, erstattete mir und Mercedes regelmäßig Bericht und wurde im Gegenzug mit seiner Frau zu allen Fest- und Feiertagen eingeladen.

Alles schön und gut, aber heute hatte ich genug von großen Gefühlen und wollte nicht immer als Witwe behandelt werden. Seufzend strich ich mir die Haare zurück und blieb vor dem schmiedeeisernen Gartentor stehen. Mein Kopf war leer.

»Ich bin ein Monster«, murmelte ich und schaute an mir herunter auf mein rotes Kleid, das ich heute statt des üblichen Schwarz trug.

»Nein. Überhaupt nicht.«

Ich zuckte zusammen und fuhr herum. Enea stand vor mir, ein Päckchen in der Hand. Er lächelte wie üblich.

»Sie?«

»Ich«, antwortete er und öffnete seinen Mantel, »ich

möchte das hier Mercedes geben, sie hat es gestern in der Kirche vergessen.«

»Gut, ich bringe es ihr«, sagte ich und streckte meine Hand aus.

Überrascht händigte er mir das Päckchen aus. »Sie mögen mich nicht sonderlich, oder?«

»Wie bitte?«

»Nun ja, wenn Sie mich nicht hereinbitten, muss das ja einen Grund haben.«

Ich errötete und dachte an unseren Zusammenstoß in der Kirche während der Probe und daran, dass ich ihm dankbar sein müsste, dass er Aurora wieder in den Chor aufgenommen hatte. Stattdessen verhielt ich mich abweisend. Er hingegen war gleichbleibend freundlich.

»Nein, was reden Sie denn da«, stammelte ich und winkte ihm, mir zu folgen.

Er öffnete das Tor und kam herein, blieb jedoch sogleich bei den alten Weinstöcken an der Umgrenzungsmauer stehen.

»Haben Sie eine besondere Beziehung zu Reben?«

»Sie sind meine Leidenschaft, mein eigentlicher Beruf, um genau zu sein.«

»Ich dachte, Sie sind Chorleiter?«

Als er lachte, quoll aus seinem Mund eine kleine weiße Dampfwolke, und in seinen Wangen zeigten sich zwei Grübchen.

»Die Musik war immer Teil meines Lebens, meine Eltern waren Musiker, aber den Weinbau habe ich im Blut.

Er war meine erste große Liebe, und die vergisst man ja bekanntlich nicht, stimmt's?«

Ich senkte den Blick und schaute auf das silberne Geschenkband, das er um das Päckchen geschlungen hatte. Dann nickte ich.

»Ja, so sagt man, allerdings denke ich, dass es mehr als eine unvergessliche Liebe im Leben eines Menschen gibt. Mindestens drei, habe ich kürzlich in einem Artikel gelesen.«

Er erwiderte meinen Blick und lehnte sich gegen einen Feigenbaum. »Wie viele unvergessliche Lieben sind Ihnen denn schon begegnet?«

Irritiert über diese persönliche Frage, verschränkte ich die Arme vor der Brust. »Sie sind ein echt komischer Typ, wissen Sie.«

»Ach was, ich bin einfach nur neugierig.«

Lächelnd warf er den Kopf in den Nacken, um den Himmel zu betrachten, der sich blutrot färbte. Ich zitterte, so langsam wurde mir in meinem leichten Kleid kalt.

»Ich muss wieder rein, sonst erfriere ich, und die da drinnen geben eine Suchmeldung nach mir raus. Außerdem habe ich ja ein Geschenk abzugeben«, sagte ich und winkte mit dem Päckchen.

»Okay, als Weihnachtsmann gehen Sie aber nicht durch«, meinte er und löste sich vom Baum. »Und ich sollte mich vielleicht besser auf den Heimweg machen und nicht in ein Familienfest platzen.«

»Wie Sie meinen, verraten Sie mir bloß vorher noch, warum ich nicht zum Weihnachtsmann tauge.«

»Weil dieser nette Kerl mit dem weißen Bart immer freundlich ist und lächelt. Können Sie das überhaupt?«

Gegen meinen Willen entlockte er mir ein Grinsen, und ich schwenkte das Päckchen. »Dann gehe ich mal.«

Enea winkte zum Abschied und stapfte los, blieb indes wenige Meter vor dem Tor stehen und drehte sich noch einmal um. »Cassandra?«

»Ja?«

»Wie viele?«

Ich fuhr mir mit der Zunge über die Lippen und schüttelte den Kopf über seine Hartnäckigkeit. Schließlich reckte ich zwei Finger in die Luft, ein bisschen schamhaft zwar, weil ich einem nahezu völlig Unbekannten so etwas Intimes preisgab. Er zählte laut und hob den Daumen.

»Was meinen Sie damit?«

»Dass Sie in Ihrem Leben noch Platz für das Glück haben«, erklärte er und drehte sich um.

Nachdenklich schaute ich ihm nach, ging dann in Richtung Haus, aber Enea mit seinem jungenhaften Lächeln und seiner letzten Bemerkung über mein Glück wollte mir nicht aus dem Kopf. Meinte er damit, dass eine neue Liebe, die dritte, auf mich wartete?

»Was für ein Typ«, murmelte ich vor mich hin.

Durchs Fenster sah ich die anderen nach wie vor um den Tisch sitzen. Massimo hatte eine Tabelle in der

Hand und erklärte Mercedes vermutlich irgendwelche Kalkulationen, Ausgaben oder Einnahmen.

Nein, dachte ich und blies meinen warmen Atem gegen die kalte Scheibe. Ich wollte nicht wieder hineingehen und mich über die immer gleichen Themen unterhalten, ich wollte weder über meinen Mann noch über das Weingut sprechen. Wenigstens heute wollte ich einmal nicht weinen. Ich legte das Päckchen auf die Fensterbank und kehrte in den Garten zurück, wo ich Ruhe und Frieden finden würde, wenngleich ich vor Kälte elend zitterte. Ungeachtet meiner eleganten Pumps lief ich sogar abseits der gepflasterten Wege mitten durch Schneematsch und aufgeweichte Erde.

Luft, dachte ich und atmete tief ein.

Vorbei an ein paar schneebedeckten Zypressen, die aufrecht wie Soldaten Wache hielten, lief ich bis zur Begrenzungsmauer und an ihr entlang zum rückwärtigen Teil des Anwesens, wo die alten Weinstöcke ihren Winterschlaf hielten, und betrachtete betrübt mein Sorgenkind und den riesigen Rosenstrauch, die einst herrlich blühende Damaszenerrose, die ebenfalls abgestorben wirkte.

Genau wie ich, dachte ich, genau wie mein früheres Leben. Aber als ich sie näher betrachtete, entdeckte ich in ihrem verkümmerten Geäst Ansätze von frischem Grün. Zumindest ein Teil der Zweige lebte noch, würde im Frühjahr wieder austreiben, hatte sich dem Tod widersetzt und sich ins Leben zurückgekämpft.

Mit ihren harten, spitzen Dornen war diese Rosensorte, die die Kreuzritter angeblich aus Kleinasien mitgebracht hatten, von Haus aus eine wehrhafte Pflanze, die sich zu verteidigen wusste und sich zudringliche Menschen vom Leib hielt. Ich selbst hatte das zu spüren bekommen, als Lorenzo sie mir das erste Mal zeigte. Sie verpasste mir einen blutigen Kratzer, der nach wie vor als feine weiße Linie auf meinem Handgelenk zu erkennen war.

Durch ihn fühlte ich mich mit der Rose und dem Weinstock, der über ihr wachte, verbunden. Zumal Lorenzo und ich uns unter dem Weinstock, der damals voller reifer Trauben war, das Eheversprechen gegeben hatten. Und wie viele Male war ich später, wenn mich ein Sommerregen im Garten überraschte, unter sein Dach geflüchtet und hatte den Duft der Trauben und der Rosen eingeatmet. Der Rebstock war immer meine Zuflucht gewesen, doch ich hatte es ihm schlecht gedankt, hatte das Lorenzo gegebene Versprechen, ihn zu pflegen, vergessen, war blind und taub gegen sein stummes Flehen um Hilfe gewesen, hatte das Unkraut, das ihn zu überwuchern drohte, einfach weiter sein zerstörerisches Werk tun lassen.

»Ich war schrecklich, ich weiß«, entschuldigte ich mich und bückte mich, um wenigstens das Unkraut am Boden zu entfernen, das ihm das letzte bisschen nährstoffreiche Erde nahm.

Dass mir die Kälte in die Finger kroch, war mir ebenso

egal wie die Tatsache, dass ich Kleid und Schuhe ruinierte. Alles war besser, als die Stimmen von Massimo und seiner Frau hören und an Lorenzo und sein posthumes Geschenk, die DVD, denken zu müssen.

In diesem Moment wünschte ich mir nichts anderes, als ein Leben zu leben, das meins war, das ich mir selbst ausgesucht hatte. Und das war nicht leicht.

Unverdrossen grub ich in der harten Erde und hatte mir sogar eine Schaufel aus dem Geräteschuppen geholt. Plötzlich stieß ich auf etwas Hartes. Erst dachte ich, es sei ein Stein, aber dann stellte ich fest, dass es sich um etwas Rechteckiges handelte.

»Scheint eine Kiste zu sein«, murmelte ich und grub neugierig weiter.

Mein Atem beschleunigte sich, und ich vergaß sogar die Kälte. Endlich war es geschafft, und ich zog eine mit verkrusteter Erde bedeckte, mittelgroße Blechdose aus der Erde. Mir fielen beinahe die Augen aus dem Kopf, als ich sah, was ich da geborgen hatte: einen Schatz, den schätzungsweise die Großelterngeneration vergraben haben musste.

Auf dem verblassten gelben Deckel las ich in ebenfalls verblassten roten Buchstaben die Aufschrift *Premiata Biscotteria Cavalcanti 1889*. Links war das Wappen der Stadt Sabaudia zu erkennen, darunter standen mehrere Jahreszahlen sowie Auszeichnungen, die die Firma erhalten hatte, zuletzt war eine von 1938 erwähnt.

Was mochte sich wohl darin verbergen?

Ich klopfte auf den Deckel. Etwas Geheimnisvolles? Etwas Wertvolles? Niemand vergrub schließlich eine Dose, wenn sich darin nichts Wichtiges befand. Hatte ich überhaupt das Recht, den Fund an mich zu nehmen? Schließlich betraf es vermutlich die Familie, in die ich lediglich eingeheiratet hatte. Ich zögerte, dann siegte die Neugier über den Anflug von schlechtem Gewissen, und ich hob den Deckel an. In der Schachtel befanden sich ein Brief, ein Passierschein des Roten Kreuzes aus dem Jahr 1944, Geld und ein Stoffbündel mit einem vertrockneten Zweig.

Habseligkeiten eines Menschen, der sich auf der Flucht befand.

Doch wer hatte hier flüchten wollen und wovor, fragte ich mich und dachte an das, was ich über die Verfolgung unter der faschistischen Diktatur wusste. Ich rieb mir die nackten Arme, die inzwischen rot vor Kälte waren, bald würde es dunkel werden, denn die Sonne war nur noch ein blasser Ball über den Hügeln rund um La Carraia. Ein Rabe flog über die Weinreben und suchte nach Schutz zwischen den Ästen. Ich nahm den Passierschein heraus, der auf einen gewissen Hendrik Lang ausgestellt war.

Ein Deutscher? Nun ja, Millionen Deutsche waren damals in Nazideutschland auf der Flucht, wobei das inzwischen besetzte Italien nicht gerade ein sicheres Fluchtziel war – es sei denn, jemand wollte sich zu den Alliierten im seit 1943 befreiten Süden des Landes durchschlagen.

Ich faltete den Passierschein zusammen und nahm den Brief zur Hand, strich ihn glatt und versuchte, die Handschrift zu entziffern, die Buchstaben, die jemand vor langer Zeit zu Papier gebracht hatte, sehr lange bevor ich sie an diesem seltsamen Weihnachtsabend fand.

Mein Liebster,
der Moment der Trennung ist gekommen. Ich habe einen Passierschein des Roten Kreuzes für Dich erhalten, Du musst Dich jetzt nur noch nach Genua durchschlagen und Dich auf den Weg in Dein neues Leben machen. Ich weiß nicht, wohin es Dich verschlagen wird, das werde ich erfahren, wenn Du an Deinem Ziel angekommen bist. In Genua wird Dich jemand mit allem versorgen, was Du brauchst, die Hälfte des Geldes ist für ihn. Teil Dir den Rest gut ein, und Vorsicht: Menschen, die verzweifelt sind, töten selbst für wenig Geld, und in Deiner Uniform musstest Du Leute bislang nicht fürchten. Sei immer wachsam, wirklich immer. Pass auf Dich auf, auf unseren Traum vom Glück, und nimm dieses kleine Zweiglein von einem Weinstock, ich habe es gestern für Dich geschnitten. Nimm es mit in Dein neues Leben, damit ich immer bei Dir bin, egal wo Du bist. Pflanz es ein und liebe es genauso wie mich, ich bitte Dich, trink den Wein, den Dir seine Trauben schenken, und denk an uns und an unsere Spaziergänge durch die Weinberge. Obwohl es in den Augen der Geschichte falsch war, für uns war es richtig. Und schreib mir, ich bitte Dich, sobald es geht. Ich werde alles

tun, um Dir zu folgen, selbst wenn es bis ans andere Ende der Welt sein sollte. Wir haben gemeinsam einen Krieg überstanden, mir macht jetzt nichts mehr Angst, doch falls ich es aus irgendeinem Grund nicht bis zu Dir schaffen sollte, weil Gott es nicht will, oder falls Dir etwas zustößt, dann sollst Du wissen, dass ich dem Kind, das ich in mir trage, von unserer Liebe erzählen werde und davon, dass Du meinem Leben Sinn gegeben hast. Und es ist mir egal, ob die Leute sagen, dass wir Feinde sind, denn ich liebe Dich, und die Liebe schert sich nicht darum, ob Du Deutscher oder Jude oder irgendetwas anderes bist. Du bist mein Herz, alles andere spielt keine Rolle.
Bis bald, mein Herz.
Für immer Deine
Anita

Ich faltete den Brief zusammen, hob meinen Blick von dem vergilbten Papier und starrte auf die Rose und den Weinstock. Sie hatten das Geheimnis all die Jahre gehütet, seit der schrecklichen Zeit des Krieges bis heute. Und ausgerechnet eine Frau, die nicht einmal mit ihrem persönlichen Drama umgehen konnte, musste dieses Geheimnis entdecken.

Wer war diese Frau, wer dieser Mann, für den sie ihr Leben riskiert und für den sie Geld und falsche Papiere besorgt hatte, um ihm die Flucht zu ermöglichen? War diese Anita, die so selbstlos geliebt und so mutig gehandelt hatte, eine Carrai gewesen? Warum war die Dose noch hier? Was war mit Hendrik Lang passiert, dass er sie nicht abholte? Was wurde aus dem Kind, das sie unter dem Herzen getragen hatte? Und warum fand ausgerechnet ich die Dose?

Ich seufzte, während mir immer mehr Fragen, auf die ich keine Antwort hatte, durch den Kopf schossen.

Vielleicht war Anita ja wie ich allein zurückgeblieben, trauerte wie ich um ihre unvergessene Liebe wie ich und musste ihr Kind alleine großziehen wie ich. Ohne Vater. Und vielleicht wollten mir der Rosen- und der Weinstock ja damit sagen, dass mein Schicksal nicht einzigartig war und dass das Leben weiterging.

Es gab für alles einen Grund, daran hatte ich keinen Zweifel, daran hielt ich mich fest.

Eine Geschichte, die in der Familie Carrai überliefert wurde, bestätigte mich sogar in diesem Glauben. Mercedes, die als Tochter der Gouvernante auf dem Gut aufgewachsen war, erzählte gerne, dass die Rose erst nach Kriegsende wieder geblüht habe.

Das konnte doch kein Zufall sein! Und jetzt spielte der Rosenstock gewissermaßen Schicksal und ließ mich die Erde aufgraben und einen Brief finden, und zwar genau in dem Moment, in dem ich nach Antworten suchte, nach Frieden.

Waren unsere Schicksale etwa miteinander verknüpft?

Kopfschüttelnd rief ich mich zur Ordnung und legte alles in die Keksdose zurück. Von ferne hörte ich die Stimmen von Massimo und Anna.

Ich hatte jedes Zeitgefühl verloren, aber die violetten Streifen am Himmel zeigten, dass es bald Abend würde.

Schnell füllte ich das Loch mit Erde, klopfte sie fest und ging zur Seitentür, denn nach Small Talk war mir nicht zumute. Also schlüpfte ich, die Dose unterm Arm, heimlich in den Flur. Als ich mich dort in dem großen Spiegel betrachtete, erschrak ich nicht schlecht. Ich war von Kopf bis Fuß schmutzig, überall mit Spuren von Schlamm und Schneematsch bedeckt, selbst im Gesicht, wo ich mit meinen verdreckten Händen das Make-up verwischt hatte. Und mein Seidenkleid von Armani war nicht wiederzuerkennen.

Ich sah aus wie eine Frau in Kriegszeiten.

Unwillkürlich fielen mir die Abenteuer einer jungen indischen Prinzessin ein, über die ich vor Kurzem mit Aurora im Fernsehen eine Sendung gesehen hatte. Nur dass ich so gar nichts Königliches hatte, ich war nichts als eine Frau mit einem schmutzigen Kleid am Leib und zu vielen Fragen im Kopf.

»Toller Anblick«, sagte ich zu meinem Spiegelbild.

Dennoch musste ich plötzlich von Herzen lachen. Ich lachte, bis mir die Tränen über die Wangen liefen, und in diesem Moment brach der Kokon auf, in dem ich mich seit Lorenzos Tod versteckt hatte, und mir wurde leichter ums Herz. Genau wie Lorenzo es mir prophezeit hatte. Nichts war zufällig. Weder die DVD noch die Dose.

Alles hatte einen Sinn.

Ich starrte auf die Dose und dachte an das Schicksal der Menschen, um die es ging. Dass Hendrik sie nicht ausgegraben hatte, war eher ein schlechtes Zeichen, aber ich hoffte, dass das Leben es zumindest mit Anita gut gemeint hatte.

Zärtlich strich ich mit den Fingerspitzen über das kühle Blech und lächelte.

»Was hältst du davon, mir etwas von dir zu erzählen?«

4

Mercedes setzte die Tasse auf dem Unterteller ab und schlug die Beine übereinander. Das weiche Licht der Lampe neben ihr erhellte ihr Gesicht. Sie hatte sich mit einer Decke in ihren geblümten Lieblingssessel mit der hohen Rückenlehne gekuschelt, während ich auf dem Sofa saß, die Knie an die Brust gezogen, und ins Kaminfeuer starrte. Zwischen uns auf dem Tisch stand die Blechdose, der Inhalt war auf einem Tablett ausgebreitet.

»Ich weiß nicht«, sagte sie und fuhr sich nachdenklich übers Kinn. »Es tut mir leid, aber ich weiß darüber nichts. Ich war bei Kriegsausbruch ja noch sehr klein, und Kinder bekommen ja nicht viel mit. Eigentlich haben wir auf dem Land sowieso so gut wie nichts mitbekommen. Ich kann mich lediglich dunkel erinnern, dass während des Krieges in der Küche jede Menge Leute durchgefüttert wurden.« Sie schwieg eine Weile. »Wenn du erst mal in meinem Alter bist und auf die siebzig zugehst, dann wählt das Gehirn zudem sehr genau aus, was es aufhebt und was nicht.«

»Und der Name Anita sagt dir ebenfalls nichts?«

Sie zuckte mit den Schultern.

»Nein, tut mir leid. Weder im Umkreis der Familie noch bei den Angestellten und Bekannten.« Mercedes, die meine Enttäuschung sah, zupfte die Decke zurecht und räusperte sich. »Allerdings herrschte auf dem Gut ein ständiges Kommen und Gehen, besonders während der Ernte und wenn es kalt wurde. Du kennst das ja, wenn in den Weinbergen nachts große Feuer angezündet werden, damit die Trauben nicht erfrieren. Das machte man damals schon so. Für uns Kinder war das schrecklich aufregend.« Man merkte ihr die Begeisterung selbst jetzt noch an. »Aber zugleich war es sehr mühsam. Wie die ganze Weinlese, da wurde jede Hand gebraucht, und zusätzlich kamen Erntehelfer aus den umliegenden Dörfern. Vielleicht verstehst du jetzt, warum ich mich kaum an Namen und Gesichter erinnere. Übrigens wurden wir Kinder ebenfalls eingespannt, von klein auf.« Sie lächelte schwach. »Abgesehen von mir. Für mich war es nach ein paar Jahren vorbei. Nachdem ich vom Pferd gefallen war, ging es mir ziemlich lange ziemlich schlecht. Ich musste tagelang in meinem Zimmer bleiben, konnte mich kaum bewegen und war im Grunde darauf angewiesen, dass jemand mich herumtrug, mich mal ans Fenster setzte, zu den Mahlzeiten in die Küche holte und so weiter. Damals habe ich für lange Zeit kaum Fremde zu Gesicht bekommen. Ich will damit sagen, dass es durchaus zeitweilig eine Anita auf dem Gut gegeben haben könnte, ohne dass es zu mir durchgedrungen ist, denn diese Aushilfskräfte waren, sofern sie nicht noch abends nach Hause gingen, in dem alten Gesindehaus auf dem Wirtschaftshof untergebracht. Trotzdem würde ich mich an deiner Stelle nicht so sehr auf eine alte Frau verlassen, die zur fraglichen Zeit nicht mal zehn Jahre alt war«, fügte sie lächelnd hinzu.

Ich zuckte enttäuscht die Schultern und nahm den Melisse-Weißdorn-Teebeutel aus meiner Tasse – ich hatte so sehr auf Mercedes gesetzt. »Schade«, sagte ich und trank einen Schluck.

»Du solltest vielleicht deinen Großvater fragen. Adelchi redet zwar nicht viel, aber vielleicht kann er dir helfen. Ich weiß, dass er als junger Mann oft als Saisonarbeiter im Weinberg ausgeholfen hat, und wenn diese Anita zur gleichen Zeit für die Carrais gearbeitet hat, dann könnte er sie gekannt haben. Warte mal ...«

»Ja. Ist dir etwas eingefallen?«

»In der Tat. Ich meine, dass deine Großtante so hieß, wenn ich mich nicht irre.«

Überrascht riss ich die Augen auf, das wäre ja wirklich eine sensationelle Neuigkeit. Mütterlicherseits kannte ich nur meine Großeltern. »Meinst du wirklich, Anita könnte die Schwester von Großvater Adelchi sein?«, hakte ich nach, aber Mercedes hob abwehrend die Hände.

»Ich sage es noch mal, ich bin mir nicht hundertprozentig sicher, dass seine Schwester Anita hieß. Frag ihn einfach, dann hast du Gewissheit«, meinte sie lapidar und trank ebenfalls einen Schluck Tee.

Unschlüssig knetete ich die Finger und wippte mit dem Fuß, denn diese Lösung gefiel mir überhaupt nicht. »Ich fürchte, dass er nicht mit mir reden wird, weißt du? Keine Ahnung, warum er so schlecht auf mich und meine Mutter zu sprechen ist.«

»Adelchi ist ein komischer Kauz, aber er hat ein gutes Herz. Vielleicht ist er immer noch gekränkt, weil Carmen den Kontakt zu ihm und Anna abgebrochen hat und schwanger nach Paris zu deinem Vater gezogen ist. Das verzeihen Eltern nicht so leicht.«

»Mag sein, doch was hat das mit mir zu tun?«, wehrte ich mich.

Mir fiel wieder der Nachmittag ein, als Lorenzo und ich an der Tür meiner Großeltern geklopft hatten, um ihnen die Einladung zu unserer Hochzeit zu überreichen. Großvater riss mir damals den Umschlag aus der Hand und drängte mich so schnell wie möglich zur Tür hinaus. Das war das traurige Ende meines Versuchs gewesen, meine Familie zu versöhnen.

Ich schob die Erinnerung beiseite und tastete nach Lorenzos Ehering. »Ich weiß nicht, was ich ihm getan habe, er hat es mir nie erzählt, er weist mich jedes Mal ab, wenn ich einen neuen Anlauf nehme, bei ihm gut Wetter zu machen.«

»Das ist kein Grund, von deinem Plan Abstand zu nehmen«, mahnte sie und lächelte mich an. »Versuch es über Anna, die sieht das ganz anders.«

»Großmutter ist nicht so, das stimmt, aber ...«

»Nichts aber. Willst du nun wissen, wer diese Anita ist, oder nicht?«

»Sicher.«

»Dann verhalte dich klug, um dein Ziel zu erreichen. Nutz deine Verbündeten«, fügte sie augenzwinkernd hinzu, während meine Gedanken vorauseilten zu der Frau, zu der ich eine gewisse Seelenverwandtschaft empfand.

Es würde nicht leicht werden, mit Adelchi zu sprechen, doch sonst gab es niemanden, den ich fragen konnte. Zumindest fiel mir sonst keiner ein. Ich konnte ja nicht gut einen öffentlichen Aushang in Montelupo machen.

5

Im Rückspiegel sah ich die steinerne Fassade von La Carraia, vor mir schlängelte sich die schneebedeckte Straße zwischen den Feldern zur Landstraße. Der Himmel war bewölkt, aber immer wieder brach die Sonne durch.

Auf dem Beifahrersitz lag sorgfältig zusammengefaltet Anitas Brief, im Radio sang jemand von der großen Liebe und lenkte mich von meiner Angst vor Adelchi ab. Sentimentale Gefühle von wegen Blutsverwandtschaft waren ihm fremd.

Lieber nicht darüber nachdenken, sagte ich mir und betrachtete die Landschaft, wenngleich ich sie ziemlich gut kannte. Schließlich befand ich mich nach wie vor auf dem Besitz der Carrais. Es war fast unnatürlich still. Die Weinstöcke hielten Winterruhe, sammelten Kräfte und warteten darauf, dass der Frühling sie zu neuem Leben erweckte. Genau wie ich. Angesichts des grauen Himmels und des schmutzigen Schnees ringsum sehnte ich mich nach Sonne und Wärme.

Als ich die Porta Grande erreichte, fuhr ich langsamer und passierte gemächlich das alte Stadttor, eines von zweien, Teil der Stadtbefestigung, die die Herren von

Montelupo, die Partis, im vierzehnten Jahrhundert errichteten. Die Via delle Botti entlang fuhr ich bis zur Kirche San Biagio und von dort in die Vicolo della Speme, in der sich neben dem Hotel Centrale mit seiner efeubewachsenen Fassade und dem Caffè Pratti mit seinen im Art-Nouveau-Stil gehaltenen Türen auch zahlreiche kleine Handwerksbetriebe befanden, die in Familienhand blieben. Egal ob Leder gegerbt, Stoffe gewebt, Seife gesotten oder Duftessenzen gemischt wurden. Seife und Düfte wurden dann in hübschen Schachteln und dekorativen Flakons im Schaufenster von Mercedes' Freundin Donatella angeboten.

Am Ende der schmalen Gasse stellte ich das Auto ab, steckte Anitas Brief in die Manteltasche und ging die paar Schritte zum Haus meines Großvaters. Meinen warmen, weichen Schal hatte ich zum Schutz vor der Kälte um Hals und Schultern geschlungen. Um nicht auf dem Kopfsteinpflaster auszurutschen, stützte ich mich mit der Hand an den Mauern der Häuser ab.

Dann stand ich vor dem Torbogen, und mein Herz klopfte wie wild. In dem kleinen Innenhof waren in großen Kübeln winterharte Alpenveilchen gepflanzt, die mit Glück in wenigen Wochen blühen würden. An der Fassade rankte sich eine Glyzinie bis in den ersten Stock empor. Es roch nach gegrilltem Fleisch.

»Angekommen«, murmelte ich.

Eine Weile blieb ich vor dem Tor stehen, dann nahm ich allen Mut zusammen und klopfte.

Ich hörte Schritte, das Klappern des Schlüssels verriet das Kommen meiner Großmutter. Sie war alt geworden, seit ich sie das letzte Mal gesehen hatte. Die Augen waren tief in die Höhlen gesunken, die einst schwarzen Haare von silbergrauen Strähnen durchzogen. Sie trug ein Hauskleid aus schwerer Wolle und hatte ein Handtuch über die Schulter geworfen. Früher muss sie eine echte Schönheit gewesen sein. Die alten Leute in Montelupo behaupteten, dass sie als junge Frau wie eine Zwillingsschwester von Anna Magnani ausgesehen habe – heute beschränkte sich die Ähnlichkeit auf den leidenden Ausdruck in ihren Augen.

»Ciao, Großmutter«, sagte ich. Im Hintergrund hörte ich die Stimme eines Nachrichtensprechers.

Das Handtuch rutschte ihr von der Schulter, sie wrang es nervös zwischen ihren Händen. Ihr Mund bewegte sich, doch es kam ihr kein Wort über die Lippen.

»Ich weiß, wir haben uns lange nicht mehr gesehen, und ich dachte ...«

»Wer ist da?«

Da war sie, die barsche, abweisende Stimme meines Großvaters. Ich schluckte und setzte mein schönstes Lächeln auf.

»Ich bin hier, weil ich mit euch reden muss. Darf ich reinkommen?«

Meine Großmutter sah sich um, noch immer hielt sie das Handtuch fest umklammert. Sie wollte, dass ich blieb, das konnte ich an ihrem Blick erkennen.

»Komm rein«, forderte sie mich nach längerem Zögern auf.

»Danke.« Ich war ihr wirklich dankbar, denn ich wusste, dass sie dafür würde büßen müssen.

Die Einrichtung des Hauses war nach wie vor spartanisch, und es roch irgendwie muffig: der Geruch von verschenkten Möglichkeiten, verblasstem Glück. Im Wohnzimmer saß mein Großvater in einem alten Sessel neben dem Fenster, dessen Vorhänge zugezogen waren. Er trug Cordhosen, eine Wollweste und ein dunkelrotes Hemd, hatte eine Kappe auf dem Kopf und hielt einen Stock aus Olivenholz in der Hand. Das Alter hatte ihn beleibt gemacht.

Mit einem Mal fiel mir der große Esstisch auf, den acht Stühle umstanden. Ich konnte mich nicht erinnern, ihn früher gesehen zu haben. Oder täuschte ich mich? Jedenfalls war ich maßlos verwundert, denn Adelchi mochte keinen Besuch. Sehr seltsam.

Ich hielt mich einen Schritt hinter meiner Großmutter, die Hände hinter dem Rücken verschränkt, den Kopf gesenkt.

»Cassandra möchte mit uns reden«, sagte sie leise.

Großvater schob sich die Kappe aus dem Gesicht und richtete seine kleinen, scharfen tiefschwarzen Augen auf mich.

»Was willst du?«, fragte er unfreundlich und strich sich über die schlecht rasierten Wangen.

Trotz seiner Schroffheit erkannte ich, dass er müde

und hinfällig war. Warum hörte er nicht auf mit diesem absurden Krieg, dachte ich mit einer Mischung aus Mitleid und Ärger. Er schien gesundheitlich nicht auf der Höhe zu sein, denn es fiel ihm offenbar schwer, zu sprechen.

»Ich muss dich etwas Wichtiges fragen«, setzte ich an.

Noch immer stand ich im Mantel auf der Türschwelle. Mir wurde nicht allein warm von der Aufregung, sondern ebenfalls von dem prasselnden Kaminfeuer, mit dem Adelchi seine müden Knochen wärmte.

»Möchtest du einen Kaffee, einen Saft oder einen Aperitif?«, fragte Anna.

»Gerne einen Kaffee, danke«, antwortete ich, um so was wie Normalität bemüht.

Nachdem meine Großmutter in der kleinen Küche verschwunden war, legte ich meinen Mantel auf das Sofa, nahm Anitas Brief heraus und zog mir einen Stuhl heran, blieb allerdings auf Abstand. Nicht dass der zornige Alte sich plötzlich den Brief schnappte und ihn ins Feuer warf.

»Wenn du wegen deiner Mutter kommst, weißt du ja, wo die Tür ist.«

»Meine Mutter hat nichts damit zu tun«, entgegnete ich kühl. Seinen Ton fand ich unverschämt. Nervös schlug ich die Beine übereinander und trommelte mit den Fingern auf den Knien. »Ich bin hier, weil ich vor einigen Tagen etwas in La Carraia gefunden habe und glaube, dass es mit unserer Familie zu tun haben könnte.

Mit den Innocentis«, fügte ich hinzu und bemerkte ein Glitzern im misstrauischen Blick meines Großvaters, der sich auf den Stock gestützt nach vorne beugte.

»Und was soll das sein?«

»Einen Brief.«

Ich hielt Anitas Brief hoch, ohne ihn ihm auszuhändigen, wartete darauf, dass meine Großmutter das Silbertablett abstellte, auf dem zwei Tassen, ein Milchkännchen, eine Zuckerdose und zwei Wassergläser standen.

Erst reichte sie ihrem Mann eine Tasse, dann mir. »Wie viel Zucker?«

Keiner antwortete.

»Du hast eine Schwester, die Anita heißt, oder?«, fragte ich stattdessen.

Anna fuhr erschrocken herum, Adelchi nicht. Er verzog keine Miene. Nichts.

»Warum willst du das wissen?« Er gab die Tasse seiner Frau zurück.

»Weil ich einen Brief gefunden habe, von einer Anita, und Mercedes meinte, es könnte sich um deine Schwester, meine Großtante, handeln. Er ist an einen Deutschen gerichtet, den Mann, den sie offenbar liebte.«

Anna fiel die Tasse aus der Hand, sie zersprang in Scherben. Adelchi warf ihr, und mir gleich mit, einen vernichtenden Blick zu, sodass sie mit eingezogenem Kopf und schuldbewusst in die Küche schlich.

»Verschwinde.«

Ein kurzer, knapper Befehl. Er schaute mich nicht an,

sondern starrte auf den Boden, seine Hand umklammerte den Stock.

»Meinst du das ernst?«

»Verschwinde und komm nie wieder. Du warst hier nicht willkommen, bist es nicht und wirst es nie sein.«

»Aber ...«

»Verschwinde!«, brüllte er und hob den Stock, in seinen Augen lag der blanke Hass.

»Wie du willst«, sagte ich, erhob mich, warf mir den Mantel über die Schulter und verließ das düstere Wohnzimmer, Adelchi und die ungute Aura, die dieser Raum ausstrahlte. Doch kaum war ich aus dem Haus, kam meine Großmutter hinter mir her und packte meine Hand.

»Was gibt's?«, fragte ich genervt, schaute in den wolkenverhangenen Himmel und wich in eine Ecke aus, wo der kalte Wind mich nicht erreichte.

»Er ist kein böser Mann.«

»Na, ein Zeichen von Liebe und Zuneigung war das ja kaum, was er gerade eben abgeliefert hat.«

Bekümmert schaute Anna zu Boden und zog ein Taschentuch aus der Schürzentasche. »Er ist ein alter kranker Mann.«

»Das heißt noch lange nicht, dass er sich so benehmen darf. Das kann er mit dir machen, wenn du das hinnimmst, ich lasse mir das aber nicht mehr gefallen. Für mich ist er gestorben. Ihm scheint es geradezu Vergnügen zu bereiten, andere vor den Kopf zu stoßen. Ich habe es satt, vor die Tür gesetzt zu werden, und habe lange genug um seine Zuneigung gebettelt. Es reicht, verstehst du?«

»Natürlich, Cassandra, vielleicht bist du aber trotzdem zu hart mit ihm.«

Ich lachte bitter auf. »Machst du Witze? Er hat mich gerade rausgeworfen!«

»Dein Großvater hat sehr viel durchgemacht, worüber er nicht mehr sprechen will«, verteidigte sie ihn und knetete ihr Taschentuch, während ihr die Tränen aus den Augen strömten.

Sie tat mir leid, doch ich hatte keine Lust auf Drama und stemmte die Hände in die Hüften. Es reichte mir.

»Hör zu, Großmutter, alle Menschen leiden. Ich habe vor einem Jahr meinen Mann verloren, aber trotzdem benehme ich mich nicht so. Hör auf, ihn zu verteidigen, rechtfertige nicht weiter dieses bösartige Verhalten«, sagte ich und löste mich aus ihrem Griff.

»Du verstehst das nicht«, erwiderte sie, und einen Moment lang hatte ich das Gefühl, als wäre sie kurz davor, mir etwas anzuvertrauen.

»Gut, dann erklär es mir.«

Sie schaute zum Himmel, ihr Atem flog. »Dein Großvater war nicht immer so. Er war ein guter Mann, aufrichtig und loyal. Er hat sich verändert, was er getan hat, hat er nur getan, um seine Familie zu schützen und zu verhindern, dass sein guter Name in den Schmutz gezogen würde.« Ich runzelte die Stirn, ich verstand den Sinn ihrer Worte nicht. Adelchis Verhalten war unentschuldbar, doch Anna schien es nur um Entschuldigungen zu gehen.

»Mach's gut, Großmutter«, sagte ich und trat hinaus auf die Straße.

Wieder war ich enttäuscht worden. Ich kehrte zum Auto zurück, stellte die Heizung auf höchste Stufe und zog das Handy aus der Tasche.

Es gab nur eine Nummer, mit der ich jetzt verbunden werden wollte.

»Oui?«

»Mama, ich bin's.«

»Ciao, mein Schatz, wie geht es dir?«

Ich ließ meinen Kopf nach hinten gegen die Kopfstütze fallen und fuhr mir mit den Fingern durchs Haar. »Ich war bei Großvater.«

»Und ist alles in Ordnung?« Die Frage klang ungewöhnlich nervös.

»Ja, er ist ein Idiot, alles wie immer. Er hat mich wegen einer einzigen Frage vor die Tür gesetzt. Kannst du dir das vorstellen? Das ist absurd.«

»Was hast du denn gefragt?«

»Ich wollte etwas über eine gewisse Anita erfahren, nachdem ich im Garten zufällig auf vergrabene Papiere gestoßen bin, darunter war der Brief einer Anita aus dem letzten Kriegsjahr. Mercedes meinte, es könnte sich um Großvaters Schwester handeln. Wieso die Sachen bei den Carrais vergraben wurden, weiß ich nicht. Jedenfalls ist er ausgerastet, als der Name fiel, und hat mich angeschrien, ich solle verschwinden. Und Großmutter war plötzlich leichenblass und hat sogar eine Tasse fallen lassen. Du hättest ihn sehen sollen, ich dachte, er würde platzen vor Wut.«

Meine Mutter seufzte und schwieg einen Moment. »Lass es gut sein, Cassandra. Bettele nicht um Gefühle, die du nicht bekommen wirst. Mein Vater kann nicht lieben, das haben bereits ganz andere versucht. Schau nach vorne und lass die Vergangenheit ruhen, sie tut bloß weh. Das habe ich dir inzwischen mehrfach geraten.«

»Aber er ist doch mein Großvater«, protestierte ich und stellte mir die fest zusammengepressten Lippen meiner Mutter und ihr Augenrollen vor. So sah sie immer aus, wenn sie recht hatte und niemand ihr glaubte.

»Findest du es normal, wenn jemand seine Tochter verstößt, weil sie sich weigert, nach seinen Regeln zu leben?«, fragte sie und wusste genau, dass ich darauf keine Antwort wusste.

Nein, im Haus meiner Großeltern war nichts normal, in ihrem ganzen Leben nicht. Anna zählte in dieser Ehe nichts, das erkannte man an den verhärteten Blicken der beiden.

Ich umklammerte das Lenkrad, hielt mich gewissermaßen daran fest, bevor ich mich wieder an meine Mutter wandte.

»Du hast recht. Was allerdings nichts daran ändert, dass es einfach absurd ist. Schließlich sind wir eine

Familie, selbst wenn wir uns verhalten, als wären wir Fremde.«

»Eine Familie wird man weniger durch Blutsverwandtschaft als durch Erfahrungen, durch gemeinsames Lachen und geteilten Schmerz, durch gefühlte Nähe. Eine DNA-Untersuchung sagt im Vergleich dazu wenig aus. Jedenfalls so, wie ich Familie verstehe. Außerdem hast du das Glück, Mercedes an deiner Seite zu haben. Sie verkörpert Familie im besten Sinne und ist ein echter Fels in der Brandung. Allein die Tatsache, dass ihr euch durch diesen Schicksalsschlag sehr nahegekommen seid, spricht für sich.«

Wie immer konstatierte und analysierte meine Mutter einen Sachverhalt ganz nüchtern. Manche hielten das für Härte, doch es war einfach ihre Art.

»Cassandra, das ist deine Familie, deine wirkliche Familie«, insistierte sie. »So wie ich die Kinder aus dem Projekt, das ich betreue, auch als Familie betrachte. Habe ich dir eigentlich davon erzählt?«

Sofort schaltete ich ab, hörte kaum mehr hin, warf lediglich hin und wieder ein zustimmendes Wort ein. So war es immer zwischen uns – ich appellierte an ihre Rolle als meine Mutter, reklamierte für mich ein Alleinstellungsmerkmal, und sie schwärmte mir von fremden Kindern vor, die sie genauso als Familie betrachtete wie mich.

Nach einigen Minuten beendete ich das Gespräch und fuhr los. Das Radio hatte ich ausgeschaltet, das Gebläse auf heiß gestellt und auf meine kalten Beine gerichtet, während ich das Fenster einen Spalt öffnete. Ich brauchte frische Luft, um einen klaren Kopf zu bekommen, denn da wirbelte alles wüst durcheinander.

Anitas Brief steckte wieder in meiner Manteltasche. Ich musste mehr über diese Geschichte herausfinden, trotz aller gut gemeinten Ratschläge, die Sache ruhen zu lassen. Selbst falsche Entscheidungen konnten im richtigen Moment eine magische Wirkung entfalten.

Zurück in La Carraia, führte mich der Weg zuerst zum Weinstock und der Rose, die er bewachte. Irgendetwas verband mich mit diesen Pflanzen, und mittlerweile auch mit Anita.

Trotzdem: Als ich auf den Wein und die Rose zuging, wurde der Brief in meiner Manteltasche ganz warm.

»Das bilde ich mir bloß ein«, murmelte ich erschrocken, aber im Grunde meines Herzens wusste ich, dass ich recht hatte, und dachte an die Blutsbrüderschaft zwischen mir und dem Rosenbusch.

Ich blieb vor dem Stamm mit den kahlen Ästen stehen. »Krank«, sagte ich, als ich das Holz näher in Augenschein nahm. »Als läge er im Sterben.«

In Montelupo hörte man Böller krachen, es war die letzte Nacht im alten Jahr, um Mitternacht würde der Uhrenturm auf der Piazza Grande von unzähligen Lichtern beleuchtet werden, und die Menschen würden sich küssen.

Was würde das neue Jahr uns bringen? Mir, dem Rebstock und der Rose?

Würden wir die Krankheit, die uns hatte verblühen lassen, überwinden?

Immerhin schien der Weinstock, wenngleich er jämmerlich aussah, durchhalten zu wollen. Und für die Rose hoffte ich das Gleiche. Sie kämpften, und das musste ich ebenfalls tun, ich musste das Leben wieder lieben und wieder zu leben lernen.

Und ich musste nach einer Hand Ausschau halten, die mir half, aus der Dunkelheit ans Licht zurückzukehren.

Ich schaute hinauf zum Himmel, der aufgeklart hatte. Ein paar verspätete Sonnenstrahlen überzogen die Hügel mit einem rötlichen Schimmer. Gleichzeitig leuchtete der erste Stern auf und schien mir zu sagen, dass ich meinen Träumen vertrauen sollte.

Leise flüsterte ich den Namen meiner Tochter. Sie verdiente Besseres als eine Mutter, die immerzu trauerte, die keine Feste besuchte und stundenlang dem Regen an den Fensterscheiben zuschaute.

Aurora verdiente das Leben und den Frühling und alle Liebe, die ich ihr geben konnte.

Sie war mein Weinstock, meine Rose – sie war die Hand, die sich nach dem Leben ausstreckte.

6

Das neue Jahr war da, und um Ernst mit den guten Vorsätzen zu machen, hatte ich kurz nach Mitternacht ein Post-it beschrieben und neben den Spiegel geklebt.

Sei wie das Meer, dessen Wellen immer wieder gegen die Felsen schlagen und trotzdem nie aufgeben.

Ich hatte diesen Satz irgendwo entdeckt und ihn sehr passend gefunden. Künftig wollte ich ihn jeden Morgen lesen und mich daran erinnern, dass ich an mir arbeiten musste, um wieder die Alte zu werden.

An Heilige Drei Könige würde ich mich auf jeden Fall wieder aus meiner Höhle herauswagen, denn in der Kirche fand das Abschlusskonzert der Saison statt, wie die Chorsänger es nannten.

Für heute, einen Tag zuvor, war die letzte Probe angesetzt. Anschließend wollte ich mit Aurora, die mittlerweile recht gut gelaunt vom Nichtsingen zurückkehrte, in den Park gehen und eine heiße Schokolade in einem Café trinken. Als ich jedoch im Ort eine Mutter mit einem riesigen Geschenkpaket herumlaufen sah, fiel mir ein, dass ich ganz vergessen hatte, für Aurora etwas zu besorgen.

In Italien ist es nämlich Tradition, dass die Befana, eine Hexe, die in der Nacht zum sechsten Januar auf ihrem Besen von Haus zu Haus fliegt, weil sie das Jesuskind sucht, den Kindern Geschenke bringt. Jetzt musste ich mich eilen, noch etwas zu besorgen, bevor ich meine Tochter von der Probe abholte.

In den vergangenen Tagen hatte ich im Grunde an nichts anderes gedacht als an Anitas Schachtel, den Weinstock und den Rosenbusch. Inzwischen hatte ich beschlossen, die verkümmerten Stöcke mit allen Mitteln wieder aufzupäppeln. Allein, ohne die Hilfe von Experten, die auf dem Gut ja durchaus zur Verfügung standen. Nein, diese Sache wollte ich ganz alleine durchziehen.

Zum einen fürchtete ich, die Leute würden mich für eine durchgeknallte Witwe halten, wenn ich mich auf einem Besitz, wo es Weinstöcke, Bäume und Büsche in schier unüberschaubarer Zahl gab, hingebungsvoll um zwei halb verkümmerte Pflanzen kümmerte. Zum anderen hatte ich mich wirklich in eine höchst emotionale, ja sentimentale Beziehung zu ihnen hineingesteigert, seit ich unter ihren Wurzeln die Dose gefunden hatte und ahnte, dass es zwischen mir und Anita eine verwandtschaftliche Beziehung gab.

Ich wollte ihre Geschichte herausfinden und diese junge Frau von einst wieder zum Leben erwecken – wie meine beiden symbolträchtigen Pflanzen. Und auch für mich selbst bedeutete dieser Pakt eine Art Wiedergeburt. Ich hoffte, wieder lieben zu können, ganz wie es Lorenzo von mir gewollt und es mir auf seiner DVD ans Herz gelegt hatte.

Und darüber hatte ich das Geschenk der Befana vergessen. Ich ignorierte den Stich in meinem Herzen und stieg ins Auto, fuhr zum Einkaufszentrum und ergatterte einen schönen, großen Plüscheisbär – den letzten, der noch im Regal saß. Eisbären waren Auroras Lieblingstiere, also ein perfekter Kauf. Mit Ach und Krach schaffte ich es, gerade rechtzeitig zum Ende der Probe zurück zu sein.

»Nicht schlecht, was?«, sagte ich zufrieden und schaute durch den Rückspiegel nach hinten, wo hübsch verpackt der Eisbär lag.

In diesem Moment öffneten sich die Türen der Kirche, und die Chorsänger kamen heraus. Ich wollte gerade auf sie zugehen, als Enea sich zu Mercedes gesellte. Unsere Begegnung am Weihnachtsnachmittag im Garten fiel mir ein, seine Anspielung auf mein Glück, sein warmes, verwirrendes Lächeln. Ich wandte mich ab, damit er mich nicht sah, ich war unsicher, wie ich mich ihm gegenüber verhalten sollte. Abstand zu wahren, war vermutlich das Beste.

Aurora hingegen war anderer Meinung.

Sobald sie mich nämlich sah, ließ sie die Hand ihrer Großmutter los und rannte auf mich zu, packte mich und zog mich hinüber zu Mercedes und Enea, der mich lächelnd begrüßte, während meine Hände feucht wurden, mein Herz Purzelbäume schlug, und mein Verstand wie Watte war. Und dann, ich konnte es nicht fassen, nahm meine Tochter eine Hand von mir, eine von ihm und legte sie glücklich lächelnd ineinander. Mir blieb die Luft weg.

»Entschuldigen Sie«, stammelte ich, »ich gehe jetzt besser. Einen schönen Dreikönigstag«, fügte ich rasch hinzu, nahm Auroras Hand und zog sie ein Stück in Richtung Auto.

Obwohl es albern war, hatte mich die Begegnung mit Enea verwirrt. Noch mehr jedoch die Aktion meiner Tochter, die es bislang nicht einmal ertragen konnte, einen fremden Mann auch nur in meiner Nähe zu sehen.

»Ebenfalls«, hörte ich Enea hinter mir rufen, und als ich mich umdrehte, trafen sich unsere Blicke.

Schnell schaute ich weg und hoffte, dass er verstand, was ich damit zum Ausdruck bringen wollte. Am Morgen nach dem Konzert wurde ich eines Besseren belehrt.

Ich hatte Aurora in die Schule gebracht, Gummistiefel und eine dicke Jacke angezogen, um in den Garten zu gehen und meine Sorgenkinder genauer zu untersuchen, und wäre fast zurückgeprallt. Enea stand dort neben einem Jugendlichen mit zimtfarbener Haut und langen, dünnen Beinen und sprach mit meiner Schwiegermutter.

»Guten Tag«, sagte ich laut.

»Guten Tag, mein Schatz«, entgegnete Mercedes und zog fröstelnd den Schal enger um ihre Schultern. »Enea ist mit seinem Cousin Hani gekommen, sie wollten sich den Rebstock kurz mal ansehen.«

»Was?«, fragte ich ungläubig. »Ich dachte, ich kümmere mich allein darum, um ehrlich zu sein«, fügte ich hinzu und ging hinüber zu dem kahlen Stamm.

Noch wusste ich nicht, was mit ihm los war, aber ich würde es herausfinden. Und keine Möglichkeit ungenutzt lassen. Schließlich hatte ich ein vages Wissen, was mit den Stöcken in den Weinbergen so alles angestellt wurde, wenn sie kränkelten. Ich hatte bereits ein paar Reagenzgläser dabei, und jetzt war jemand da, der alles an sich reißen wollte. Verärgert ballte ich die Fäuste. Das ließ sich ganz anders an, als ich es mir vorgestellt hatte.

»Die Pflanze scheint krank zu sein«, sagte Hani, der neben mir auftauchte. »Ich verstehe nicht viel davon, doch dass es dem Weinstock nicht gut geht, das sehe ich.«

Enea begann den Stamm zu inspizieren und über die Rinde zu streichen. Er hatte sich die Ärmel des Hemdes hochgekrempelt, das er unter seinem blauen Pullover trug, und unwillkürlich musste ich lächeln. Sein Anblick erinnerte mich an glückliche Zeiten, denn so ähnlich war Lorenzo herumgelaufen.

»Enea ist der Richtige, um herauszufinden, was der Pflanze fehlt«, warf Hani ein. »Er ist der Beste und hat schon viele Weinstöcke gerettet.« Aus seiner Stimme klang Stolz. »Obwohl sie innen faul waren, hat er sie wieder hingekriegt.« Er zeigte auf seinen Cousin, der gerade Erdproben in ein Säckchen füllte. »Er versteht sein Handwerk, vertrauen Sie ihm und Signora Mercedes – sie hat Enea hergebeten.«

Ich vergrub die Hände in den Taschen und fragte misstrauisch: »Meinst du?«

»Er ist der Beste«, wiederholte er.

»Und das sagst du nicht bloß, weil er dein Cousin ist?«

Hani lächelte und schüttelte den Kopf. »Nein, ich lüge nie. Man hat mir beigebracht, dass Aufrichtigkeit der größte Schatz ist, über den man verfügt.«

»Meine Güte, wie alt bist du eigentlich?«, gab ich zurück, völlig verblüfft von seiner Reife, die im Widerspruch zu seinem kindlichen Gesicht stand. »Du sprichst nicht wie ein Junge deines Alters, woher kommst du?«

Er legte mir eine Hand auf die Schulter und brachte mich mit einem Lächeln zum Schweigen. »Es ist nicht wichtig, woher man kommt, es geht darum, wohin man geht«, antwortete er.

»Nun gut, mein junger weiser Freund«, unterbrach ich ihn, klopfte ihm auf die Schulter und wandte mich ab.

»Cassandra, können Sie mal kommen?«, hörte ich in diesem Augenblick Enea rufen und sah, dass er mich zu sich winkte. »Ich möchte Ihnen etwas zeigen.«

Na dann, dachte ich und ging näher. Wieder geriet ich völlig durcheinander, spürte, wie eine verräterische Hitze mir über den Hals ins Gesicht stieg. Ich hatte das Gefühl, als gäbe es in diesem Moment allein ihn und mich.

Und dass er mich zudem plötzlich mit meinem Vornamen ansprach, irritierte mich zusätzlich. Entschlossen räusperte ich mich und versuchte, mich auf das zu konzentrieren, was er mir zeigen wollte.

Nachdem er das Unkraut heruntergerissen hatte, wurde im Stamm des Weinstocks eine tiefe Wunde sichtbar. Offenbar hatte ein Blitz das Holz gespalten. Aus dem Augenwinkel sah ich, wie Enea aus seiner Umhängetasche Säckchen und Reagenzgläser holte und sie mit Proben füllte.

Als ich das Ausmaß der Verletzung erkannte, wurde mir das Herz schwer. Dieser Stock, der angeblich uralt war und vieles erlebt hatte, durfte nicht sterben. Er war Zeuge meiner Liebe gewesen, meines Eheversprechens. In seinem Schatten und in dem des Rosenbuschs hatte ich glückliche Stunden verbracht, hatte gelacht und geträumt, hier hatte mein Herz wild geklopft. Und deshalb war ich entschlossen, diese Pflanze zu retten. Und vielleicht wollte ich es ebenfalls für Anita, dachte ich und tastete nach dem Brief in meiner Manteltasche.

»Was ist los?«

»Vermutlich liegt unter anderem ein Reblausbefall vor, aber das eigentliche Problem ist ein anderes, da bin ich mir sicher«, erklärte er und zupfte eines der letzten vertrockneten Blätter ab. »Sehen Sie, selbst jetzt kann man noch den braunen Rand sehen.«

Als er sich vorbeugte, um mir das Blatt zu zeigen, stieg mir ein Geruch nach Holz, Moschus und einem Hauch

Amber in die Nase, der so intensiv war wie der Sonnenschein im August. Ich hatte vergessen, wie angenehm sich die Nähe eines Mannes anfühlen konnte. Doch sogleich schämte ich mich für diesen Gedanken und wich zurück.

»Und was bedeutet das genau?«

Er schaute mich mit einem unergründlichen Blick an, der eindeutig mir und nicht dem kranken Blatt galt, das er mir noch immer hinhielt.

»Dafür ist ein Pilz verantwortlich.« Er fuhr sich über die Stirn, wo seine erdverkrusteten Finger schmutzige Streifen hinterließen. »Anfangs sieht der befallene Bereich braun aus, mit der Zeit vertrocknet dann das Blatt, weil der Pilz zu einer Verholzung der Äste und Zweige führt, die somit keine neuen Triebe mehr hervorbringen können. Mit anderen Worten: Der Stock stirbt nach und nach von innen ab. Ein übler Schädling, Cassandra.«

»Verstehe«, sagte ich bedrückt, denn das war keine ermutigende Nachricht. »Ist er überhaupt noch zu retten?«

Der Gedanke, wieder einen Kampf zu verlieren, deprimierte mich. Und wenngleich es nicht einmal ansatzweise zu vergleichen war, musste ich an die Situation denken, als die Ärzte mir eröffneten, dass Lorenzo keine Chance gegen den Krebs hatte. Und da unsere Liebe so eng mit diesem Weinstock verbunden war, hatte ich irgendwie das Gefühl, meinen Mann ein zweites Mal hergeben zu müssen.

»Schwer zu sagen«, antwortete er und schaute auf die Äste. »Meine Großmutter sagte immer, dass es gegen alles ein Mittel gebe, außer gegen den Tod. Auf jeden Fall muss man die befallenen Stellen großflächig entfernen und den ganzen Stock sorgfältig reinigen. Es ist wie beim Krebs: Die Chirurgie kann viel, indes nicht alles. Die Variable ist und bleibt der Patient, und wir können nur hoffen, dass der alte Knacker da Lust hat, uns noch länger seine Trauben zu schenken.«

Ich lächelte bitter und verschränkte die Arme vor der Brust. »Und die Reblaus?«

Enea fuhr sich übers Kinn. »Ich habe Proben genommen, und wenn das Labor meinen Verdacht bestätigt, dass es sich wirklich um *Daktulosphaira vitifoliae* handelt, dann wüsste ich eine Therapie. Nichts Giftiges und nichts Chemisches, sondern ein Mittel auf biologischer Basis, vielleicht weiße Öle. Jedenfalls nichts, was die Qualität des Weins beeinträchtigen könnte. Sie wollen die Trauben sicherlich keltern, oder?«

»Natürlich«, log ich.

Ich wusste nicht mal, ob die Trauben, die an den Stöcken im Garten wuchsen, überhaupt für die Weinproduktion verwendet wurden. Eher nicht. Insofern ging es nicht um die Erträge, sondern um die Pflanze selbst und die Emotionen, die mich mit ihr verbanden.

Trotzdem war ich froh, dass Mercedes Enea hinzugezogen hatte. Irgendwie traute ich ihm zu, dass er das scheinbar Unmögliche möglich machte.

»Sie haben mich übrigens überrascht«, sagte ich nach einer Weile lächelnd.

»Wirklich? Und warum das?«

»Nun ja, Sie hatten zwar erwähnt, dass der Weinbau so was wie Ihre Passion ist, derartig detailreiche Kenntnisse hatte ich hingegen ...«

»Danke für Ihr Vertrauen«, unterbrach er mich scheinbar spöttisch und fügte hinzu, als er meine Verwirrung bemerkte: »Das sollte ein Witz sein – es macht mir Spaß, Leute auf den Arm zu nehmen.«

»Danke, ich behalt's im Kopf. Hani meinte, Sie seien der Beste.«

»Und Sie wollen wissen, ob Sie ihm glauben können, oder?«

»Na ja, immerhin betrachte ich mich als Hüterin des Weinstocks und habe das Recht, alles zu erfahren«, bemühte ich mich um einen lockeren Ton.

Er biss die Lippen zusammen, während sein Blick auf einen Falken gerichtet war, der sich im Sinkflug auf seine Beute stürzte.

»Sie wissen nicht viel über mich, und es gibt Dinge, die niemand weiß«, fügte er leise hinzu. Dann wurde er wieder ganz sachlich, rief Hani heran, damit sein Cousin sich ebenfalls anhörte, wie er vorzugehen dachte. »Zunächst einmal müssen wir den Boden analysieren lassen, den Stock zurückschneiden, die befallenen Stellen entfernen oder gründlich desinfizieren, je nachdem, und dann müssen wir ...«

»Halt, stopp!«, unterbrach ich hin und hob die Hand. »Warum sprechen Sie von *wir*? Der Weinstock ist in erster Linie mein Baby, und da möchte ich nicht einen fertigen Plan zum Abnicken vorgelegt bekommen.«

Beinahe streng schaute er mich an. »Hier geht es nicht um meins oder deins. Wenn Ihnen ernsthaft was an dem Stock liegt, dann hören Sie auf mit solchen Kindereien und lassen mich anfangen. Sonst ist es schnell zu spät. Und glauben Sie mir, ich bin der Beste hier in der Gegend, das können Sie gerne überprüfen. Und obwohl ich noch jung bin, habe ich mehr Erfahrung mit Weinstöcken und ihren Erkrankungen als manch altgedienter Weinbauer mit weißen Haaren. Ich war in der ganzen Welt unterwegs: Südafrika, Kalifornien und Südamerika, Australien und Neuseeland, Europa sowieso. Ich weiß alles, was Weinbau angeht.«

»Hoppla, Bescheidenheit scheint nicht zu Ihren Stärken zu gehören«, erwiderte ich süffisant und zog die Augenbrauen hoch.

Der Enea, der jetzt vor mir stand, hatte nichts mehr mit dem charmanten Jungen gemein, der die Teenager im Chor zum Schwärmen brachte. Er war ein selbstbewusster Mann – vielleicht eine Spur zu selbstbewusst für meinen Geschmack. Typ Macher, und die zählten nicht gerade zu meinen Favoriten.

»Hier geht es auch nicht um Bescheidenheit oder Arroganz, sondern um Fakten.« Er vergrub die Hände in den hinteren Taschen seiner Jeans und schickte Hani zum Wagen voraus. »Ich habe den Eindruck, dass Sie mich für einen Angeber halten, oder?«

»Auf jeden Fall sind Sie ganz schön überzeugt von sich.«

Er lächelte und hielt sich an einem Ast fest. »Mein Großvater Victor besaß einen Weinberg in Ponterosso, ich verbrachte früher jeden Sommer bei ihm, denn meine Eltern waren als Musiker von Frühjahr bis Herbst oft auf Tournee. Es war schön dort, mir ging es gut, und von meinem Großvater habe ich alles gelernt, was man über Weinbau wissen muss. Eines Tages, als ich mal wieder mit dem Bus in Ponterosso ankam, erwartete mich eine Nachbarin an der Haltestelle. Mein Großvater war gestorben, immerhin genau so, wie er es sich erträumt hatte: in seinem geliebten Weinberg. Für mich war es ein Schlag.«

»Er war ein Weinexperte?«

»Nein, dazu fehlte ihm wohl die Gelegenheit, denn sein Leben verlief nicht unbedingt geradlinig. Man könnte sagen, er stellte die Liebe über seine beruflichen Möglichkeiten – er konnte nicht einmal heiraten, weil er zu arm war.«

»Was hat denn die Liebesgeschichte mit dem Weinberg zu tun?«

»Die Frau, die er liebte, stammte aus einer angesehenen Familie, die seit Generationen im Weinbau und Weinhandel tätig war. In einer Stadt in Frankreich, an den Namen erinnere ich mich nicht mehr. Eines Tages, wenige Monate nachdem sie einen Adligen geheiratet hatte, lernte sie meinen Großvater kennen, der auf dem väterlichen Gut als Weinbauer arbeitete. Es war Liebe auf den ersten Blick, eine der Leidenschaften, die sich nicht erklären lassen, man lebt sie und Schluss. Ihr Mann war im Krieg, sie trafen sich heimlich im Weinberg. Und dort wurde meine Mutter gezeugt. Die einzige Chance, die mein Großvater hatte, ihr nah zu sein, war, auf dem Gut zu bleiben, was er, bevor er diese Frau kennenlernte, gar nicht vorhatte. Die Geschichte fand kein gutes Ende. Seine große Liebe, meine Großmutter, erkrankte am Ende der Schwangerschaft und starb bei der Geburt. Da niemand die wahren Verhältnisse kannte, blieb das Kind natürlich beim Ehemann der Mutter, den alle für den Vater hielten. Doch mein Großvater ertrug das nicht und entführte seine Tochter, floh mit ihr durch halb Europa, bis er sich schließlich in Ponterosso niederzulassen wagte. Aus Frankreich hatte er Reiser mitgenommen, zur Erinnerung an das Leben dort und an die Frau, die er so sehr geliebt hatte. Sie wurden zum Grundstock seines eigenen Weinbergs.«

»Das klingt ja wie ein Roman«, sagte ich und dachte an Anitas Geschichte, die auch von einer unerfüllten Liebe handelte und von einem Kind.

»Ob Roman oder nicht, dieser Großvater hat mir die Liebe zum Weinbau mitgegeben und sorgte dafür, dass ich um die halbe Welt reisen konnte, um mir so viel Wissen wie möglich anzueignen. Etwas, das er gern gewollt hätte und auf das er wegen seiner Liebe und seiner Tochter verzichtete. Darüber hinaus hat er mir das Versprechen abgenommen, mich nach seinem Tod um seinen Weinberg zu kümmern. Leider habe ich das nicht in dem Maße getan, wie es nötig gewesen wäre, und am Ende war er verloren. Das belastet mich bis heute.«

Offenbar wollte Enea sich jetzt bei meinem Stock beweisen, dass er den Kampf hätte gewinnen können, wenn er sich entschieden genug eingesetzt hätte.

»Gut.«

»Gut?«

Ich atmete tief durch und schaute ihm fest in die Augen. »Ich bin einverstanden und vertraue Ihnen meinen Weinstock an«, erklärte ich und reichte ihm zur Besiegelung die Hand.

Sein Gesicht hellte sich auf.

»Damit eins von Anfang an klar ist: Ich verlange kein Geld, lediglich die Erstattung anfallender Kosten. Eines allerdings wäre mir sehr wichtig …« Er zögerte, und ich dachte bereits, jetzt würde der berühmte Haken an der Sache kommen, aber nichts dergleichen geschah. »Ich möchte ungehindert jeden Tag das Grundstück betreten und nach dem Rechten schauen und jederzeit hier arbeiten dürfen. Zusammen mit Ihnen. Bei Bedarf kann Hani uns helfen. Sonst niemand.«

Ich schob mir eine Haarsträhne hinters Ohr und sah zu Boden, ich fühlte mich gleichermaßen verlegen und geschmeichelt.

Er schien das zu spüren und schob sogleich eine Erklärung nach. »Ich denke, das wäre eine gute Kombination. Ich bringe das naturwissenschaftliche Knowhow mit, Sie das emotionale. Durch Sie werde ich diese beiden hier wirklich kennenlernen«, sagte er und zeigte auf den Weinstock und die Rose. »Wie es scheint, besteht da eine besondere Verbindung, und so etwas darf man nicht außer Acht lassen. Fragen Sie mich nicht, warum, aber ich bin sicher, dass diese Pflanze etwas Magisches hat. Etwas Besonderes, ich fühle es.«

Wenn er diese Worte in Bezug auf eine Frau verwendet hätte, wäre mir das Wort verliebt eingefallen – da es sich indes um einen Weinstock handelte, konnte ich mir ein leises Lächeln nicht verkneifen.

Oh Gott, ich hatte mir eingebildet, er sei an mir interessiert und der Weinstock diene bloß als Alibi. Dabei war er fast so verrückt wie ich und schien ganz im Ernst seine volle Kraft daransetzen zu wollen, um eine kranke Pflanze zu retten.

Um etwas wiedergutzumachen und sich etwas zu beweisen.

Manchmal war das Leben wirklich spannend.

7

Ich rieb mir die Augen und trank den letzten Schluck Kaffee, er war inzwischen kalt geworden und schmeckte schrecklich bitter. Dann fuhr ich den Computer herunter, bis mir Auroras Babygesicht auf dem Desktop entgegenstrahlte.

Lorenzo hatte das Foto an dem Tag gemacht, als wir aus der Klinik nach La Carraia kamen. Nach Hause. Ich war mit den Nerven am Ende und hatte das Gefühl gehabt, alles falsch zu machen. War ich zu ängstlich? Interpretierte ich ihr Weinen richtig? Verstand ich ihren Gesichtsausdruck überhaupt? Ich wusste noch genau, dass ich in Tränen ausbrach, weil mir eine schmutzige Windel aus der Hand gefallen war. Lorenzo hingegen vergrub sein Gesicht in ihrem duftenden Bauch und küsste sie, woraufhin sie dieses Engelslächeln zeigte, das für Neugeborene so typisch ist.

Einer der vielen Tage, die sie mit ihrem Vater erleben durfte und für die ich dankbar war.

Nachdem ich den Laptop zugeklappt hatte, ließ ich mich todmüde aufs Bett fallen, konnte aber nicht schlafen. Anitas Geschichte ließ mir keine Ruhe. Die Hände hinter dem Nacken verschränkt, starrte ich an die Decke, die Dose mit den Papieren neben mir. Seit Tagen suchte ich Informationen über sie, aber ich kam nicht weiter, und so langsam verlor ich jede Hoffnung. Wenn nicht ein Wunder geschah und Anitas Schicksal irgendwann wie von selbst aus dem Labyrinth der Weltgeschichte auftauchte, würde ich wohl nie erfahren, was damals passierte.

Um mir ein Bild von Montelupo während des Zweiten Weltkriegs zu machen, hatte ich ein wenig über die Zeit der deutschen Besatzung recherchiert, über die Einheiten, die bis zur Kapitulation den Ort besetzt hielten – vielleicht würde ich auf diese Weise auf einen brauchbaren Hinweis stoßen. Nichts.

Dann plötzlich tat sich ein Fenster zur Vergangenheit auf.

Als ich in meiner Tasche nach dem Döschen mit Beruhigungstabletten kramte, die ich seit Lorenzos Tod zum Einschlafen brauchte, zog ich einen gefalteten Zettel mit heraus, den ich schon vergessen hatte. Es handelte sich um eine Einladung zu einer Benefizveranstaltung im Circolo Garibaldi zugunsten eines Projekts, das an die heldenhaften Leistungen der Partisanen in Montelupo erinnern sollte.

War das etwa der Fingerzeig, auf den ich so sehnsüchtig wartete?

Im Haus war es still, während draußen über den Hügeln der Wind pfiff und die Zypressen beinahe zu Boden drückte. Ich nahm Anitas Brief zur Hand und führte ihn an meine Lippen.

Irgendwie betrachtete ich dieses Schreiben als ein Vermächtnis von Anita an mich, damit ich dafür sorgte, dass ihre Geschichte nicht vergessen wurde. Und zugleich hatte der Fund für mich persönlich das Wunder bewirkt, dass der Panzer aus Eis, der seit einem Jahr mein Herz verhärtete und es kalt und gefühllos gemacht hatte, langsam schmolz und ich den ersten Schritt zurück ins Leben tat.

»Danke«, murmelte ich, während meine Finger nach dem Skizzenblock auf dem Stuhl griffen.

Lorenzo hatte mir einen wunderschönen Farbkasten zum Geburtstag geschenkt. Ich nahm einen Kohlestift aus dem Seitenfach, knipste das Licht auf dem Nachttisch an, setzte mich im Schneidersitz aufs Bett und schlug den Block auf. Früher hatte ich viel und gerne gezeichnet, und jetzt beschloss ich, wieder damit anzufangen. Vielleicht war das ja genau die richtige Nacht, um sich wenigstens für ein paar Stunden wie die Frau von einst zu fühlen, die farbverschmiert und voller Begeisterung an ihren Bildern arbeitete.

Als ich den Block durchblätterte, stieß ich auf viele Bilder von Lorenzo, Akte, Studien, Skizzen, Hände, Schultern, Beine in ein Laken geschlungen, Arme um ein Kissen gelegt. Und schließlich das Bild, als Lorenzo bereits krank war. Ich zeichnete es, nachdem wir miteinander geschlafen hatten. Zum letzten Mal, nur ahnte ich das damals nicht. Aus Selbstschutz hatte ich mich daran gewöhnt, dass jeder Tag der letzte sein konnte, und mich nicht mehr gefragt, was die Zukunft bringen würde. Im Grunde meines Herzens wusste ich es schon, bevor die Ärzte mich mit der Wahrheit konfrontierten.

Zärtlich fuhr ich mit den Fingern über sein Gesicht auf dem Papier, wünschte mir, noch einmal zu erleben, wie sich seine Haut angefühlt und wie sein Atem geklungen hatte, wenn er erschöpft einschlief. Gerne stellte ich mir vor, wie es war, wenn er mich streichelte, aber ich würde dieses Streicheln nie wieder spüren.

Lorenzo war tot, und ein Stück von mir war mit ihm gestorben.

Die Bilder von Lorenzo auf dem Papier und die Bilder in meinem Kopf hatten mich wehmütig gestimmt. Meine euphorische Lust zu zeichnen war vergangen, und ich klappte den Block zu. In diesem Moment begann mein Handy auf dem Nachttisch zu vibrieren. Leicht verärgert wegen der späten Stunde griff ich danach, und meine Laune besserte sich augenblicklich.

Die Nachricht kam von Enea.

Wollte Ihnen schnell mitteilen, dass ich die Proben ins Labor geschickt und angefangen habe, mit allerlei Mixturen zu experimentieren, die unserem Kranken helfen sollten, sich ein bisschen zu regenerieren. Er wird viel Pflege und Zuwendung brauchen. Gute Nacht!

Ich legte das Handy beiseite, schlüpfte unter die Decke und sank, vom Rauschen des Windes begleitet, bald in einen tiefen Schlaf. Die Gedanken an Anita halfen mir gegen die Einsamkeit der Nacht. Sie war bei mir, wir hatten eine gemeinsame Geschichte.

Vor der Tür stand ein alter Weidensessel, handgeflochten, wie man ihn höchstens noch in Bauernhäusern fand. Er hatte eine lange Geschichte. An der Tür hing ein Schild mit einem fünfeckigen Stern in den Landesfarben, gekrönt vom Namen der Brigade: Garibaldi, die dem Saal seinen Namen gegeben hatte. Von drinnen waren Stimmen zu hören wie immer, wenn es um Erinnerungen ging, die bei ein paar Gläsern Wein ausgetauscht wurden.

Ich umklammerte die Umhängetasche mit Anitas Hinterlassenschaften und war nicht sicher, ob ich wirklich dort hineingehen sollte. Bislang war ich solchen Veranstaltungen ferngeblieben und hatte mich generell nicht als aktives Mitglied der kleinen Gemeinde hervorgetan, außerdem machte ich mir auch wenig Hoffnung, Neues zu erfahren.

»Hallo, kann ich Ihnen helfen?«

Ich drehte mich um. Vor mir stand ein hochgewachsener Mann, etwa achtzig Jahre alt, mit weißen Haaren; er ging leicht gebeugt, seine Gesichtsfarbe zeugte von Feldarbeit.

»Ich weiß nicht, ob ich reingehen soll. Ich habe zwar

von irgendwem eine Einladung bekommen, bin aber nirgends Mitglied oder so«, stammelte ich.

»Kein Problem«, versicherte mir der freundliche Mann und führte mich nach drinnen.

Der Raum war größer, als er von außen wirkte. Die Wände waren mit Stoff bespannt, die Decken hoch. Keramiklampen spendeten ein warmes und einladendes Licht, als ob dieser Saal ein riesiges Wohnzimmer wäre. In seiner Mitte standen ein Dutzend Bänke und Holztische mit rot-weiß karierten Tischdecken wie in einem Gasthaus, darauf niedrige geschliffene Gläser, wie sie in den Sechzigerjahren modern waren. Sie warteten bloß darauf, mit dem Landwein aus den großen bauchigen Flaschen gefüllt zu werden.

Die Atmosphäre ähnelte einem großen Familienfest, man lachte, schlug sich auf die Schultern, während an einer Seite eine kleine Gruppe von Frauen in weißen Schürzen und Häubchen riesige Brotlaibe schnitt und die Deckel von großen Aluminiumwannen und dampfenden Töpfen nahm.

Ich schaute mich um.

Es schienen vor allem ganze Familienverbände angerückt zu sein. Kinder, Eltern und Großeltern, Onkel und Tanten. An die Wand gelehnt, die Arme vor der Brust verschränkt, beobachtete ich interessiert das bunte, lärmende Treiben. Alle schienen glücklich und vergnügt, alle schienen sich zu verstehen. Warum war das in meiner Familie nicht möglich, dachte ich mit einem Anflug von Bitterkeit und verwünschte zum wiederholten Mal Großvater Adelchi.

»Sie sind zum ersten Mal hier, richtig?«, fragte mich mein Begleiter und grüßte nach rechts und links.

»Ja, ich bin eigentlich in Frankreich aufgewachsen, meine Mutter stammte aus Montelupo. Später hat es mich hierher verschlagen, ohne dass ich je ein gutes Verhältnis zu meiner Familie bekam. Adelchi ist nicht gerade das Modell eines Großvaters«, antwortete ich, ohne groß nachzudenken.

»Sie sind Adelchis Enkelin?«, vergewisserte sich der Mann.

»Ja, wenngleich ich fürchte, dass ich der Ehre nicht gerecht werde«, antwortete ich spitz und ließ den Ärmsten meinen Ärger auf meinen Großvater spüren.

»Warum habe ich Sie dann noch nie hier gesehen?«

»Ich lebe erst seit wenigen Jahren in Montelupo, aber eher zurückgezogen. Und aufgrund besonderer Umstände war ich längere Zeit ans Haus gebunden«, redete ich um den heißen Brei herum und merkte mit einem Mal voller Entsetzen, dass aus meiner Antwort eine weit größere Ähnlichkeit mit Adelchi herauszulesen war, als mir lieb sein konnte.

»Dann bist du eine von uns«, hörte ich eine Stimme hinter mir.

Ein Mann, das Gesicht vom Wein gerötet, umarmte mich gerührt, ein zweiter mit dicken Brillengläsern und nur einem Arm tat das Gleiche.

Und plötzlich prasselten Dutzende Geschichten aus dem Krieg auf mich ein. Alle erzählten von der Freiheit, für die sie einen hohen Preis bezahlt hätten, und die Anekdoten waren schmerzlich, rührend, manchmal sogar humorvoll.

Diese merkwürdige Gruppe alter Männer berichtete mir von einem Adelchi, den ich nicht kannte, einem Mann, der monatelang in einer Berghöhle gelebt hatte, einen Fuchs als Gefährten und eine einzige Schachtel Munition, um sich gegen den Feind zu verteidigen. Der Dutzende deutsche Invasoren getötet und sein eigenes Leben riskiert hatte, um seiner Heimat wieder die Freiheit zu erkämpfen und das Joch der brutalen Besatzung, der so viele zum Opfer gefallen waren, abzuschütteln.

Ein mutiger Mann. Großzügig. Da waren sich alle einig.

Aber sie stimmten ebenfalls darin überein, dass er sich nach dem Krieg total verändert habe. Auf einen Schlag sei er schweigsam und feindselig geworden.

»Niemand weiß, was mit ihm passiert ist, warum er irgendwann alle Brücken hinter sich abbrach.«

»Nun ja, ganz plötzlich kam das nicht. Es hatte mit dem Tod seiner Schwester zu tun. War wohl ein harter Schlag für ihn«, schaltete sich ein anderer ein, der mir zum vierten Mal das Glas füllte.

Ich verschluckte mich, hustete und röchelte – wie ein Maschinengewehr, behaupteten meine neuen Freunde und amüsierten sich köstlich.

»Die Schwester? Hieß sie vielleicht Anita?«, fragte ich in die Runde.

»Richtig, genau so hieß sie. Weißt du etwa nichts von ihr?«, gab Paolo, mein erster Bekannter in diesem Kreis, zurück, der wegen seiner langen Beine bei den Partisanen als Kurier eingesetzt gewesen war. Und weil er ein Fahrrad besessen hatte, 1934 in einer Lotterie gewonnen. »Vielleicht spricht er nicht gern darüber, was meinst du?«, warf Giacomo ein, einer der Ältesten in der Runde, und fuhr sich mit dem Finger über den von Tomatensoße verklebten Bart, denn er hatte zuvor einen Teller von den hausgemachten Gnocchi gegessen.

»An Anita erinnere ich mich gut, und da bin ich in Montelupo sicher nicht der Einzige«, fügte Mario hinzu, den sie wegen seiner glühenden dunklen Augen »den Schönen« nannten. »Du ähnelst ihr, weißt du? Die gleichen Augen und den gleichen Ausdruck im Gesicht«, sagte er und setzte sich neben mich.

Die anderen kicherten.

»Du hörst wohl nie auf, mit schönen Frauen zu flirten, du alter Fuchs«, sagte Paolo missbilligend und schaute Zustimmung heischend in die Runde. »Siehst du nicht, dass sie deine Enkelin sein könnte?«

»Dann habt ihr also Anita gekannt?«, fragte ich aufgeregt und versuchte sie beim Thema zu halten, bevor sie wieder in ihr Altmännergeschwätz verfielen. »Ihr alle, meine ich.«

Giacomo lächelte und stopfte seine Pfeife.

»Anita war eines der schönsten Mädchen im Ort. Alle machten ihr den Hof, Alte wie Junge, und wenn sie im Sommer im Weinberg arbeitete, kamen die Jungs und gafften sie an. Einmal hat Adelchi sogar einen erwischt, der ihr am Sonntag in der Kirche in den Ausschnitt schaute. Verrückte Zeiten«, schloss er und schlug sich auf die Schenkel.

»Ja, Adelchi musste damals so manchem eine Abreibung verpassen«, pflichtete ihm Paolo bei und lächelte selig. »Mein Gott, sie war wirklich einfach zu schön.«

Obwohl ich bereits ein wenig beschwipst war, nahm ich noch einen Schluck Wein.

»Anita hat als Erntehelferin bei den Carrais gearbeitet?«

»Ja, bei der Weinlese werden immer zusätzliche Hände gebraucht. Irma, ihre Mutter, half um diese Zeit als Haushaltshilfe auf einem anderen Weingut aus, während Anita und Adelchi bei den Carrais arbeiteten, vor allem nach der Generalmobilmachung. Frauen mussten damals das Doppelte leisten.«

»Und mein Urgroßvater?«

»Der ist gestorben, als Anita geboren wurde. Er hatte sich beim Arbeiten in der Mine eine Steinstaublunge geholt, das hat die Familie hart getroffen.«

Steinstaublunge. Davon hatte ich bis jetzt lediglich in den Geschichtsbüchern gelesen und wusste, dass es eine schreckliche Krankheit war, ein hoher Preis für eine miserabel bezahlte Arbeit.

Am Nebentisch begann eine Frau die benutzten Teller abzuräumen und gebratenes Fleisch aufzutragen.

»Und warum musste Adelchi nicht an die Front?«

Giacomo runzelte die Stirn. »Du weißt wirklich kaum etwas von deiner Familie.«

»Wie es aussieht, reden meine Familienmitglieder nicht gerne«, erklärte ich und versuchte, meine Verlegenheit zu verbergen.

Giacomo winkte einem Mann am anderen Ende des Saales zu. »Bei deinem Großvater wurde ein Herzfehler entdeckt, der ihm die Front ersparte«, sagte er leise. »Ich hatte das Glück nicht, war erst in der Heimat, dann in Griechenland. Von dort gelang es mir zu fliehen, wie, weiß ich selbst nicht genau. Und als ich wieder hier war, habe ich den Widerstand in Montelupo organisiert. Nach allem, was ich gesehen hatte, wusste ich genau, was zu tun war. Zu viel Leid, zu viel Grausamkeit, zu viele Verbrechen. Ich habe schreckliche Dinge mit angesehen. Nun, nach dem Krieg kam einiges ja ans Tageslicht«, fügte er hinzu, bevor er sich mit feuchten Augen erhob und zu seinen Freunden hinüberging, die sich inzwischen an den Nachbartisch gesetzt hatten.

Ich hingegen beobachtete weiter all diese Menschen, die die Vergangenheit mit sich herumschleppten wie ein Leiden, gegen das es keine Heilung gab. Auf den ersten Blick wirkten sie glücklich, aber in ihren Augen lag ein alter Schmerz.

Ich stellte mir Anitas Leben vor, wie Giacomo und Paolo es eben geschildert hatten.

»Deine Großtante hat nicht allein als Erntehelferin gearbeitet«, sagte eine Stimme hinter mir.

Eine kleine, stämmige Frau lächelte mich breit an. Sie hatte einen Topf auf ihrer Hüfte und eine Kelle in der Hand, von der Soße tropfte. Ihre schütteren schwarzen Haare wurden von einem Haarband zusammengehalten, hin und wieder perlten ihr ein paar Schweißtropfen über die Stirn.

»Kannten Sie sie?«

»Ich bin Nives, und siezen ist nichts für einfache Leute.« Sie schenkte mir ein warmes Lächeln. »Damals war ich ein kleines Mädchen, kaum zehn Jahre alt, aber an Anita erinnere ich mich gut. Sie arbeitete täglich ein paar Stunden beim Bäcker, bevor sie ihn an die Wand gestellt haben. Mir schenkte sie abends regelmäßig das alte Brot, das zu trocken war oder höchstens zu Semmelbröseln verarbeitet wurde. Sie wusste, dass wir zu Hause viele Kinder waren und wenig Geld hatten, deshalb half sie uns, wo immer es ging. Sie hatte ein gutes Herz, das arme Ding.«

»Warum arm?«

Nives gab eine Kelle voll Soße in einen Plastikteller, dazu ein paar Nelken.

»Sie starb bei der Geburt ...«

»Was machen Sie denn hier?«

Enea.

Am liebsten hätte ich geschrien, weil sein Tonfall unangemessen scharf war, doch ich zwang mich zu einem falschen Lächeln.

»Und Sie?«

»Man beantwortet eine Frage nicht mit einer Gegenfrage, wissen Sie das etwa nicht?«, sagte er.

»Wirklich?«, gab ich zurück. »Vielleicht haben Sie dafür in der Schule gefehlt, als man den Kindern beibrachte, die Gespräche anderer Leute nicht zu unterbrechen.«

Auch keine nette Bemerkung, aber es war die Retourkutsche für Eneas unmögliches Benehmen. Was bitte ging es ihn an, wo ich meine Abende verbrachte? Endlich erfuhr ich gerade mehr über Anita und ihre Geschichte, und er ruinierte alles.

Ich verbarg meine Verärgerung ihm gegenüber nicht.

Die Gelegenheit war zumindest für heute vorbei. Nives teilte Essen aus, die Alten hockten sich zusammen und begannen die alten Lieder aus ihrer Partisanenzeit zu singen.

Plötzlich kam Enea an meinen Tisch und setzte sich mir gegenüber. »Nives ist meine Tante, ich gehe ihr bei derartigen Veranstaltungen gelegentlich ein wenig zur Hand.«

»Verstehe«, antwortete ich und starrte weiter auf die Tischdecke, die mittlerweile voller Weinflecken war.

Er verschränkte die Finger und beugte sich vor. »Sie hat mir erzählt, dass Sie Informationen über jemanden aus Ihrer Familie suchen, Geschichten aus dem Krieg.«

Ich seufzte.

»Wollen Sie mir davon erzählen?«

»Nein«, antwortete ich knapp.

Die Antwort war mir so rausgerutscht, eigentlich wollte ich meinen Frieden. Und wer weiß, warum er sich eben so seltsam unhöflich verhalten hatte. Jetzt jedenfalls bemühte er sich um Schadensbegrenzung.

»Hören Sie«, sagte er nach einer kurzen Pause, meine Verstimmung ignorierend, »ich weiß von Mercedes, dass Aurora bald Geburtstag hat. Letztes Jahr habt ihr aus gutem Grund nicht gefeiert, dieses Mal möchte sie dafür eine besondere Feier ausrichten und hat mich um Hilfe gebeten. Es wäre mir eine Ehre, obwohl unser erstes Zusammentreffen ziemlich in die Hose gegangen ist. Inzwischen habe ich gemerkt, dass Aurora ein aufmerksames, intelligentes Mädchen ist, ich mag sie sehr.«

Er mag sie, wiederholte ich in Gedanken.

Dieser Satz versetzte mich in Alarmbereitschaft, zumal mir sogleich die Szene vor Augen stand, wie meine Tochter unsere Hände vor der Kirche zusammengeführt hatte. Das alles ging mir zu schnell. Viel zu schnell.

»Ich danke Ihnen, ich bin mir nur nicht sicher, in welchem Rahmen ich feiern möchte. Aurora scheint mir bislang nicht wirklich bereit dazu«, ließ ich eine faustdicke Notlüge vom Stapel.

Aber ehrlicherweise war ich es, die noch nicht bereit war.

Hastig raffte ich meine Sachen zusammen und strebte dem Ausgang zu, wechselte dabei einen kurzen Blick mit Nives, die wiederum ihren Neffen fragend ansah. Meine neuen Freunde standen in der Nähe der Tür und überboten sich gegenseitig mit schönen und schrecklichen Erlebnissen aus ihrer Jugend und dem Widerstand.

Was aber war mit Anita passiert?

8

Ich war ungerecht, zuckte es mir durch den Kopf, während ich mit der Schaufel die Rose vom Unkraut befreite. Es war zwar noch frisch, aber nicht mehr kalt, und der Himmel sah schon nach Frühling aus. Der Januar war vorbei und der Valentinstag Mitte Februar ebenfalls. Ich hatte mich mit Arbeit abgelenkt, um nicht daran zu denken, dass Lorenzo mir immer einen schönen Blumenstrauß geschenkt hatte.

Enea war meist an meiner Seite. Er grub um, pflanzte ein, jeden Tag von morgens bis abends. Seit unserer Begegnung beim Partisanentreffen waren fast drei Wochen vergangen, ich hatte immer noch ein schlechtes Gewissen, weil ich mich so abweisend verhalten hatte. Ich schaute zu Aurora hinüber, die sich mit Hani unterhielt, die beiden hatten sich auf Anhieb verstanden. Dann wandte ich meinen Blick wieder Enea zu, der den gesamten Weinstock von oben bis unten mit der von ihm zusammengerührten Flüssigkeit behandeln wollte. Ein immenses Pensum, dachte ich, wenn er jede Verästelung, jeden kleinen Zweig einpinselte. Immerhin war der Stock groß wie ein Baum.

Als hätten sie meine Gedanken gelesen, standen keine Minute später Aurora und Hani in Gartenhandschuhen vor mir.

»Was habt ihr vor?«, fragte ich, als ich das schelmische Lächeln meiner Tochter sah.

Sie schauten sich an, dann nickte sie, und Hani ergriff das Wort: »Aurora meint, Sie sollten Enea helfen. Er schafft das nicht allein.«

Ich räusperte mich und verkniff mir ein Lachen. »Seit wann sprichst du für meine Tochter?«

»Seitdem sie mit mir spricht, ist es nicht so, Aurora?« Er drehte sich zu ihr um, und sie nickte energisch und streckte mir eine Dose mit Eneas Mixtur entgegen. »Sehen Sie?«, fügte Hani grinsend hinzu.

Sprachlos nahm ich die Dose, kniete mich vor sie hin und schaute in ihre riesigen Augen. Ihre Mütze war ihr halb ins Gesicht gerutscht. Ich richtete sie wieder und strich ihr übers Gesicht.

»Du hast mit Hani gesprochen?«

Aurora nickte.

»Und du willst, dass ich Enea helfe?«

Erneut nickte sie und kam näher. Ich legte mir die Hand ans Ohr. Auch wenn sie gerade zugegeben hatte, dass sie mit ihrem neuen Freund sprach, war sie noch unsicher, es offen zu tun.

»Du sollst wieder glücklich sein«, flüsterte sie, bevor sie sich von mir löste und rasch zu Hani hinüberlief.

Einige Minuten verharrte ich auf den Knien, mit der Dose in der Hand. Das Leben ging weiter, auch das meiner Tochter. Es kam zum Ausdruck in ihrem Wunsch nach meinem Glück, danach, dass ihre Mutter wieder lachte.

Ich stand auf, ging zu Enea und räusperte mich, um seine Aufmerksamkeit zu erregen, die Dose drückte ich fest gegen meinen Bauch. Er schrak zusammen und wischte sich mit dem Hemdsärmel den Schweiß von der Stirn.

Zufrieden deutete er auf den Rebstock, um mir zu zeigen, was er inzwischen gemacht hatte.

Unvermittelt runzelte ich die Stirn, verwirrt von diesem sonderbaren Blick, mit dem er mich immer anstarrte, und verschränkte die Arme vor der Brust, um die Distanz zwischen uns zu unterstreichen.

Zwei Amseln flogen an mir vorbei und landeten auf einem Ast.

»Das verstehe ich einfach nicht an Ihnen.« Defensiv zog ich die Schultern hoch und nahm all meinen Mut zusammen. »Ich habe mich in den letzten Wochen Ihnen gegenüber nicht nett benommen ...« Ich hielt inne, da sein Lächeln mich zunehmend unsicherer machte. »Und Sie tun so, als wäre nichts passiert.«

Er legte seine Hände auf meine Schultern und ließ sie an meinen Armen hinuntergleiten.

»Wissen Sie, was wirklich witzig ist?«, fragte er mit einem amüsierten Grinsen.

»Was?« Ich breitete die Arme aus, war bereit, alles anzunehmen, was er mir sagen wollte. Er blinzelte kaum merklich und sah mich eindringlich an.

»Dass Sie das ärgert. Genauer gesagt, dass es Sie ärgert, wenn Sie wegen irgendwas Glück empfinden. Dabei möchte normalerweise doch jeder glücklich sein. Sie nicht.« Seine Augen verschatteten sich mit einem Mal, bevor er direkt den wunden Punkt ansprach. »Ihnen geht Glück auf die Nerven, bei mir ist das anders. Wenn ich all diese kleinen schönen Momente erlebe, dann habe ich Lust, laut zu singen.«

»Und Ihr Optimismus ist offenbar von meinem Unvermögen, glücklich zu sein, abhängig«, kommentierte ich seine Bemerkung mit beißendem Spott, was er absolut nicht komisch fand.

Er atmete tief durch, um sich seinen Ärger nicht anmerken zu lassen.

»Nein, es ist eher eine Form von Widerstand«, antwortete er mit einem dünnen Lächeln und stemmte die Hände in die Hüften. »Es hat zu allen Zeiten negative Dinge im Leben gegeben und wird sie immer geben: Schmerz, Trauer, Krankheiten, ganz unterschiedliche Probleme. Aber wenn wir uns davon niederdrücken lassen, wenn wir zum Opfer von Wut, Rache und Ähnlichem werden, was haben wir damit gewonnen? Was hilft es uns? Finden wir dann Frieden?« Er schaute mich an, als wollte er wissen, ob ich nicht wenigstens versuchen wollte, glücklich zu sein. »Ich glaube nicht, denn auf diese Weise pflegen wir lediglich unsere Frustrationen. Doch was geschieht, wenn wir diese Kette zu durchbrechen versuchen?« Er hielt inne. »Wir haben keine Wahl, ob wir auf die Welt kommen wollen oder nicht, dennoch sollten wir dafür dankbar sein und das Beste aus unserem Leben machen – alles nutzen, was es uns schenkt, und es nicht bekämpfen. Ist das nicht dämlich? Welchen Grund hätten wir, es dem Leben vorzuwerfen, wenn eine Mutter an Krebs stirbt, wenn der Chef einem kündigt oder uns der Mensch, den wir geheiratet haben, einfach verlässt? Ist das die Schuld des Lebens an sich? Nein. Es ist Zufall. Wir müssen die Dinge beim Namen nennen, ihnen begegnen und aufhören zu jammern.«

Ich nickte, schluckte ein paarmal, meine Hand zur Faust geballt.

»Ihre schöne Ansprache soll mir sagen, dass ich damit aufhören muss, wütend zu sein, weil mein Mann gestorben ist?«

»Nein«, antwortete er knapp und atmete tief durch, »mit meiner schönen Ansprache, wie Sie es nennen, möchte ich Ihnen sagen, dass Ihre Tochter das Recht hat, ihren Geburtstag so zu feiern, wie es sich gehört. Sie will Kerzen ausblasen, immer wieder bittet sie Meredes in der Kirche darum, eine Kerze anzuzünden, damit sie *ihre Kerze* ausblasen kann, wenn wir mit der Probe anfangen. Sie hat ihr eigenes Leben, Cassandra, Ihre Tochter will glücklich sein.«

Ich drückte mir die Hand auf die Brust, um den Schmerz zu betäuben, der in mir aufstieg, und senkte beschämt den Blick. Ja, ich war wohl im vergangenen Jahr keine gute Mutter gewesen, ich hatte mich in meinen Schmerz zurückgezogen und die Bedürfnisse meiner Tochter missachtet. »Mercedes hat mir nie etwas davon erzählt«, flüsterte ich.

»Hätte das etwas geändert?«

»Ich weiß nicht, vielleicht. Ja, ich glaube schon«, stammelte ich und starrte auf meine Hände.

Ich wünschte, der Boden unter meinen Füßen würde sich auftun.

Enea packte mich entschlossen an den Schultern und hob mit dem Zeigefinger mein Kinn an, damit ich ihn ansehen musste.

»Sie können sich dazu entschließen, weiter auf das Leben wütend zu sein. Aber es steht Ihnen nicht zu, das Gleiche von Aurora zu verlangen – für sie dürfen Sie nicht mit entscheiden, und das wissen Sie genau. Nur haben Sie keine Idee, welche Haltung Sie statt Ihrer Wut einnehmen sollen. Nehmen Sie sich ein Beispiel an dem Weinstock. Jeden Tag kämpft er darum, nicht von den Parasiten getötet zu werden, die ihn besiedelt haben. Und wenn man das richtige Gegenmittel findet, gibt man ihm eine Chance. Arbeiten Sie daran, gesund zu werden, suchen Sie nach einem Mittel, das Ihnen hilft, Cassandra, und irgendwann werden der Schmerz und die Trauer verblassen, die Ihnen jetzt das Leben vergällen.«

Ich schluckte meine Tränen herunter, nickte und ließ meine Stirn wie selbstverständlich gegen seine Brust sinken, spürte, wie seine Arme mich umfingen, mich beschützten. Seine Umarmung war warm und tröstlich, so gehalten zu werden, schien mir die beste Medizin zu sein, um meine dunklen Gedanken zu vergessen und die Lust am Leben wiederzufinden. Es wäre wie ein Märchen, wenn es funktionieren würde, wenn ich meine Vergangenheit, meine innere Leere, meine Einsamkeit wirklich ablegen könnte.

Wortlos löste ich mich aus seiner Umarmung und war dankbar, dass er ebenfalls schwieg. Eigentlich hatte er mir kurz zuvor schon alles gesagt. Obwohl es schmerzhaft gewesen war aber Enea hatte mich mit der Realität konfrontiert, ohne sie zu beschönigen, wie es alle anderen taten, die mich mit Samthandschuhen anfassten.

Seufzend schaute ich zum Haus hinüber, von wo der Duft nach einem Holzfeuer herüberwehte.

»Ich gehe kurz zu Mercedes und bitte sie, uns einen kleinen Imbiss zuzubereiten, was meinen Sie?« Ich blies auf meine kalten Hände, während Enea, die Hände in den Taschen vergraben, das knorrige Geäst des Rebstocks begutachtete, der sich dunkel vor dem blauen Himmel abhob. Für alle Fälle hatte er ein paar Ableger genommen, damit, falls die Behandlung nicht anschlug, wenigstens das genetische Erbe dieses uralten Weinstocks und seiner Reben erhalten blieb.

»Eine gute Idee«, antwortete er. »Ich komme mit.

Hani und Aurora bleiben vermutlich lieber draußen – sie scheinen gerade eine Menge Spaß miteinander zu haben«, fügte er hinzu und zeigte auf die beiden, die mit einem Stock Quadrate auf den Boden gemalt hatten und darin herumsprangen und lachten.

»Spielen sie Himmel und Hölle?«

»Mehr oder weniger. Hani kommt gut mit Kindern klar. Beim Ausflug der Pfarrei haben ihn alle geliebt.« Enea lächelte bei der Erinnerung.

Ich ging auf die beiden zu und hörte plötzlich, wie Aurora ein paar Wort sagte – die ersten, die sie seit Langem Fremden gegenüber gesprochen hatte.

Unsagbar glücklich schlug ich mir die Hände vors Gesicht. Hani hatte einen Weg durch ihr Schweigen gefunden und ihre Augen zum Leuchten gebracht.

»Sie haben recht, Ihr Cousin kann gut mit Kindern umgehen.«

Eneas Hand legte sich sanft auf meine Schulter, und gemeinsam schauten wir gleichermaßen zufrieden wie gerührt auf Aurora, die endlich wieder glücklich wirkte.

»Schön, dass sie jemanden gefunden hat, dem sie sich öffnet. Vielleicht ist er so was wie ein großer Bruder für sie«, erwiderte er.

Wie beiläufig streifte er meine Finger, als er seine Hand von meiner Schulter nahm, und als er mich zudem erneut so eindringlich, so intensiv anschaute, während wir in Richtung Haus gingen, durchfuhr mich wieder diese Wärme. Um meine Gefühlsregungen zu verbergen, schaute ich zu Boden, spürte aber dennoch seinen Blick wie eine zärtliche Berührung. Etwas, das ich seit langer Zeit nicht mehr empfunden und das ich vermisst hatte. Verwirrt löste ich mich von ihm und lief eine Weile schweigend neben ihm her.

»Enea, ich ...«

»Ich wünsche mir sehr, dass Sie Ihre Lebensfreude wiederfinden, Cassandra. Eine ansteckende, grenzenlose Lebenslust. Für Aurora und für Sie. Für euch beide«, sagte er und schob mich weiter in Richtung Haus.

Mercedes zauberte uns eine warme Zabaione, dazu ein paar Kekse, es schmeckte köstlich.

»Mmh, Mercedes sollte ein Café aufmachen, diese Kekse sind ein Gedicht«, lobte Enea, verdrehte verzückt die Augen und griff nach seinem dritten Keks.

»Ehrlich gesagt, hat Hani sie gebacken«, stellte ich belustigt richtig. »Er hat sie Mercedes geschenkt, als ihr gekommen seid, und ich finde, er hat wirklich Talent. Vielleicht ist er kein Experte für Weinberge, doch backen kann er«, fügte ich hinzu und tauchte einen Keks in die schaumige Zabaione.

»Vielleicht braucht er einen kleinen Schubs, damit er sein Talent entdeckt. So etwas wirkt manchmal Wunder. Wie bei Aurora«, meinte er.

»Was meinen Sie damit?«

»Damit sie sich im Chor wohlfühlt, habe ich die Mutter ihrer besten Freundin gefragt, ob ihre Tochter mitsingen würde. Selbst wenn Aurora nicht singt.«

Unwillkürlich musste ich lachen. »Wenn ich das richtig sehe, hat Giulia nicht gerade eine Stimme, die ein Gewinn für Ihren Chor ist«, gab ich belustigt zurück und stippte mit dem Finger die letzten Kekskrümel auf.

Er zuckte mit den Schultern. »Sehen Sie es positiv. Aurora hat Fortschritte gemacht, wirkt selbstbewusster, und was Giulia angeht – sie spielt sehr gut Triangel«, erwiderte er und widmete sich wieder der Zabaione.

Wir waren so sehr in unser Gespräch vertieft, dass ich gar nicht mitbekam, wie Mercedes in die Küche zurückkam. Vermutlich stand sie bereits eine ganze Zeit in der Tür. Den Kopf gegen das Holz des Rahmens gelehnt, ein Küchentuch über der Schulter.

Eine Weile war ich sauer auf sie gewesen, weil sie jedes Mal, wenn Hani und Enea auf dem Grundstück herumwerkelten, die beiden zum Abendessen einlud. Erst jetzt begriff ich, dass sie es für Aurora getan hatte. Lange vor mir war ihr klar geworden, wie gut diese beiden meiner Tochter taten.

Versonnen schaute ich in den Garten hinaus. Vor der Terrassentür sprang ein Eichhörnchen herum und holte sich die Nüsse, die ich ihm jeden Morgen unter seinen Lieblingsbaum legte. Es stopfte sie sich in die Backentaschen und sauste eilig in seinen Bau zurück.

Aus der Ferne klangen die Kirchenglocken von Montelupo herüber, die schon seit Jahrhunderten das Leben der Bewohner begleiteten. Während des Krieges, hatte einer der Partisanen erzählt, riefen sie nicht bloß zum

Gebet, sondern warnten auch vor drohender Gefahr. Ich dachte an Anita und ihre Geschichte und ebenso an die meine.

»Hören Sie«, sagte ich zu Enea, wobei ich vermied, ihm in die Augen zu sehen, »würden Sie mir bei der Organisation von Auroras Geburtstagsfest helfen?«

Stille.

Insgeheim fürchtete ich mich vor einem Nein, doch als ich den Blick hob, schaute ich in ein lächelndes Gesicht.

»Sie haben ganz schön lange gebraucht, bis Sie mich das gefragt haben, was?«

9

Auroras Geburtstagsfest wurde ein Riesenerfolg.

Ich hatte alle ihre Klassenkameradinnen eingeladen und die Mitglieder des Chors sowie einige Freunde der Familie. Hani landete einen absoluten Hit mit einer dreistöckigen Torte, die mit weißer Schokolade überzogen und mit glasierten Erdbeeren dekoriert war. Ganz oben thronte eine Krone von geradezu königlichen Ausmaßen, genau richtig für meine kleine Prinzessin. Alle Gäste waren begeistert.

»Das ist mein Geschenk für Sie, Hoheit«, sagte Hani und verbeugte sich untertänig, bevor er die Krone, die nicht aus Zuckerguss bestand, von der Torte nahm und sie Aurora auf den Kopf setzte.

Mein kleines Mädchen lächelte glücklich. Sie trug ihr Lieblingskleid, das ihr Vater ihr kurz vor seinem Tod geschenkt hatte. Sollte ich doch noch Zweifel wegen der Feier gehegt haben, so verflogen sie, als Aurora das Kleid überstreifte und sich im Spiegel betrachtete. Sie war glücklich, lebte im Hier und Jetzt und warf dennoch eine Kusshand gen Himmel, um ihren Vater einzubeziehen.

In diesem Moment wusste ich genau, dass er für immer in ihrem Herzen sein würde.

»Danke, Hani, das ist ein grandioses Geschenk«, bedankte ich mich, als wir die Torte anschnitten. Danach verschwanden Aurora und ihre Klassenkameradinnen mit ihm im Garten. Alle waren fasziniert von ihm, seiner zimtfarbenen Haut und seiner merkwürdigen Art, sich auszudrücken, dem fast übertrieben höflichen Ton und dem weichen Akzent. Erwachsene reagierten dagegen misstrauisch und ablehnend.

Noch eine andere Überraschung hielt der Tag bereit.

Ich aß gerade meinen Kuchen, als ich beim Gartentor eine Person entdeckte, die mir wohlbekannt war. Meine Gabel fiel klirrend auf den Teller.

Es war Großmutter Anna. Sie stand weit genug entfernt, um nicht aufzufallen, und gerade nah genug, um ihre Urenkelin beobachten zu können, die sie lediglich von Fotos kannte. Im Gegensatz zu Adelchi hätte sie gern Kontakt mit ihrer Familie gehalten, war aber zu schwach, um sich gegen ihren Ehemann durchzusetzen.

Unverändert zornig und gekränkt wegen meines letzten Besuchs im Haus der Großeltern, wollte ich gerade losstürzen, um ihr zu sagen, sie solle zu dem Grobian zurückkehren, den sie geheiratet hatte, als mich jemand zurückhielt.

»Lassen Sie ihr den Blick auf ihr Urenkelchen, Cassandra. Aurora wird sie nicht mal bemerken. Reagieren Sie nicht all Ihre Wut an ihr ab, sie kann nichts dafür.«

Enea.

»Woher wissen Sie, wer sie ist?«

»Mercedes hat mir vor ein paar Wochen von ihr erzählt, als sie draußen vor der Kirche stand und Aurora anstarrte.« Ich nickte und schaute erneut zu meiner Großmutter hinüber, die sich immer wieder mit dem Taschentuch die Augen wischte. Ja, ich vermochte mir gut vorzustellen, dass sie weinte. Vermutlich waren es Tränen der Rührung und des Bedauerns. Ich atmete hörbar aus und ballte die Fäuste.

»Mercedes hat mir erzählt, dass sie jedes Jahr bei Auroras Geburtstag hinter dem Tor steht«, fuhr Enea fort. »Allerdings nie nah genug, um angesprochen zu werden. Ihr reicht es, das Kind zu sehen.«

»Absurd«, murmelte ich und lachte bitter, »es scheint einige Dinge hier im Haus zu geben, von denen ich nichts weiß. Sie wissen mehr darüber als ich, dabei leben Sie nicht mal hier.«

»Regen Sie sich nicht auf.«

»Ach ja?« Ich wurde lauter als beabsichtigt. »Sie erzählen mir, dass meine Tochter in der Kirche Kerzen anzündet, weil sie das glücklich macht, dass meine Großmutter jedes Jahr hierherkommt, um ihre Urenkelin zu sehen. Und bei einem Kameradschaftstreffen alter Partisanen erfahre ich, dass ich eine geheimnisvolle Verwandte habe, über die mir niemand etwas sagen will. Finden Sie das etwa normal?«, schloss ich erschöpft.

Enea schüttelte seufzend den Kopf. »Nein, das ist nicht normal, doch es ist Ihr Leben, es ist die Familie, in die Sie hineingeboren wurden, die kann man sich nicht aussuchen. Hingegen kann man entscheiden, wie man die Informationen nutzt, die man erhält. Und das tun Sie ja bereits, jedenfalls teilweise.« Er zeigte auf die Girlanden im Fenster, die rosa Schleifen um einige Pflanzen, die rosafarbenen Tulpen, die Aurora so liebte und die überall in den Vasen standen. »Ihre Tochter ist glücklich, reicht das nicht?«

»Schon, aber ...«

»Aber was, Cassandra? Aurora wird sich immer gern an diesen Tag zurückerinnern, nur Ihnen genügt das nicht, Ihnen ist es nie genug. Warum können Sie dieses kleine Glück nicht genießen? Warum müssen Sie immer etwas zu kritisieren haben?«

Ich presste die Hand an meine Brust und atmete mühsam ein und aus, mir war zum Weinen zumute. Er hatte ins Schwarze getroffen. Ich blickte an mir herunter, ganz in Schwarz, selbst heute, blass selbst unter der Schminke.

Ich vergrub das Gesicht in meinen Händen und versuchte, einen klaren Gedanken zu fassen.

»Warum?«, hörte ich ihn sagen, und in diesem Moment spürte ich, wie sich etwas in meiner Brust löste.

»Weil ich Angst habe«, flüsterte ich, während er mich durch sanftes Streicheln aus meinem Kummer zu holen versuchte.

»Angst wovor, Cassandra?«, murmelte er beinahe zärtlich.

»Vor dem Glück«, flüsterte ich, am ganzen Körper bebend. Und dann kamen seine Arme, umschlossen mich, umhüllten mich mit einer Wärme, die mir unter die Haut ging.

Ein Seufzer, ein Herzschlag an meinem Ohr, während ich mich fallen ließ. In diesem Augenblick war ich weder Witwe noch Mutter oder Schwiegertochter. Ich war einfach Cassandra.

Kein Wort. Kein Ratschlag. Nichts als Ruhe und Frieden.

Aus der Ferne hörte ich das Jauchzen der Kinder, das Geplauder der Erwachsenen, das Klirren von Gläsern. Der Nachmittag war perfekt, sollte er in die Familienannalen eingehen.

»Ich weiß wirklich nicht, wie ich Ihnen danken soll, für Ihre Hilfe, für Ihre Fürsorge, für Ihren seelischen Beistand. Ich weiß nicht, warum Sie das alles machen, ich will es auch nicht wissen.«

»Aurora muss man gern haben. Ich hoffe sehr, dass sie wieder anfängt, ganz normal zu sprechen, nicht allein mit Personen, die ihr vertraut sind. Hani war immerhin ein Anfang. Bloß reicht das nicht. Sie muss insgesamt mit ihrer Außenwelt kommunizieren.«

»Irgendwann wird sie sicher so weit sein, nur wann? Es ist nicht leicht für sie«, seufzte ich, wischte mir mit dem Ärmel die Tränen aus dem Gesicht. »Seitdem sie ihren Vater verloren hat, schläft sie extrem schlecht, manchmal nicht mehr als ein paar wenige Stunden. Was zur Folge hat, dass man sie morgens kaum wach bekommt und sie den ganzen Tag müde ist. Außerdem hat sie schreckliche Albträume und ist in sich zurückgezogen wie ein Igel. Dass sie nicht mit Fremden kommuniziert, ist die auffälligste Störung. Wir haben mehrere Spezialisten durch, alle haben sie mir und Mercedes geraten, sie immer wieder zu motivieren, ohne Druck auf sie auszuüben.«

»Das ist sicher nicht leicht.«

Meine Gedanken wanderten zurück in die erste Zeit mit meinem kleinen, blonden Engel. Ich hatte mir unablässig Sorgen gemacht, und Lorenzo musste mir mindestens zwanzigmal am Tag versichern, dass ich eine gute Mutter sei. Und wenn ich sie mir jetzt so ansah, wie sie glücklich mit den anderen spielte, wusste ich, dass es nach dem deprimierenden, von Trauer und Verlustgefühlen geprägten letzten Jahr langsam aufwärtsging.

»Es war schwierig, vor allem am Anfang. In der Schule gab es Probleme, die Unterstützung oder wenigstens die Akzeptanz der Lehrer zu bekommen. Wenngleich ich manchmal verzweifelt war, habe ich nie aufgegeben. Schließlich ging es um die Zukunft meiner Tochter.«

»Jetzt verstehe ich Ihre Reaktion, als wir uns kennengelernt haben.«

»Tja.«

»Sie haben Ihre Tochter verteidigt, das ist gut.«

»Es war zumindest richtig. Im Grunde ist Aurora ein bisschen so wie der kränkelnde Weinstock. Obwohl sie schwach erscheint, ist sie innerlich stark und liebt das Leben.« Ich schloss die Augen und atmete Eneas Duft ein, der so ganz anders war als das, was ich kannte. »Ich bin so müde.«

»Vielleicht sollten Sie nicht unbedingt alles alleine durchstehen wollen. Mercedes ist da, und vielleicht gibt es noch Freunde und Verwandte.« Wir schwiegen. Enea legte mir erneut die Hände auf die Schultern, ganz leicht. »Und ich bin auch für Sie da – wenn Sie wollen, können Sie auf mich zählen. Aurora hat den ganzen Chor verzaubert, auch ohne zu singen. Sie ist unser Maskottchen«, scherzte er, während ich verstohlen lächelte und mich einmal mehr fragte, warum ich so unfreundlich zu ihm gewesen war.

»Sie haben bereits so viel getan. Dass Aurora heute so glücklich ist, hat sie in erster Linie Ihnen zu verdanken.«

Ich drehte mich um und betrachtete sie, wie sie lachte und spielte, ebenso schmutzig und unbeschwert wie alle anderen Kinder. Ich schaute auf meinen Ehering, der in der Sonne glänzte, und mit der anderen Hand umklammerte ich den Ring, den ich um den Hals trug. In Momenten wie diesen fehlte mir Lorenzo am meisten. Mir fehlte unsere Familie, das gemeinsame Lachen, die gemeinsamen Unternehmungen. Mir fehlte das Wir, das ich bislang nicht mit jemand anderem teilen mochte. Ich war einfach noch nicht so weit, die Vergangenheit hinter mir zu lassen und mich in die Zukunft zu stürzen und alles zu verändern: die Gewohnheiten, die Vorlieben, die Liebe.

»Alles in Ordnung?«, fragte Enea. »Dann mache ich mich jetzt mal auf den Heimweg.«

»Warum bleiben Sie nicht, es ist noch früh ...«

»Nein, das ist es nicht. Übrigens werde ich mich künftig ein wenig rarer machen.« Er fuhr sich übers Kinn, im Westen kam Wind auf und blies in die Zypressen, die überall auf dem Grundstück wuchsen.

»Warten Sie, was soll das heißen?«

»Ich habe schlecht geplant, das ist alles«, antwortete er und zuckte mit den Schultern, wollte sich aber nicht näher über seine wirklichen Beweggründe auslassen, das spürte ich. Seine Entscheidung schien festzustehen.

»Das ist doch absurd«, murmelte ich und fühlte mich plötzlich so einsam wie damals, als Lorenzo mir eröffnet hatte, dass er krank war, oder wie damals, als ich Adelchi besucht hatte.

Allein wie Anita, die ihre Liebe verlassen musste, ein Opfer des Krieges. Sie und ihr Kind, das sie unter dem Herzen trug.

»Ich habe auf Sie gesetzt, und jetzt stehe ich ohne eine Erklärung alleine da. Und was soll diese merkwürdige Ausrede?«, widersprach ich, doch er schüttelte den Kopf.

Gerade wollte er nach meinen Händen greifen, als Mercedes zu uns herüberkam und der Moment ungenutzt vorüberging. Sein Blick indes ruhte weiter auf meiner Hand mit dem Ehering und auf der Kette mit dem Ring. Und je länger er sie ansah, umso unglücklicher schien er zu werden.

»Es ist besser für uns beide. Vielleicht ist es zu früh, oder das, worauf ich gehofft habe, wird nie eintreten – aber ich will dich auf keinen Fall in Schwierigkeiten bringen, das musst du mir glauben«, sagte er und hob abwehrend die Hand zum Zeichen, dass ich ihn gehen lassen sollte. Und mir blieb der bittere Nachgeschmack einer erneuten Niederlage. Erst als er längst außer Sichtweite war, wurde mir bewusst, dass er im Moment des Abschieds vom förmlichen Sie zum vertraulichen Du gewechselt hatte.

10

Mercedes knipste die Lampe an und blätterte in den riesigen Rechnungsbüchern des Weinguts. Neben ihr stand eine halb leere Teetasse, in der eine Zitronenscheibe schwamm. Auf der anderen Seite des riesigen Schreibtisches, an dem schon frühere Generationen gesessen hatten, hatte ich mich auf einem Sessel zusammengekuschelt, in eine Wolldecke mit Fransen gewickelt, und knabberte nervös an meiner Nagelhaut herum.

Wir saßen seit etwa drei Stunden hier, und in dieser Zeit hatte meine Schwiegermutter gerade mal drei Worte von sich gegeben. Ich hatte sie gebeten, in alten Unterlagen nachzuschauen, ob sich in alten Rechnungsbüchern noch irgendwelche Hinweise auf Anita fanden. Da Aurora bei Giulia war, hatten wir Ruhe. Alles, was ich erfuhr, jede kleinste Kleinigkeit, hielt ich in einem kleinen Büchlein fest, das ich eigens angelegt hatte.

Nives, von der ich mir weitere Auskünfte erhofft hatte, war in die USA gereist, wo ihre Tochter lebte, die kurz vor der Heirat stand. Deshalb mein neuer Vorstoß bei Mercedes.

Jetzt saßen wir also im Arbeitszimmer des verstorbenen

Ernesto Carrai, an den meine Schwiegermutter keine guten Erinnerungen hatte – der Vater ihres Mannes war immer gegen die Hochzeit seines Sohnes Giacomo mit der Tochter einer Gouvernante gewesen. Respektiert hatte er sie trotzdem, und sie war die Einzige gewesen, die er an seinem Totenbett haben wollte.

»Ernesto war ein autoritärer und schwieriger Mann und traute dem Rest der Familie nicht zu, dass sie nach seinem Ableben einen klaren Kopf behielt. Deshalb nahm er mich beiseite und erklärte mir, was ich nach seinem Tod tun sollte«, hatte sie mir einmal erzählt.

Seit ein paar Stunden saßen wir inzwischen hier, mittlerweile war hinter den schweren Samtvorhängen die Sonne untergegangen.

»Ich finde hier ein paar Quittungen auf den Namen Anita Innocenti aus den Jahren 1940 bis 1943. Nichts Außergewöhnliches«, meinte sie und schob das Kassenbuch zu mir herüber, damit ich mir die Einträge ansehen konnte. Als ich den Namen hörte, sprang ich wie elektrisiert aus dem Sessel und beugte mich über das Kassenbuch, ohne indes Bedeutsames zu entdecken. Davon abgesehen, fand sich von Anita Innocenti bei den Carrais keine Spur.

»Es tut mir leid, mein Schatz«, sagte Mercedes, als sie mich seufzen hörte.

»Über das Leben meiner Großtante scheint man sich auszuschweigen. Zumindest was das letzte Kriegsjahr angeht. Bis dahin lassen sich alle darüber aus, wie beliebt und umschwärmt sie war, und ab diesem Jahr herrscht plötzlich Funkstille. Ist doch komisch, oder?«

Mercedes runzelte die Stirn und rückte ihre Brille zurecht. »Du könntest noch jemand anderen um Hilfe bitten.«

Ich schaute sie an und lächelte, ich wusste genau, auf wen sie anspielte.

Nachdenklich drehte ich mich zum Fenster, einem kleinen Spalt der Freiheit in diesem mit schweren Möbeln und üppigen Brokatvorhängen ausgestatteten Zimmer, und schaute Hani zu, der wieder einmal den kranken Weinstock mit Eneas Spezialgebräu einstrich. Seine Handbewegungen waren die von einem Konditor, der vorsichtig eine zerbrechliche Torte mit Glasur bepinselte. Vielleicht würde er ja noch eine entsprechende Lehre machen. Immerhin besaß sein Onkel eine Konditorei in Ponterosso.

Was hatte Aurora mir erzählt?

Weißt du, Mama, Hani will, wenn er alles, wirklich alles über Torten gelernt hat, eine Konditorei in Montelupo aufmachen, und er hat mir versprochen, dass er mir am Sonntag immer etwas Süßes schenkt.

Hani tat ihr gut, Enea tat ihr gut, obwohl er seit ihrem Geburtstag nicht mehr aufgetaucht war. Er fehlte mir, auch wenn ich das vor mir selbst nicht ganz zugeben wollte.

Unruhig begann ich hin und her zu laufen, trat gegen den weichen Orientteppich, trommelte mit den Fingern gegen mein Kinn, während mich meine Schwiegermutter mit über der Brust verschränkten Armen verwundert musterte.

Das Vibrieren des Handys in meiner Hosentasche beendete meine Rastlosigkeit.

Eneas Name leuchtete auf. Mein Instinkt war schneller als die Vernunft. Ich tippte eine kurze Nachricht, und ohne sie noch einmal durchzulesen, drückte ich auf Senden. Etwas, das ich sonst nie tat.

Ich musste etwas ändern, rechtfertigte ich mich vor mir selbst und steckte das Telefon wieder ein. Kaum war ich in meinen Sessel zurückgekehrt, vibrierte es von Neuem. Mercedes setzte die Brille wieder auf und stöberte weiter im Kassenbuch, während ich Eneas Antwort las.

Später am Abend, als Aurora bereits schlief, ging ich nach draußen und lehnte mich gegen den Weinstock. Ich atmete tief den Duft der Tinktur und die Frühlingsdüfte ein.

Im Haus war noch ein Fenster erleuchtet, Mercedes schaute im Wohnzimmer einen Krimi. Ich hatte ihr gesagt, ich wolle bei dem milden Abend noch einen Spaziergang durch den Garten machen, was indes nur die halbe Wahrheit war.

Dann sah ich ihn auf dem hellen Band der schmalen Straße, die nach La Carraia führte, näher kommen, die Scheinwerfer des alten Geländewagens waren schlammverspritzt, der Motor war viel zu laut. Ich ging ihm entgegen und öffnete das Tor.

»Du bist früh dran«, begrüßte ich ihn – das Du war noch unvertraut.

»Ich dachte, das stand in der Nachricht«, sagte er, als er aus dem Wagen stieg und auf mich zukam, um gemeinsam mit mir zu unserem Schützling zu gehen.

Ich hatte ihm geschrieben, dass ich ihn sofort sehen wollte, ohne weiter darüber nachzudenken, und hoffte, dass meine Intuition mich nicht getrogen hatte und ich meinen spontanen Entschluss nicht bedauern würde.

Als ich dann seine Hand auf meiner Schulter spürte, begann ich zu zittern, doch gleichzeitig durchlief mich ein wohlbekanntes Prickeln. Wie früher bei Lorenzo. Natürlich war es anders, er war anders, aber es war angenehm, und zudem war ich es, die die Initiative ergriffen hatte. Zum ersten Mal hatte ich meine Apathie abgelegt.

»Stimmt.«

Ich nickte und leuchtete mit der Taschenlampe vor mir den Boden aus.

Wir liefen ums Haus herum zu unserem Weinstock. Anitas Dose hatte ich neben die Rose gestellt, etwa an den Platz, wo ich sie ausgegraben hatte. Enea bemerkte sie sofort, kniete nieder, hob sie auf und betrachtete sie.

»Was ist das?«, fragte er und drehte sich zu mir um.

Ich hatte die Hände in den Taschen vergraben und beobachtete ihn lächelnd.

»Ein Hilferuf. Mein Hilferuf.«

Die Taschenlampe, die ich auf einem Stein abgelegt hatte, beleuchtete den Weinstock und uns.

»Wenn du das so sagst, macht mir das Angst. Was ist das?«

»Öffne die Dose und sieh selbst.«

Zögernd hob er den Deckel an, zog den Brief, das Geld und den Passierschein heraus, und je mehr er aus der Dose fischte, desto fragender wurde sein Blick.

»Gut, kannst du mir erklären, was das ist? Ich nehme an, das hat alles mit der Frau zu tun, über die du mit meiner Tante gesprochen hast, richtig? Nur was erwartest du in dieser Sache von mir? An jenem Abend im Circolo machtest du nicht den Eindruck, als wolltest du dir helfen lassen, und auch danach hast du nie wieder ein Wort darüber verloren. Das verstehe ich alles nicht, Cassandra, was soll das?«

Ich kniete mich neben ihn, schaute ihn an und atmete tief durch: »Das heißt, dass Menschen sich irren können und erst allmählich erkennen, dass man nicht alles allein machen kann. Manchmal muss man zugeben, dass man die Hilfe eines anderen braucht. Muss bereit sein, einem anderen Menschen Raum zu geben, weil es besser ist, Dinge mit anderen zu teilen, als sie alleine mit sich herumzutragen. Und konkret bedeutet es, dass ich dich um Hilfe bitte, denn alleine schaffe ich es nicht.«

Als er mich nach wie vor skeptisch ansah, fürchtete ich bereits eine Ablehnung, denn auch bei dem Weinstock hatte er einen Rückzieher gemacht. Ich deutete auf Anitas Dose.

»Anders als der Weinstock hat das hier nichts mit den

Carrais zu tun, nichts mit Lorenzo oder Aurora. Hier geht es einzig und allein um mich, um meine Familie und die Antworten, nach denen ich suche. In Bezug auf mich und meine Großtante Anita, denn ich bin sicher, dass unsere Leben miteinander verbunden sind. Diese Dose war jahrzehntelang hier vergraben und wollte endlich gefunden werden. Das kann kein Zufall gewesen sein.«

Unwillkürlich dachte ich an den Tag zurück, als ich sie entdeckt hatte, dachte an meine schmutzigen Finger, die in der Erde gruben, und an den Schmerz, den Lorenzos Video in mir ausgelöst hatte. Dann sah ich langsam zu Enea, der mir schweigend zuhörte, und in seinen Augen las ich Mitgefühl und Nähe.

»Deshalb bitte ich dich mir zu helfen, diese Geschichte irgendwie auf die Reihe zu kriegen. Ich weiß, das klingt verrückt, und ich verstehe es selbst nicht, aber ich spüre, dass ich Anita befreien muss, um mich selbst zu befreien. Keine Ahnung, warum – es ist einfach so. Dessen bin ich mir sicher, seit ich an einem meiner dunkelsten Tage auf diese Dose gestoßen bin. Sofort war ich überzeugt, dass mich Anita zu der Rose geführt hat, damit ich ihre Geschichte erzähle und sie mir im Gegenzug indirekt hilft, mein Leben wieder in den Griff zu bekommen. Die Zeit allein heilt eben nicht alle Wunden.«

Ich holte tief Luft und schaute ihn fragend an. Ich musste auf ihn wirken wie eine Verrückte, sagte ich mir, und als ich aus einer Mauerspalte die gelben Augen einer

Eule auf mich gerichtet sah, kam es mir vor, als würde selbst der Vogel mich mit nachsichtigem Mitleid ansehen.

Nach wie vor schwieg Enea. »Lass es, tu einfach so, als ...«

»Gut«, sagte er.

Ich erstarrte. »Gut?«

»Ja. Habe ich doch gesagt, gut.« Enea stand auf und klemmte sich Anitas Blechdose unter den Arm. »Du brauchst Hilfe, und ich helfe dir gerne. Das sage ich nicht zum ersten Mal. Außerdem wäre es ja blöd, mich jetzt zurückzuziehen, wo die Sache so richtig interessant wird.«

»Selbst wenn es Spekulationen über die Art unserer Beziehung geben wird?«

»Sollen wir uns in dunklen Spelunken treffen wie Geheimagenten?«

Wir lächelten, und ich merkte, wie sehr ich seine Leichtigkeit vermisst hatte. Schweigend sahen wir uns an, während die Taschenlampe langsam verlosch, weil die Batterie leer war.

»Und jetzt?«, murmelte ich und blinzelte, um meine Augen an die Dunkelheit zu gewöhnen. Ängstlich machte ich ein paar Schritte, bis er meine Hand nahm.

»Jetzt gehen wir ins Haus, und du erzählst mir alles von Anfang an.«

»Nein.«

Er blieb stehen. »Nein«, wiederholte ich und ging auf ihn zu.

»Es gibt etwas, das ich vorher noch machen muss«, sagte ich leise. Meine Stimme zitterte, ich war aufgeregt, ängstlich, vor allem jedoch glücklich. Ich nahm sein Gesicht in meine Hände, so zärtlich, wie ich nur konnte, legte alles hinein, was mein Herz hergab, und suchte im Mondlicht nach seinen Augen. »Danke, danke, dass du gekommen bist.«

Er legte seine Hände auf meine Handgelenke und seine Wange auf meine Hand. »Ich bin gegangen, weil ich fürchtete, dass du mich niemals bitten würdest zurückzukommen.«

Versonnen schaute ich in die Sterne, ich würde den Frühling willkommen heißen und die Welt mit neuen Augen sehen.

11

Ich drehte den Schlüssel im Zündschloss und startete den Motor. Die Stille der Hügel ringsum umfing mich. Ein leichter warmer Wind strich über die grünen Felder und Wiesen, in denen Margeriten und Schlehdorn helle Farbtupfer bildeten, und in der Ferne erkannte ich die Umrisse einer kleinen Schafherde, die friedlich graste.

Inzwischen war es wirklich Frühling geworden. Ich hatte das Fenster heruntergelassen, genoss die Blumendüfte, mein Ellbogen ruhte auf dem Fensterbrett, den Kopf hatte ich in die Hand gestützt, draußen flog eine Hornisse vorbei. Die Erde hatte sich aufs Neue dem Leben geöffnet, sich dem Licht zugewandt. Ich schob die Sonnenbrille auf den Kopf und atmete tief durch.

Enea saß neben mir und betrachtete die Blätter, die er aus einem blauen Ordner gezogen hatte. Seitdem er Anitas Geschichte kannte, hatte er sich in die Nachforschungen gestürzt und verfolgte jede Spur.

So hatte er durch eine Bekannte seiner Tante in Erfahrung gebracht, dass Anita definitiv zu den Erntehelfern gehört und teilweise wie sie selbst im alten Gesindehaus übernachtet hatte. Darüber hinaus meinte sie sich zu erinnern, dass Anita zeitweise auch außerhalb der Weinlese auf dem Gut ausgeholfen hatte.

Inzwischen gab es die winzigen Schlafräume nicht mehr. In dem kleinen einstöckigen Häuschen befand sich mittlerweile mein Atelier, das seit dem vierundzwanzigsten Dezember vor einem Jahr fest verschlossen war.

Eigentlich hatte Enea sich dort umsehen wollen, aber ich ertrug es noch nicht, dass jemand in mein altes Leben eindrang, dass Enea die Kohleskizze meines Mannes auf der Staffelei sah. Zunächst musste ich mich selbst meiner Vergangenheit stellen, und dazu, das spürte ich, war ich bislang nicht bereit.

Zwar wünschte ich mir inzwischen, wieder die fröhliche Cassandra von einst zu sein, doch dazu musste ich innerlich stärker werden. So hatte ich Enea meine Weigerung, den Raum zu öffnen, auch erklärt.

Bitte versteh, dass das im Moment noch zu viel für mich ist, hatte ich gesagt. *Dort befinden sich alle meine Sachen, meine Zeichnungen, die mich an mein altes Leben erinnern.* Als ich ihm dann zu erklären versuchte, dass ich keineswegs für immer und ewig so weiterleben, sondern irgendwann wieder in die Zukunft blicken wolle, verhaspelte ich mich so sehr, dass ich keinen zusammenhängenden Satz herausbrachte, bis er schließlich meine Hand in seine nahm und mir in die Augen schaute.

Ich möchte dich zu nichts zwingen und will bestimmt nicht meine Nase in dein Leben stecken, aber du musst verstehen, dass es hier um mehr geht als um deine

Ängste und um die Vergangenheit. Dein Glück ist mit dem von Aurora verbunden, und ich weiß, dass du sie glücklich sehen willst. Deshalb musst du dich mit den Fragen auseinandersetzen, auf die du dir bis jetzt keine Antwort gegeben hast. Davor darfst du nicht kneifen, dir und Aurora zuliebe. Und auch ich sehe mich in der Pflicht, weil ich möchte, dass ihr beide glücklich seid. Ein glückliches Ganzes.

Sein Pragmatismus hatte mich sprachlos gemacht, und zugleich erkannte ich, was der Stille zwischen uns zugrunde lag: Enttäuschung. Ich hatte mir seine Aufmerksamkeit gewünscht, fühlte mich aber von seiner neutralen Haltung gebremst.

Ich umfasste das Lenkrad fester.

»Sind wir hier richtig?«

Es war eine rhetorische Frage, denn ich wusste genau, wo wir waren. Immerhin war es meine Idee gewesen, zu dem ehemaligen Kinderheim zu fahren, um dort vielleicht eine Spur von Anitas Kind zu finden. Von Nives wusste ich ja, dass sie selbst bei der Entbindung gestorben war, und so wie ich meinen Großvater einschätzte, konnte ich mir nicht vorstellen, dass er sich um das mutterlose Kind gekümmert hatte. Folglich lag nahe, dass es in einem Waisenhaus gelandet war.

Vielleicht hatte Anita das für den Fall, dass ihr etwas passieren sollte, sogar schon vorher verfügt.

Enea blickte von den Papieren auf, legte sie ins Handschuhfach und betrachtete stattdessen die mit Reliefs verzierte Fassade eines Palazzo aus dem siebzehnten Jahrhundert, vor dem wir geparkt hatten. Es war ein großzügig gestaltetes, dreistöckiges Gebäude, dessen hohe Fenster sich auf kleine Balkone öffneten. Enea hatte gelesen, dass es lange Zeit die Sommerresidenz eines Kardinals gewesen war, der sich aus der brütenden Hitze der Großstadt in das angenehmere Klima der toskanischen Hügellandschaft zurückzog. Ein parkähnlicher, ausgedehnter Garten umgab das Anwesen.

»Kaum zu glauben, dass dieser geschichtsträchtige Palazzo schließlich zu einem Waisenhaus umfunkioniert wurde«, bemerkte ich leise und ließ meinen Kopf gegen die Kopfstütze sinken. »Sogar ein so berühmter Mann wie der Bildhauer Antonio Canova soll sich zeitweilig hier aufgehalten haben.«

Enea nickte. »Stimmt, diese Räume haben einige der wichtigsten Intellektuellen der Zeit beherbergt: Literaten, Maler, Musiker. Allerdings unterhielt die Contessa Branchi, in deren Besitz das Anwesen schließlich gelangte, nicht allein Kontakte zur kulturellen Szene, sondern hatte zugleich ein Herz für die Armen und stiftete ihren Besitz dem Kloster der Barmherzigen Töchter, die sich um die Waisenkinder aus der Region kümmerten.«

Ich seufzte und dachte an das, was Enea mir während der Fahrt bereits über die Contessa erzählt hatte.

Sie war nie verheiratet gewesen, eine arrangierte Eheschließung wurde kurz vor dem festgesetzten Termin abgesagt, und statt sich um eigene Töchter und Söhne zu kümmern, die ihr versagt waren, schenkte sie ihre Liebe jenen Kindern, die keiner wollte. Irgendwo hatte Enea sogar ein Bild von ihr aufgetrieben. Eine zierliche Frau in einem strengen schwarzen Kleid, deren Augen eine große Kraft ausstrahlten.

»Sie muss ein besonderer Mensch gewesen sein, so wie sie sich für ihre Nächsten eingesetzt hat«, sagte ich versonnen. »Sie hätte den Kopf genauso gut von dem Elend abwenden können wie die meisten. Wer weiß, warum sie das nicht tat.«

»Vielleicht weil sie einsam war und unglücklich?«, spekulierte Enea. »Der Einsatz für die Armen gab ihrem Leben vermutlich einen Sinn. Sie hätte alles ihren Nichten und Neffen vererben können oder irgendwelchen entfernten Verwandten, doch soweit ich weiß, haben sie keinen Cent bekommen.«

»Ziemlich radikal«, entgegnete ich und verschränkte die Arme vor der Brust.

»Wenn sie zeitlebens von ihrer Familie vergessen wurde, weshalb sollte sie sich dann ihr gegenüber großzügig erweisen? Nach einer Frankreichreise wurde sie krank, niemand ihrer Verwandten hat sie besucht. Eine Weile stand das Haus leer, bis es zum Waisenhaus umgestaltet wurde und die Kinder aus dem Kloster hier einziehen konnten.«

»Hier hatten sie viel mehr Raum und Licht als in den düsteren Zellen des Klosters«, ergänzte ich. »Mercedes hat sie mir vor einigen Jahren einmal gezeigt, ich erinnere mich immer noch daran, wie beklemmend sie waren«, warf ich ein und sah an der Fassade hoch, wo eine Frau mit einem weißen Schleier gerade die Rollläden an einem Fenster öffnete und die Vorhänge beiseitezog.

Wir schauten uns an, stiegen aus, gingen zum Tor und klingelten. Als niemand reagierte, drückten wir erneut den Klingelknopf, diesmal fester. Wieder nichts. Dafür rollte uns plötzlich ein schwarz-orangefarbener Plastikball, wie er die Sommer unzähliger Kinder meiner Generation begleitet hatte, vor die Füße.

Kurz darauf tauchte ein Mädchen von etwa sechs Jahren mit blonden Zöpfen und in Jeanslatzhose auf. Es kam langsam auf uns zu, mit gefalteten Händen und einem Blick, als würde es eine Strafe erwarten.

»Entschuldigen Sie«, sagte die Kleine, während Enea den Ball aufhob und ihn ihr breit lächelnd überreichte. »Deiner, oder?«

Das Mädchen schaute erst ihn, dann den Ball an und nickte.

Enea kniete sich vor das Kind hin und schaute ihm über die Schulter, ohne aber jemanden zu entdecken.

»Ist jemand im Haus? Obwohl wir geklingelt haben, macht niemand auf. Aber wir haben eine Schwester am Fenster gesehen.«

Nachdem das Mädchen ihn eine Weile gemustert hatte, nahm es Enea bei der Hand, zog ihn hinters Haus und hüpfte unbekümmert zu einem Seiteneingang. Greta, wie sie hieß, winkte uns, ihr zu folgen, und wir betraten den Palazzo, von dessen einstiger Pracht im Innern so gut wie nichts mehr zu sehen war. Wandteppiche und Gemälde hatten an den weißen Wänden Heiligenbildern Platz gemacht. Allein ein riesiges Porträt der Contessa Branchi in der imposanten Eingangshalle hatte den Bildersturm überstanden, und desgleichen erinnerten die kostbaren Marmorböden und die beiden geschwungenen Freitreppen mit ihren kunstvollen vergoldeten Geländern an vergangene glorreiche Zeiten.

Unsere kleine Begleiterin dirigierte uns in einen langen Flur mit dunklen Nussbaumtüren. Dort stießen wir auf eine Schwester, eine sehr alte Frau mit einem runden, freundlichen Gesicht, riesigen braunen Augen und weißen Löckchen, die unter ihrem Schleier hervorlugten.

Auf mich machte sie den Eindruck einer Person, die in Frieden mit sich und der Welt lebte.

»Ich bin Schwester Giovanna, die Direktorin dieses Hauses. Und Sie sind?«

Sie reichte uns die Hand. Enea und ich stellten uns rasch vor, und nachdem sie Greta zu ihrem Mittagsschlaf geschickt hatte, bat sie uns in ihr Büro. Es war einfach eingerichtet, ein Schreibtisch, ein paar Stühle, einige Regale mit religiösen Texten. Über dem Schreibtisch an der Wand ein Foto des Papstes und ein hölzernes Kruzifix, das ein Künstler aus Montelupo gestaltet hatte, wie sie uns sogleich erzählte.

»Greta ist eine kleine Rebellin«, erklärte sie lächelnd.

»Alle anderen Kinder schlafen, sie nicht. Ständig ist sie in Bewegung. Ausruhen ist für sie eine Qual, und ich weiß wirklich nicht, wo sie all ihre Energie hernimmt, das ist wirklich ein Wunder«, schloss sie heiter und forderte uns auf, Platz zu nehmen.

Ihre Art gefiel mir, und so erzählte ich ihr, als sie uns nach dem Grund unseres Kommens fragte, bereitwillig die ganze Geschichte vom Auffinden des Briefes bis zu unseren Nachforschungen über meine Großtante und dass wir hofften, hier Näheres zu erfahren.

Ich wurde nicht enttäuscht.

»Anita Innocenti, nicht wahr? Von ihr sprechen wir doch«, vergewisserte sie sich.

»Ja«, bestätigte ich, woraufhin sie die Hände faltete und so spontan zu berichten begann, als hätte sie sich bereits alles zurechtgelegt. »Ich erinnere mich an sie. Sehr gut sogar. Ein schönes, strahlendes Mädchen. Als ich sie kennenlernte, war ich selbst ein junges Ding, eine Novizin, noch nicht lange im Orden, und meine Aufgabe war es, mich um die Waisenkinder zu kümmern. Anita kam häufig bei uns vorbei und brachte uns das wenige, was sie und die anderen Menschen im Dorf in diesen schweren Zeiten erübrigen konnten, abgelegte Kleidung und Spielzeug insbesondere. Sie war ein liebes Mädchen«, murmelte sie und nickte, den Blick nach innen, in die Vergangenheit, gerichtet.

Aus einem Impuls heraus streckte ich meine Hand in einer spontanen Geste nach ihrer aus und drückte sie.

Ich kannte die alte Frau kaum, spürte aber Nähe zwischen uns.

»Was ist geschehen?«

»Ich weiß, dass sie heimlich mit einem Deutschen verlobt war«, fuhr Schwester Giovanna fort, »und dass ihr Bruder das nicht erfahren durfte, weil er sich dem Widerstand angeschlossen hatte, den Partisanen. Mehr ist mir darüber nicht bekannt, damals musste man bei diesem Thema sehr vorsichtig sein, schließlich hatten wir die Deutschen als Besatzer im Ort.« Langsam entzog sie mir ihre Hand. »An einen Tag allerdings erinnere ich mich genau, es muss irgendwann im Sommer 1944 gewesen sein, wenngleich ich das nicht beschwören kann. Es war ein seltsamer Morgen, der Himmel war von einer rötlichen Staubschicht bedeckt, wie von einem Wüstenwind. Damals war ich allein mit den Kindern, etwa dreißig an der Zahl. Wir wurden Tag und Nacht beschossen. Ich erinnere mich, wie jemand verzweifelt an die Tür klopfte, und als ich nach draußen spähte, stand Anita vor mir und hatte ein Neugeborenes im Arm, das in ein altes Handtuch eingewickelt war, ein wunderschönes Mädchen mit rosigen Wangen.«

Mein Herz begann wie wild zu klopfen, ich konnte den Puls in den Handgelenken spüren.

»Wer war das Kind? Wer war seine Mutter?«, fragte ich leise.

»Wir fragen nicht danach, wir nehmen sie auf und lieben sie wie alle Geschöpfe des Herrn, wir suchen

Familien für sie, die sie wie ein eigenes Kind aufnehmen, das ist alles«, antwortete die Nonne und öffnete die Arme. »Ich weiß nur, dass Anita sagte, sie würde zurückkommen und das Baby mitnehmen, wenn alles vorbei sei, womit sie wahrscheinlich den Krieg meinte. Aber sie kam nie zurück, und niemand suchte je nach dem Kind.«

»Und was ist aus dem Mädchen geworden?«, fragte Enea. Sein von der Sonne angestrahltes Profil sah aus wie ein Motiv aus einem alten Gemälde.

Schwester Giovanna seufzte und fuhr sich über die Wange. »Sie blieb hier im Haus und hat den Schleier genommen, schon mit acht Jahren wusste sie, dass das ihre Berufung war. Später schloss sie sich einer Gruppe von Schwestern an, die in abgelegenen Gegenden wie im Kongo, im Tschad und in Uganda in der Mission arbeiten. Nach wie vor ist sie dort tätig, sie hat ein großes Herz für den Schwarzen Kontinent.«

Es klang, als würde eine Mutter über ihre Tochter sprechen, in Giovannas Stimme lagen Stolz und Zuneigung, und unwillkürlich fragte ich mich, ob meine Mutter überhaupt in der Lage wäre, so über mich zu sprechen. Wahrscheinlich eher nicht, dafür war sie zu nüchtern – ganz davon abgesehen, dass sie sich bestimmt für mich nicht ein Leben voller Entsagung gewünscht hätte.

Ich nickte, war erleichtert, dass zumindest die Tochter meiner Großtante ihr Glück gefunden zu haben schien.

»Meinen Sie, ich kann Kontakt mit ihr aufnehmen?«

Die Schwester schüttelte bedauernd den Kopf. »Wie

gerne würde ich Ja sagen, aber ich fürchte, das geht nicht. Ich selbst erhalte höchst selten Nachrichten von ihr, vielleicht einmal im Jahr, und dann nur per Post. Mit diesen kleinen Dörfern zu kommunizieren, ist nicht leicht, die Schwestern dort leben in einfachsten Verhältnissen. Sie haben kaum Trinkwasser, ganz zu schweigen von Internet oder einem Satellitentelefon.«

Nachdem wir uns verabschiedet hatten, fuhren wir nach La Carrai zurück.

Ich nahm meine Außenwelt kaum wahr, Enea ebenso wenig wie die Landschaft, die an uns vorüberzog. Die unbekannte Verwandte, die nicht viel älter war als meine Mutter und die ich niemals kennenlernen würde, spukte mir im Kopf herum.

Konnte sie überhaupt Anitas Tochter sein?

Wenn die Zeitangabe der Schwester stimmte, eher nicht. Der Fund aus dem Kasten, insbesondere Anitas Brief, sprach eher nicht dafür, dass sie bereits im Sommer 1944 ein Kind zur Welt gebracht hatte. Andererseits war die Schwester sich wegen des Datums nicht sicher gewesen.

Jedenfalls waren wir mit dieser Spur vorerst in einer Sackgasse gelandet.

Auf der ausgetrockneten Straße wirbelten die Räder Staub auf, eine frische Brise bewegte die Äste der blühenden Pfirsichbäume zu beiden Seiten, ich drehte das Fenster herunter und streckte ihnen meinen Arm entgegen.

Der Anblick der kleinen blassrosa Blüten war wie ein Sonnenstrahl in der Finsternis.

Das Leben fand immer einen Ausweg. So war es bei Anita gewesen, so würde es auch bei mir sein. Ich würde einen neuen Frühling erleben. Mit Enea hoffentlich. Am Himmel kündigte sich die Abenddämmerung an, die Nachttiere bereiteten sich auf die Jagd vor, die Tiere auf der Weide wurden in die Ställe gebracht.

»Isst du mit uns zu Abend?«, fragte ich Enea, als wir zu Hause waren und ich den Motor abstellte.

Er drehte sich langsam zu mir um und warf dann einen Blick auf die Uhr.

»Gerne, vielleicht setzen wir gemeinsam einen Brief an Nives auf und fragen sie, ob sie etwas über das Mädchen aus dem Waisenhaus weiß. Zu dumm, dass sie nichts mit Internet und E-Mails am Hut hat. Und du könntest parallel deine Mutter anrufen, was meinst du?«

Ich zuckte mit den Schultern. »Davon verspreche ich mir nicht viel, denn ich gehe nicht davon aus, dass mein Großvater ihr irgendetwas erzählt hat, das mit seiner Schwester zusammenhängt, die er so konsequent totschweigt.«

»Trotzdem. Manchmal schnappt man etwas auf, das sich erst viel später erschließt.«

»Ach, ich weiß nicht. Ich mag meine Mutter nicht mit alten Geschichten belasten – sie hat genug unter ihrem Vater gelitten.«

Vom Parkplatz aus schlug ich den Weg zu dem abseits

gelegenen Hof ein, wo sich neben dem Weinkeller und diversen Wirtschaftsgebäuden auch das ehemalige Gesindehaus befand, in dem ich meine Träume verschlossen hielt. Dort lebte noch der Geist einer Cassandra, die an einem Wintermorgen verschwunden war und Farben und schmutzige Pinsel wild verstreut auf dem großen Arbeitstisch zurückgelassen hatte.

»Warum ist uns die wahre Geschichte eigentlich so wichtig?«, wandte ich mich an Enea. »Im Grunde könnten wir uns mit der Version einer Geschichte begnügen, die wir dem Vergessen entrissen haben. Zumindest wenn sie uns plausibel erscheint. Aber nein, wir graben und graben und suchen nach etwas, das es vielleicht gar nicht gibt oder das wir am Ende nicht akzeptieren wollen, weil es zu schrecklich ist.«

Enea nickte und bohrte eine Schuhspitze in die Kiesel. »Dagegen ist im Großen und Ganzen nichts einzuwenden, außer dass du ein Detail vergisst: Die Menschen wollen und können eigentlich keine Lüge leben, selbst wenn sie für die Wahrheit oft einen hohen Preis zahlen müssen. Lügen sind wie Holzwürmer, die langsam Sicherheiten durchlöchern, bis alles verloren ist.«

Ich musste an Lorenzos Krankheit, an die rätselhafte Vergangenheit meiner Großtante und die unbändige Wut meines Großvaters denken – immer waren Lügen im Spiel, da war ich mir ziemlich sicher.

»Weißt du, die Macht der Lüge ist verführerisch und am Anfang so verlockend.«

Eneas Hand schloss sich um meine. »Das ist wie mit Zuckerguss, der vielleicht einen faden Geschmack überdeckt, ihn aber nicht beseitigt.«

Während er das sagte, sah er so angespannt aus, wie ich ihn nie zuvor erlebt hatte.

»Alles in Ordnung?« Er deutete auf die Tür, vor der wir standen und die zusätzlich mit einem Vorhängeschloss gesichert war. »Warum ist sie doppelt verschlossen?«

»Das ist eine lange Geschichte«, seufzte ich. »Sie ist Teil einer Lüge.«

»Was meinst du damit?«

Ich bückte mich und hob den Geranientopf an, um nach dem Schlüssel zu angeln, der darunter versteckt war und jetzt die Tür zu meiner Vergangenheit öffnen sollte.

»Vielleicht habe ich mich getäuscht, vielleicht bin ich gar keine Künstlerin und habe absolut kein Talent. Vielleicht hat mich Lorenzo bloß inspiriert, und jetzt, wo er nicht mehr da ist, scheint mir alles sinnlos, selbst dieser Ort. Vor allem dieser Ort«, sagte ich mehr zu mir selbst als zu ihm.

Meine Hände zitterten. Langsam löste ich die Kette und schob mit der Schulter die Tür auf, die sich quietschend öffnete. Das Holz des Türpfostens hatte sich ein bisschen vom darunterliegenden Putz gelöst, und in dem Zwischenraum erkannte ich ein Insekt, das rasch im Dunkel verschwand.

Seit einem Jahr hatte ich das Gebäude nicht mehr betreten, hatte alles sich selbst überlassen. Die Bohlen ächzten wie ein Sportler, dessen Muskeln außer Form geraten waren, die Luft war abgestanden, es roch muffig nach Feuchtigkeit und vertrockneter Farbe, über allem lag eine Aura von zerbrochenen Träumen, Wut und Hoffnungslosigkeit.

»Hier herrscht ein grauenvolles Chaos«, entschuldigte ich mich bei Enea, der mir neugierig in den Raum folgte, der einmal mein Reich gewesen war. Durch das staubige Fenster, das auf den Garten hinausging, sah man die Dämmerung. Ein Schmetterling mit großen, goldgeränderten schwarzen Flügeln saß außen an der Scheibe. Ich hatte diese Art noch nie gesehen.

»Hier hast du also gemalt?«, fragte Enea, als er die Staffelei mit der Leinwand betrachtete und die auf dem Arbeitstisch verstreuten Malutensilien.

Ich räusperte mich und verschränkte die Arme vor der Brust, spürte mein wild pochendes Herz bis in meine Handgelenke und verfolgte argwöhnisch Eneas Bewegungen, hoffte dabei, dass er den letzten Rückzugsort meines Schmerzes unangetastet lassen und nichts von dem berühren würde, was ich einst gewesen war.

»Du hast gesagt, dass in diesem Zimmer früher Erntehelfer untergebracht wurden. Richtig?«, fragte ich nach.

»Behauptet zumindest die Bekannte meiner Tante, die ebenfalls auf dem Gut gearbeitet hat und sich zu erinnern glaubt, dass Anita gegen Ende des Krieges mal in diesem Raum untergebracht war«, erwiderte er mit deutlicher Skepsis. »Ob's stimmt, ist eine andere Frage.

Deshalb interessiert es mich mehr, deine Geschichte kennenzulernen. Was hast du hier erlebt? Warum hast du diesen Raum irgendwann abgesperrt? Irgendwie glaube ich nicht, dass das alles allein mit dem Tod deines Mannes zu tun hat.«

Mit einem gezwungenen Lächeln sah ich ihn an. »Und was sollte es sonst sein?«

»Vielleicht hast du dich in deiner Trauer eingeschlossen, um nicht selbstständig zu werden – dann hättest du seinen Tod als bequeme Ausrede benutzt.«

»Glaub mir, der Verlust meines Mannes war alles andere als bequem für mich. Ich musste mich regelrecht zum Überleben zwingen«, entgegnete ich und massierte meine Handgelenke.

Wenn ich etwas hasste, dann solch billige Küchenpsychologie, er konnte nicht wissen, was ich durchgemacht hatte. Ich ging an ihm vorbei zu dem Tisch, in den ich das Datum meines ersten Arbeitstags hier eingeschnitzt hatte.

Es kam mir vor, als wären seitdem Jahrhunderte vergangen.

Enea trat zu mir und umfasste meine Arme so fest, dass ich erstarrte.

»Das ist das, was du glaubst, und darüber vergisst du, dass unser Verstand uns oftmals dazu verleitet, uns Vorwände auszudenken, die uns einsperren und uns der Möglichkeit berauben, eine Situation zu bewältigen. Uns fällt gar nicht auf, dass wir unser Gefängnis akzeptieren, statt einen Befreiungsschlag zu wagen. Wir setzen einfach voraus, dass es richtig ist, und erkennen nicht, dass wir in Wahrheit Mauern errichten, um uns vor Schmerz zu schützen, Mauern, aus denen wir nur schwer auszubrechen vermögen. Wir können aber nicht vor unserem Schmerz davonlaufen, aber wir können ihn mit anderen teilen und ihn auf mehrere Schultern verteilen, damit die Last erträglicher und der Schmerz langsam weniger wird. Es ist zugegeben ein langwieriger und schwieriger Prozess, aber er lohnt sich.«

»Alles gut und schön, Sigmund Freud, ich habe aber nie behauptet, dass ich meine Reaktionen für richtig halte«, gab ich zurück.

»Wie auch immer, jedenfalls glaubst du, dass ich einen Haufen Blödsinn von mir gebe, das sehe ich dir an. Und am liebsten würdest du mir an die Gurgel gehen.«

»Wirst du jetzt nicht arg melodramatisch?«, beschwerte ich mich, dann sah ich mein Spiegelbild in der Fensterscheibe, meine verbitterte Miene, und wusste, dass er recht hatte.

Ich war stinksauer, weil ich meine Komfortzone nicht verlassen mochte. Und unverändert blieb dieser unerbittliche Blick auf mich gerichtet, der mir so sehr auf die Nerven ging, weil er bis auf den Grund meiner Seele zu dringen schien.

»Gut«, sagte ich und hob die Hände, »können wir damit meine Psychoanalyse beenden und uns auf Anita konzentrieren? Wegen ihr sind wir schließlich hier, oder?«

Enea schloss die Augen und öffnete sie lächelnd wieder.

»Wegen ihr«, antwortete er, »und ebenso wegen dir.«

Bei diesen Worten griff er nach meinen Händen, und ich spürte, wie sich die aggressive Stimmung zwischen uns auflöste.

Zeit für mich, einen Gang zurückzuschalten und nicht länger meiner Vergangenheit nachzuhängen, sonst würde ich noch vor lauter Selbstmitleid in Tränen ausbrechen. Und geweint hatte ich wahrlich genug. Stattdessen dachte ich an Anita, deren Geschichte mir schließlich helfen sollte, aus dem dunklen Loch, in dem ich steckte, zurück ins Licht zu finden.

Nur was würde ich tun, wenn ich draußen war?

»Alles in Ordnung?«, erkundigte sich Enea und brachte mich sanft in die Gegenwart zurück.

Ich schluckte ein paarmal, überwand mich und begann zu erzählen.

»Dieses Atelier war ein Geschenk von Lorenzo. Er hat das kleine Gebäude, das nicht mehr benutzt wurde, vor unserer Hochzeit renovieren lassen, und aus den vielen kleinen Zimmern ein großes Atelier gemacht. Als wir uns kennenlernten, steckte ich, künstlerisch gesehen, noch in den Kinderschuhen, war noch nicht lange mit der Uni fertig und wohnte bei einem älteren Freund, Roberto, einem wunderbaren Lehrmeister, der mir die Liebe zur Malerei nahegebracht hatte und die Lust, immer schmutzige Fingernägel und farbverschmierte Hände zu haben«, erklärte ich und hielt Enea meine jetzt perfekt gepflegten Fingernägel entgegen.

»Und was hält dich davon ab, sie wieder schmutzig zu machen?«, fragte er mit seiner warmen, weichen Stimme.

»So vieles«, antwortete ich leise, während er näher kam und mein Kinn anhob, sodass wir uns in die Augen sahen.

Von draußen hörte ich die Läden klappern.

»Warum hältst du deine Träume unter Verschluss?«

Ich schaute ihn verblüfft an. Die Frage war banal, kam ständig in den Psychotests der Frauenzeitschriften beim Friseur vor, und dennoch wühlte sie mich auf. Enea konnte nichts von meinen Gefühlen ahnen, als Lorenzo mir die Augenbinde abnahm und ich zum ersten Mal das Atelier sah. Er wusste nichts von unseren ineinander verschränkten Fingern, von meiner vor Freude überschnappenden Stimme, von den Umarmungen, dem Geruch der Farben …

»Ich brauche frische Luft«, stammelte ich und eilte zur Tür, blieb auf der Schwelle stehen.

Gewaltsam versuchte ich mich zur Ruhe zu zwingen, bemühte mich, meine Fassung wiederzugewinnen, und presste eine Hand auf den Mund, als ließe sich dadurch die Vergangenheit zum Schweigen bringen, die sich erneut machtvoll in meine Erinnerung gedrängt hatte.

Als ich mich einigermaßen in der Lage sah, Enea

gegenüberzutreten, kam er mir bereits entgegen, das Handy in der Hand.

»Komm rein, es gibt etwas, das ich dir sagen muss.«
»Können wir nicht draußen bleiben?«
»Okay.«

Enea schloss die Tür und steckte sein Handy in die Hosentasche, lächelte mich an, während ich ergeben darauf wartete, was jetzt kommen würde. Als er nichts sagte, senkte ich den Blick, strich mir die Haare aus dem Gesicht und holte tief Luft.

»Was ist los?«, fragte ich ziemlich defensiv, weil ich mich davor fürchtete, erneut ins Kreuzverhör genommen zu werden.

»Es geht um den Weinstock«, erwiderte er. »Wie du weißt, habe ich Proben an ein Labor geschickt, um herauszufinden, ob er von Krankheiten oder Parasiten befallen ist, die ich mit dem bloßen Auge nicht erkennen kann.«

»Ja.«

Kläglich schaute ich Enea an, war voller Angst davor, womöglich das Todesurteil für den Stock zu hören, mit dem mich so viel verband. Ein Schauder lief mir über den Rücken.

»Und gibt es Neuigkeiten?«
»Ja, wie es aussieht, gute sogar. Außer dem bekannten Problem hat sich nichts weiter ergeben. Keine Parasiten, gar nichts. Mit anderen Worten: Dein Schützling kann gerettet werden, und seit meiner letzten Kontrolle scheint

sich einiges bereits gebessert zu haben. Du wirst sehen, er wird wieder ganz der Alte. Knorrig, aber gesund.«

Ich vergrub mein Gesicht in den Händen und erstickte einen Seufzer der Erleichterung, während eine unbändige Freude von mir Besitz ergriff. Ein merkwürdiges Erlebnis, wenn man beinahe vergessen hatte, wie sich Freude anfühlte.

Ohne dass wir es vorhergesehen hatten, hörten wir plötzlich hier und da ein leichtes Klopfen, erst vereinzelt, dann immer lauter, begleitet von einem fernen Rauschen und einem Donner, der durch das ganze Tal hallte.

Das erste Frühlingsgewitter.

Von der Schwelle aus schaute ich dem Regen zu, der zunehmend heftiger vom Himmel prasselte, und atmete den Duft der feuchten Erde ein. Dann wandte ich mein Gesicht dem Himmel zu, als würde ich gerade die Taufe empfangen, die mich frei machte, in ein neues Leben einzutreten.

»Lass uns besser reingehen.«

Enea nahm meine Hand und zog mich ins Haus, wo sich zum Glück noch eine Rolle Küchenkrepp fand, um mich notdürftig abzutrocknen. Ich war bis auf die Haut nass geworden. Verlegen versuchte Enea, nicht auf meine jetzt durchsichtige Bluse zu starren.

Im Raum war mit einem Mal eine magnetische Anziehungskraft zu spüren.

Ich versuchte meine Gedanken zu ordnen und stellte mir die Frage, ob er mich in diesem Moment begehrte und ob ich wohl jemals ohne Schuldgefühle einen anderen Mann begehrlich ansehen konnte. Jedenfalls empfand ich es als angenehm, überhaupt mal wieder so etwas zu verspüren. Damit es nicht zu schnell vorbei war, ging ich auf ihn zu und strich ihm über die Schulter. Seine Augen waren dunkel, seine Lippen fest aufeinandergepresst, die Hände in den Hosentaschen vergraben.

»Was ist los?«

»Wie du dich eben im Regen bewegt hast, war sehr schön. Es wirkte befreiend.«

»Warum hast du dich nicht gleichfalls nass regnen lassen?«, murmelte ich, während ein heftiger Donnerschlag mich zusammenzucken ließ.

»So meinte ich das nicht, ich weiß, wie sich das anfühlt. Es ging mir um den Akt der Befreiung.« Er zog sich einen Stuhl heran und setzte sich rittlings darauf. »Ich habe auch einen geliebten Menschen verloren.«

Ich schluckte und nahm ihm gegenüber Platz, beobachtete, wie er sich an der Stuhllehne geradezu festzukrallen schien.

»Das tut mir leid.«

Mehr sagte ich nicht, ich wollte auch nicht mehr wissen. Schließlich hatte ich genug mit meinem eigenen Kummer zu tun, obwohl ich wusste, wie egoistisch das war.

»Allerdings ist Veronica nicht tot, sie hat mich verlassen. Wegen meines besten Freundes. Trotzdem habe ich getrauert. Jeden Morgen begegnet man dieser Trauer, wenn man sich bewusst wird, dass man keine zwei Tassen mehr mit Kaffee füllen muss, obwohl man schon in beide Zucker gelöffelt hat. Und im Supermarkt holt man nach wie vor ihre Lieblingskekse aus dem Regal, die man selbst gar nicht mag. Es sind die kleinen Dinge, die Gewohnheiten, die einem absurderweise am meisten fehlen.«

»Das stimmt, doch jemanden endgültig zu verlieren, ist noch mal anders. Deine Frau hat sich entschieden, dich zu verlassen, Lorenzo hingegen wollte nichts lieber, als bei uns zu bleiben, nur hatte er keine Wahl.«

»Ich weiß nicht, ob das wirklich einen Unterschied macht, denn ich fühle mich genauso allein wie du, ich komme mir vor wie eine Seite, die man aus einem Buch herausgerissen hat.«

Während er aufstand und sich vor mir aufbaute, dachte ich über seine Worte nach. Solche Sätze hatte ich auch am Tag der Beerdigung gehört und hatte keine Lust, daran erinnert zu werden.

»Warum erzählst du mir von ihr?«

Er kniete sich vor mich hin und schaute mich lange an. »Weil du so ganz anders bist. Veronica war extrovertiert, blieb eher auf der Oberfläche, während deine Augen so tief sind wie ein See. Kennst du die Sage von dem Mädchen, das tief unten in einem See lebt und dem man ein Tau hinunterwirft, damit es daran hochklettert und wieder das Sonnenlicht sieht? Das Mädchen hat ganz weiße Haut und fast immer schlechte Laune, aber wenn es lacht, liegt ein großes Glück darin. Das konnte meine Ex-Frau nicht.«

Ich fuhr über meinen Ehering wie immer, wenn ich nervös war, und lächelte verkrampft. Sein Atem war ganz nah, durch meinen Körper schoss Adrenalin. Doch die Entschlossenheit, in ein neues Leben zu treten, war mal wieder verschwunden, geblieben war die Angst. Nichts war so, wie es sein sollte, Panik stieg in mir auf. Gegen das Knistern zwischen uns konnte ich mich lediglich mit einer schroffen Zurückweisung wehren.

»Ich habe dich nicht darum gebeten, mich zu retten, ich bin nicht in Gefahr. Und vielleicht lebe ich ja gerne im Dunkeln.«

Seine Hände strichen über meine Wangen. »Du irrst dich, das redest du dir ein. Du bist immer noch das Mädchen, das den Mann, den es liebt, im Schein einer Kerze zeichnet. Sie ist immer noch da, ich weiß es, und ich bitte dich, es zu befreien. Gib dieses Mädchen frei, Cassandra«, sagte er leise, während seine Finger durch meine Haare strichen. »Schluss mit der Angst vor dem Leben, Schluss mit der Vergangenheit. Du lebst im Hier und Jetzt. In deinem Hier und Jetzt. Und in meinem.«

Sein Atem kam immer näher, und wie in Zeitlupe schloss er die Augen. Die Nähe zwischen uns löschte jeden Widerstand, jeden Gedanken aus. In diesem Moment gab es allein unsere Lippen, die sich fanden, alles andere spielte keine Rolle mehr. Da war nichts als dieses neue, andere Gefühl, den Wunsch, sich zu entdecken,

Körper, die sich näher kamen, seine Hand um meine Taille. Alles war perfekt.

Jedenfalls so lange, bis die Vergangenheit sich einmischte, bis Enea nicht mehr Enea war, sondern Lorenzo, mein Lorenzo, der mich aus dem Jenseits anlächelte, mit diesem Lächeln, dessentwegen ich mich in ihn verliebt hatte. Er sah aus wie der Mann, der er einmal gewesen war, und nicht wie der Lorenzo, zu dem er durch seine Krankheit geworden war. Aber er ließ mich gehen, verabschiedete sich auf seine Weise, mit einem Lächeln auf den Lippen, genau wie er es mir auf seiner DVD versprochen hatte. Er übergab mich an Enea, an ein neues Leben – und letztendlich übergab er mich an mich selbst. Eine Geste, die mich gleichermaßen rührte und wehmütig stimmte.

»Warte«, stammelte ich verwirrt und wich zurück.

»Cassandra, ich ...«

Bevor er den Satz zu Ende bringen konnte, stürzte ich zu Boden, hatte mich offenbar in einer Spalte zwischen zwei Bodendielen verfangen. Jetzt lag ich stöhnend auf der Seite und hielt mein schmerzendes Kreuzbein.

»Alles in Ordnung?«

»Ehrlich gesagt, nein. Meine Hüfte tut weh, bestimmt ist sie geprellt«, jammerte ich. »Diese blöde Diele.« Ich deutete auf einen gar nicht so schmalen Spalt, den ich nie zuvor wahrgenommen hatte. »Was ist das?«

Enea beugte sich nach unten und zwängte seine Finger zwischen die beiden Bretter und rüttelte daran, woraufhin die Diele sich knirschend bewegen ließ.

»Hier unten ist etwas«, verkündete er aufgeregt, und wirklich tauchte Stück für Stück eine Art Kellerraum auf, der früher für Gott weiß was gedient haben mag, für die kühle Lagerung von Lebensmitteln etwa, später nicht mehr gebraucht wurde und in Vergessenheit geriet. Eine kleine Holztreppe führte in die Tiefe, aus der Modergeruch aufstieg.

»Gehen wir runter?«, meinte Enea und zwinkerte mir auffordernd zu.

»Willst du wirklich? Einladend sieht das nicht aus.«

»Egal, ich bin neugierig, was es genau ist. Du nicht?«

Blitzschnell wanderten meine Gedanken zurück zu der Entdeckung von Anitas Dose mit den Papieren, die jemandem zur Flucht verhelfen sollte. Bestand da womöglich ein Zusammenhang?

»Gut, versuchen wir es«, willigte ich ein und schaltete die Taschenlampe an meinem Handy an, bevor ich mit angehaltenem Atem die morsche Treppe in die Dunkelheit hinabstieg.

»Du kannst das Handy ausmachen, ich habe eine richtige Taschenlampe gefunden«, rief Enea mir zu. »Warte einen Moment, bis ich bei dir bin.«

»Pass bitte auf, dass die Dielen sich nicht zusammenschieben, ich will auf keinen Fall hier unten eingesperrt werden. Ganz schön gruselig, dieses Verlies hier. Ein normaler Keller ist das jedenfalls nicht«, konstatierte ich, während ich im Schein der Lampe eine staubige Bank, einen Blecheimer und einen Stuhl mit zerbrochener

Lehne erkannte. Mein Herz klopfte, meine Beine zitterten, und ich war froh, als Enea mit der Taschenlampe kam. »He, was haben wir denn hier?«

»Alltag in einem Versteck«, murmelte ich, als wir endlich mehr sahen.

Auf dem Tisch stand noch ein Teller, daneben lag Besteck, ein Handtuch hing über dem Stuhl, ein leeres Einmachglas, in dem laut Etikett einmal eingelegte Pfirsiche gewesen waren, außerdem ein Becher, eine Tube Kondensmilch, ein aufgeschlagenes Buch mit einem Stoffstreifen als Lesezeichen sowie ein silbernes Zigarettenetui. In der Ecke stand ein Feldbett mit einer Decke, die inzwischen von Mäusen zerfressen war.

»Wer immer hier gehaust hat, musste diesen Ort überstürzt verlassen«, sagte ich und nahm das Zigarettenetui in die Hand, öffnete es.

Nach all den Jahren schlug mir noch der Geruch nach Tabak entgegen und erinnerte mich an meine heimlichen ersten Rauchversuche auf der Schultoilette. Meine Mutter hatte es damals eher sportlich genommen. Sie könne mir nicht verbieten, mir mein Leben mit Alkohol, Drogen und Rauchen zu versauen – es zu tun oder besser zu lassen, dafür sei ich selbst verantwortlich, beschied sie mich. An diese seltsamen mütterlichen Ermahnungen denkend, die ich erst später als recht klug empfand, steckte ich das Etui in meine Hosentasche.

Unterdessen stellte Enea Vermutungen über das Versteck an. »Gut möglich, dass man hier während der

Bombenangriffe Zuflucht gesucht hat. Im Notfall konnte man sogar ein paar Tage ausharren. Damals haben sich viele Bewohner in den Kellern Schutzräume eingerichtet.« Er inspizierte einen kleinen Vorratsraum, der mit einem geblümten Vorhang abgetrennt war. »Schau mal, hier lagern jede Menge Nahrungsmittel, vor allem Konserven: Fleisch, Gemüse, Fisch, Obst. Das reicht für Wochen, wenn man den geringeren Bedarf in Kriegszeiten zugrunde legt. Insbesondere in den letzten beiden Jahren waren die Leute daran gewöhnt, mit wenig auszukommen. Da ging es ums Überleben. Komisch ist allerdings, dass hier niemand aufgeräumt hat und selbst Essensreste liegen geblieben sind. Und dass es aussieht, als hätte hier lediglich ein einziger Mensch gehaust, was mehr für ein Versteck als einen Schutzraum spricht.«

»Du meinst, hier könnte der Deutsche versteckt gewesen sein? Wie sollte das gehen, außer das Gebäude wurde schon zu jener Zeit bloß noch als Ausweichquartier während der Weinlese benutzt. Und würde Mercedes es dann später nicht irgendwann erfahren haben, dass ihre Schwiegereltern einen Flüchtling versteckt hatten?«, fragte ich ihn und sah zu, wie er den Staub von den Konserven blies.

»Und wenn sie gar nichts davon wussten? Das halte ich für durchaus möglich, denn das Gebäude hier liegt schließlich weit weg vom Herrenhaus, und während des Krieges gab es bestimmt nicht mehr allzu viele Arbeiter auf dem Gut, sodass man die Unterkünfte nicht mehr brauchte.«

»Du hältst wirklich für denkbar, dass hier unten jemand lebte, von dem niemand etwas wusste?«

»Ja, wäre kein Einzelfall. So lief das vor allem, als die Deutschen den größten Teil Italiens besetzten.«

»Und wer könnte das gewesen sein? Ein Partisan?«

»Vielleicht. Oder jemand, der sich von seinen eigenen Truppen abgesetzt hat. Ein Fahnenflüchtiger«, fügte Enea hinzu und warf mir einen vielsagenden Blick zu. »Und es sieht ja durchaus so aus, als habe sich der deutsche Geliebte deiner Großtante absetzen wollen.«

»Wäre das nicht schrecklich riskant gewesen?«

Enea kratzte sich am Kinn. »Nun ja, gehen wir mal davon aus, Anita hat in jenem Jahr gelegentlich auf dem Weingut ausgeholfen, unabhängig von der Weinlese, dann wäre das kein schlechtes Versteck gewesen. Keine langen Wege, keine große Gefahr, von der Militärpolizei beobachtet zu werden, eigentlich ideal. Hinzu kam, dass die Carrais angesehene Leute waren, die sich immer aus der Politik herausgehalten und nie in einem Konflikt Stellung bezogen haben, das war ein nicht zu unterschätzender Vorteil. Jedenfalls wurde ihr Wein ebenso von den Linken und den Partisanen wie von den Faschisten geschätzt.«

»Meinst du wirklich?«, fragte ich nicht ganz überzeugt.

Enea nahm den kaputten Stuhl, drehte ihn um und setzte sich rittlings darauf, seine Augen glänzten.

»Halten wir uns mal an die Fakten: Wenn das hier ein Bunker für die Familie samt Personal gewesen wäre, hätten wir Spuren von mehreren Personen gefunden. Hier hingegen ist alles auf eine einzige Person zugeschnitten: ein Feldbett, eine Decke, ein Teller, ein Becher und so weiter.«

Enea nahm ein Buch vom Tisch, eine deutsche Ausgabe des *Grafen von Monte Christo*, und von dem zerwühlten Bett hob er ein anderes Buch auf, handtellergroß, das in einer dunkelbraunen Lederhülle steckte. Vom Format erinnerte es mich an ein Gebetbuch.

»Was ist das denn?«, bedrängte ich Enea, der inzwischen in dem Büchlein blätterte.

»Wenn ich das richtig sehe, handelt es sich um eine Soldatenbibel, die in fast jeder Armee ausgegeben wurde. Mein Großvater hatte auch eine. Diese allerdings ist älteren Datums, sie stammt noch aus dem Ersten und nicht aus dem Zweiten Weltkrieg, wie ich vermutet hatte. Sie wurde im Dezember 1915 in München gedruckt.«

»Dann war's das wohl mit deiner Theorie von Anitas deutschem Geliebten«, folgerte ich und stützte die Hände in die Hüfte.

»Nicht unbedingt, so schnell gebe ich mich nicht geschlagen, meine Schöne. Dass es hier einen weiteren flüchtigen Deutschen gegeben haben soll, halte ich für äußerst unwahrscheinlich, zumal es hier im Ersten Weltkrieg kein deutsches Militär gegeben hat.«

»Na, dann überrasch mich mal«, forderte ich ihn heraus und beugte mich zu ihm hinüber. »Was gefunden?«, drängte ich ihn, als er nichts sagte.

Enea schob mir die aufgeschlagene Bibel hin.

In diesem Augenblick sah ich es selbst. Auf der Vorsatzseite wurde in einer akkuraten, altmodischen Handschrift bezeugt, dass Anita Innocenti und Hendrik Lang am 21. März 1944 um 23 Uhr 40 von Don Bernardino in Montelupo getraut worden waren. Außerdem gab es noch eine offizielle Heiratsurkunde auf einem kirchlichen Formular.

»Liebe Cassandra, diese Entdeckung ist eine Bombe!«, murmelte Enea und lächelte breit. »Zwar wissen wir nach wie vor nichts über das Kind, dafür finden wir einen weiteren Beweis für die Existenz des deutschen Soldaten, mit dem gleichen Namen wie auf den Papieren in Anitas Dose. Sensationell!«

»Das kannst du laut sagen.« Ich war wie vor den Kopf geschlagen. »Jetzt verstehe ich so langsam, warum mein Großvater so schlecht auf seine Schwester zu sprechen ist. Während er bei den Partisanen für die Befreiung seiner Heimat kämpfte, heiratete sie heimlich einen Deutschen. Und das, obwohl sie ja zahllose Verehrer hatte. Falls er davon erfahren hat, muss er außer sich gewesen sein. Vermutlich hat er es nicht bloß persönlich genommen, sondern sogar als Landesverrat betrachtet.«

»Du hast recht, sofern er von der Heirat wusste. Allerdings kann er höchstens nachträglich davon erfahren haben, denn zum Zeitpunkt der Trauung war Adelchi mit den Partisanen irgendwo im Kampfgebiet unterwegs und agierte aus Verstecken heraus. Mal abgesehen davon, dass diese Eheschließung offiziell sowieso wahrscheinlich nicht möglich gewesen wäre, dürfte Anita aus Angst vor ihrem Bruder eine heimliche Hochzeit gewählt haben.«

Ich seufzte, konnte kaum atmen, so sehr bedrückten mich diese neuen Erkenntnisse. Was für eine schlimme Zeit! Gleichzeitig jedoch berührte mich diese Geschichte zutiefst, sie zeugte von einer großen Liebe gegen alle Widerstände. Anita hatte sich nicht abgefunden mit Vorschriften, sich nicht den Zwängen gebeugt, nicht resigniert, wie es viele ihrer Generation getan hatten – nein, sie hatte den Mut gehabt, etwas zu riskieren und selbst über ihr Leben zu entscheiden.

Ganz anders als ich, dachte ich, ich litt einfach still und passiv vor mich hin. Anitas Leben führte mir meine Feigheit erst richtig vor Augen. Würde ich es je schaffen, wirklich den Schritt nach vorne zu machen, wie mein Mann es sich für mich gewünscht hatte? Und würde ich je wieder mit einem anderen Mann glücklich sein können?

Mechanisch strich ich mir die Haare aus dem Gesicht – wie immer, wenn etwas mich sehr beschäftigte.

»Eigentlich kann wirklich kein Zweifel mehr daran

bestehen, dass es Anita war, die ihren Liebsten hier versteckt hatte. Ich möchte nicht wissen, was passiert wäre, wenn Adelchi ihn entdeckt hätte!«

»Bestimmt hätte Anita ihren Hendrik mit allen ihr zur Verfügung stehenden Mitteln zu beschützen versucht. Und jemandem, der den Mut hatte, einen deutschen Wehrmachtssoldaten zu heiraten, traue ich so einiges zu. Allerdings bleibt ungeklärt, was mit ihm wurde, warum er die Dose nicht an sich genommen hat. Irgendwas muss da schiefgelaufen sein.«

»Das habe ich mich als Erstes gefragt, als ich die Dose fand. Vielleicht finden wir es ja noch heraus.«

Enea klappte die Bibel zu. »Und was willst du jetzt weiter unternehmen?«

»Nach Anitas Kind forschen. Ich muss immer an dieses Baby denken, von dem Schwester Giovanna erzählt hat. Könnte es überhaupt Anitas Kind sein? Schade, dass auf dem Brief kein genaues Datum steht, dann ließe sich das Geburtsdatum besser eingrenzen, denn als Anita die Dose vergrub, war sie eindeutig noch schwanger. Außerdem hat Schwester Giovanna nicht erwähnt, dass Anita ihr je schwanger vorkam, ganz davon abgesehen, dass sie laut Nives bei der Geburt starb. Alles höchst verwirrend.«

»Ja, es wäre interessant, hier Licht ins Dunkel zu bringen«, meinte Enea und betrachtete zum wiederholten Mal die Heiratsurkunde. »Schade, dass Don Bernardino nicht mehr unter uns ist.«

Das Licht der Taschenlampe begann zu flackern und malte tanzende Schatten auf die nackten Wände des Verstecks. Was für mich wie ein trostloses Verlies aussah, war für Anitas Mann die Rettung gewesen. Oder hätte es sein sollen. Und dieses Geheimnis war jahrelang unter meinen Füßen verborgen gewesen, ohne dass ich etwas davon geahnt hätte. Wie auch, wenn selbst bei der Renovierung des Hauses nichts aufgefallen war.

Mein Leben war in letzter Zeit wirklich voller Überraschungen, dachte ich und wandte mich an Enea.

»Wollen wir gehen? Der Aufenthalt unter der Erde reicht mir so langsam.«

Enea nickte, gab mir die Bibel und die Heiratsurkunde und leuchtete die Treppe mit der Taschenlampe aus.

»Die Dame zuerst. Falls die Zombies von hinten kommen, kann ich dich besser verteidigen«, sagte er.

»Das finde ich gar nicht witzig, weißt du das?«, erwiderte ich leicht genervt.

Was indes vermutlich eher daran lag, dass ich seinen Blick in meinem Rücken spürte – fiebrig, wie sengender Augustwind. Und obwohl man es gar nicht wollte, fand man diese warme Umarmung schön, fühlte sich beschützt.

Als wir wieder in meinem Atelier standen, kam ich auf meine Einladung zum Abendessen zurück.

»Bleibst du jetzt, ja oder nein?«

»Bis du sicher? Ich will mich nicht aufdrängen, und so wie du vorhin reagiert hast …«

Behutsam legte ich ihm den Zeigefinger auf die Lippen. Ich war durcheinander, wusste nicht sicher, dass es richtig war, was ich da tat. Dann gab ich mir einen Ruck, weil ich genug hatte vom Nachdenken und Reden.

»Bleib bitte«, sagte ich lächelnd.

»In Ordnung«, antwortete er und schaute mir in die Augen. »Ich bringe den Nachtisch mit.«

»Den Nachtisch?«

»Sicher, hier unten sind jede Menge eingelegte Pfirsiche, die reichen für die nächsten zwanzig Jahre. Und falls du noch irgendwo ein vergessenes Vanilleeis auftreibst, gibt das ein super Vintage-Dessert.«

Mein angeekelter Gesichtsausdruck brachte ihn zum Lachen, und ich lachte mit. Auf einmal schien alles wieder so viel leichter. Doch wie lange würde es anhalten? Wer erlebt hatte, wie wunderbar sich das Fliegen anfühlte und wie böse man trotzdem auf die Nase fallen konnte, hatte Angst, es noch einmal zu versuchen, und blieb wie erstarrt.

Zu gerne hätte ich gewusst, ob Anita diese Angst ebenfalls erlebt hatte, nachdem ihre große Liebe, wohin auch immer, entschwunden war.

Noch während des Essens – es gab Pasta mit Kichererbsen, eines von Auroras Lieblingsgerichten – ging mir diese Frage nicht aus dem Kopf. Und so begann ich mir eine Vergangenheit vorzustellen, die nicht die meine war, sondern vor der Zeit meiner Erinnerungen lag.

Die Jahre des Krieges, Anitas Lebenszeit.

Ich malte mir das Dröhnen der Flugzeuge in der Nacht aus, den allgegenwärtigen Staub der einstürzenden Häuser, der in der Kehle brannte, die knappen Lebensmittelrationen, mit denen sich die meisten bescheiden mussten. Ich stellte mir die Abende bei Kerzenschein vor, wenn man die alten Kleider wendete, neue Sohlen an die Schuhe nagelte, und die Tage, an denen man versuchte, den Schwarzhemden, den faschistischen Milizen, und später auch noch der deutschen Militärpolizei aus dem Weg zu gehen.

Anita hatte das alles erlebt und dennoch nicht aufgegeben. Sie hatte durch die Uniform, durch die Äußerlichkeiten hindurchgesehen. Sie hatte einen Mann geliebt, ihn geheiratet und ihn versteckt, als er sich von seiner Truppe entfernen wollte oder musste. Aber wie war es für sie wirklich gewesen, dass nicht weit von ihr und doch unerreichbar der Mann, dem sie sich vor dem Altar versprochen hatte, still in seinem Versteck hockte, nach oben starrte und von ihr träumte? Wie oft war ihr Herz wohl stehen geblieben, wenn Militärpatrouillen sich in der Nähe des Weinguts zeigten?

Anita hatte mit dieser Angst gelebt und einer zweiten, von den Bewohnern des Ortes, die mit den Partisanen sympathisierten, der Kollaboration bezichtigt zu werden.

Ich versuchte mich in ihre Gefühle hineinzuversetzen, als sie vor Don Bernardino stand, dem Geliebten ihr

Jawort gab und der Priester daraufhin dieses unzeitgemäße Bündnis segnete.

Ob sie einen Ehering getragen hatte? War sie damals bereits schwanger gewesen? Was war aus ihrem Kind geworden? Wo war Hendrik, ihr Mann, geblieben? Was wusste Adelchi von der Beziehung zwischen ihr und dem Deutschen? Wann hatte er davon erfahren?

Lauter Fragen, die mir wie ein Bienenschwarm durch den Kopf schwirrten, während mein Essen, von dem ich nur gepickt hatte, kalt geworden war. Und dass Enea und Aurora inzwischen am Klavier saßen, hatte ich gar nicht mitbekommen. Er spielte ihr ein melancholisches Stück von Chopin vor. Im Kamin knisterte ein Feuer.

»Alles in Ordnung, meine Liebe?«, fragte Mercedes und suchte meinen Blick.

Was sollte ich antworten? Ich hätte ihr von Anita und Hendrik erzählen können, von der Heiratsurkunde und von Don Bernardino, von der alten Bibel, die vermutlich Hendriks Vater gehört hatte, von dem Versteck im ehemaligen Dienstbotengebäude, aber ich konnte es nicht, war noch zu aufgewühlt, musste mir erst selbst darüber klar werden, was das alles bedeuten könnte.

»Schon, ich bin einfach ziemlich müde, es war ein langer Tag«, wich ich aus, und das war nicht einmal gelogen.

»Dann ruh dich aus«, erwiderte sie lapidar, und ich nickte dankbar, weil sie keine Fragen stellte.

Enea spielte gerade etwas, das ich nie zuvor gehört

hatte, es war ein wundervoller Rhythmus, zu dem man gerne tanzen würde, was Aurora zumindest versuchte.

»Wie es aussieht, ist Aurora die Einzige, die noch Energie hat. Schau mal, wie sie um das Klavier herumspringt, wie ein ausgelassener Derwisch«, meinte Mercedes und deutete auf ihre Enkelin.

»Gib ihr noch eine Viertelstunde, dann wirst du sie ins Land der Träume entschwinden sehen.« Ich stand vom Tisch auf und ging zu ihr hinüber, strich ihr über das erhitzte Gesicht. »Jetzt lässt dir Großmutter ein schönes heißes Bad ein, und danach geht's sofort ins Bett.«

»Kommst du nicht?«, flüsterte sie mir ins Ohr wie jedes Mal, wenn eine weitere Person außer mir und Mercedes im Raum war.

»Nein, ich muss erst Enea nach Hause fahren.«

Sie riss die Augen auf und faltete bittend die Hände. Ich wusste, was das bedeuten sollte, und stellte die Situation sofort klar.

»Nein, Enea kann nicht bleiben, er muss nach Hause. Außerdem: Würdest du gerne in einem anderen Bett schlafen?«, fragte ich sie, woraufhin sie energisch die blonden Zöpfe schüttelte, um mir kurz darauf etwas ins Ohr zu flüstern.

»Enea kann trotzdem bleiben, wenn er will, und in meinem Bett schlafen.«

Gerührt küsste ich sie auf die Stirn und nahm sie fest in den Arm. Meine Tochter hatte ein großes Herz – ein Herz, das ich schützen musste.

»Ich glaube nicht, dass Mister Potter sich eine Nacht von dir trennen möchte«, brachte ich ihr Lieblingskuscheltier ins Spiel. »Und der mag bestimmt nicht umziehen und wäre ganz traurig.«

»Das darf nicht sein. Ich mag Mister Potter und will nicht, dass er sauer wird«, schaltete sich Enea ein, rollte die Hemdsärmel herunter und fuhr sich mit der Hand übers Gesicht, er war ebenfalls müde. »Wir sehen uns morgen bei der Probe, Aurora, und jetzt machst du das, was deine Mama sagt, und gehst zu deiner Oma. Es gibt schließlich nichts Schöneres als ein heißes Bad vor dem Schlafengehen!«

Aurora schaute ihn schief an. Sie war nicht ganz sicher, ob sie ihm glauben sollte oder nicht.

»Er hat recht, danach träumst du sicher besonders gut«, sagte ich und zwinkerte ihr zu.

Enea überkreuzte die Zeigefinger auf der Höhe des Herzens. »Großes Pfadfinderehrenwort«, versprach er und überzeugte sie auf diese Weise, mit ihrer Großmutter ins Badezimmer zu gehen. Als ihre Schritte im Flur verklangen, schaute er mich an. »Wollen wir fahren?«, fragte er und unterdrückte ein Gähnen. »Morgen muss ich früh raus, erst nach dem Weinstock sehen und dann zu Nives' Wohnung fahren. Während ihrer Abwesenheit gieße ich die Blumen, kümmere mich um die Post und zahle die Rechnungen.«

»Ein braver Neffe, ich wäre auch gerne deine Tante. Jedenfalls fast.«

»Was will man machen, ich kann einfach nicht anders«, scherzte er und zuckte mit den Schultern.

Ich nickte und machte ihm ein Zeichen, mir zu folgen. »Weißt du, was man von braven jungen Männern sagt?«

»Natürlich, sie sind die idealen Freunde, aber niemand verliebt sich in sie. Ihr Frauen steht auf die Schönen und Bösen. Normalsterbliche sind chancenlos. Wir sind zu einem Leben in Einsamkeit verurteilt.«

»Das ist nun wirklich übertrieben«, widersprach ich und hob die Augenbrauen. »Denkst du das wirklich?«

»Jahrelange Erfahrung, leider. Die letzte Bestätigung dieser Theorie war meine Frau, oder besser, meine Ex-Frau. Mein bester Freund fährt Motorrad, liebt angesagte Locations und Szenebars. Er hasst Blumen und glaubt, Mozart sei ein österreichischer Zuckerbäcker gewesen, der die mit Marzipan gefüllten Schokokugeln erfunden hat.«

Ich lachte, schlug mir jedoch sofort die Hand auf den Mund. »Entschuldige, ich wollte nicht gemein sein. Du erzählst von deiner Ex-Frau und deinem besten Freund und dem Ende deiner Ehe, und ich lache. Allerdings ist die Geschichte mit Mozart einfach zu komisch.«

»Kein Problem. Ehrlich gesagt, würde ich in diesem Moment zu gerne eine von diesen Kugeln essen.«

»Bitte sprich nicht von Süßigkeiten, ich könnte gerade eine Konditorei ausrauben.«

»Zuerst sollten wir allerdings einen passenden Wein

aussuchen. Die Carrais besitzen ja einen gut sortierten Weinkeller, soweit ich gehört habe.«

»Tatsächlich? Davon weiß ich nichts, wer sagt das?«, entgegnete ich und spielte das Spiel mit.

Es tat gut, so mit ihm herumzualbern.

»Genug gescherzt, wir gehen jetzt besser«, sagte er und hielt mir die Tür auf.

Wir fuhren über schmale Straßen durch die Dunkelheit, drehten die Heizung gegen die nächtliche Kühle voll auf und sprachen noch einmal über das, was wir an diesem Tag erlebt hatten.

»Alles in allem war das ein ausgesprochen produktiver Tag, würde ich sagen. Wir haben Näheres über Anita erfahren und die Identität ihres Geliebten bestätigt bekommen. Die Heiratsurkunde und das Versteck, beides zusammen ist sensationell, denn ohne das Dokument, das wir dort unten gefunden haben, hätten wir nicht mit Sicherheit gewusst, wer dort unten Zuflucht genommen hat.«

»So weit in Ordnung«, stimmte ich zu. »Das ist ein guter Ausgangspunkt, aber ich möchte mehr darüber wissen. Nur wo können wir noch ansetzen? Don Bernardino ist tot, seine letzte Haushälterin vermutlich ebenfalls, zumindest ist mir nichts bekannt …«

Ich brach ab, da die Straße gerade meine Aufmerksamkeit erforderte – ein Fuchs hatte mich zu einer Vollbremsung gezwungen.

»Sei nicht so pessimistisch, rein rechnerisch könnte

die Frau noch leben, und Pfarrhaushälterinnen sind hervorragend informiert. Und meine Tante Nives sollten wir uns ebenfalls noch mal vornehmen, sobald sie aus Amerika zurück ist. Wir sollten jedem noch so kleinen Hinweis nachgehen, irgendwann stoßen wir vielleicht zufällig wieder auf etwas.«

Inzwischen hatten wir Montelupo erreicht. Die Straßen wurden jetzt vom blassen Licht der Straßenlaternen erhellt, kleine Lichter leuchteten in den Mauernischen mit den Marienstatuen. Es war ganz still hinter den verschlossenen Läden ebenso wie in den Höfen und Gassen, selbst die Hunde schlugen nicht an. Hier und da suchte ein junges Pärchen nach einer geschützten Ecke.

In mir hingegen war es ganz und gar nicht still. Ich dachte an den Moment, als unsere Lippen sich fanden. So lebendig hatte ich mich schon lange nicht mehr gefühlt, zu lange nicht. Er gab mir ein Stück Hoffnung zurück, dass ich eines Tages wieder glücklich sein könnte.

»Du kannst hier parken, wir sind da.«

Ich hielt an, ohne den Motor abzustellen, während Enea den Gurt löste. »Wo wohnst du?«

»Siehst du da hinten das Licht? Das ist die Küche, scheint so, als würde Hani einen Kuchen backen. Wenn du willst, kannst du gerne mit nach oben kommen und mir beim Verzehr dieser Köstlichkeiten aus Fett und Kohlenhydraten helfen. Ich versichere dir, es lohnt sich, bloß möchte ich keine Missverständnisse aufkommen lassen. Und vor allem sollst du mir hinterher nicht vorwerfen, dass du zugenommen hast, falls du das Angebot annehmen solltest.«

Lächelnd öffnete er die Tür und stieg aus.

Meine Blicke folgten ihm, bis er im Haus verschwand. Ich stellte mir noch vor, wie er die Treppe hinaufging und die erleuchtete Küche betrat, dann ließ ich mich in den Sitz sinken, schaltete das Radio ein und lauschte einem Song, den ich nicht kannte und in dem es um eine komplizierte Liebesgeschichte zwischen absolutem Glück und tiefer Verzweiflung ging. Dabei sortierte ich meine Gefühle, so vieles war an diesem Tag auf mich eingestürmt.

Seufzend startete ich den Motor und legte gähnend den Gang ein. In diesem Augenblick klopfte jemand an die Scheibe. Ich zuckte zusammen, spähte stirnrunzelnd nach draußen und entdeckte Hani, der in einer Sweatjacke und kurzen apfelgrünen Hosen neben der Beifahrertür stand.

Ich ließ das Fenster herunter. »Hani, was zum Teufel machst du hier? So leicht bekleidet dazu. Geh sofort wieder rein, sonst wirst du krank«, ermahnte ich ihn.

Er hingegen hob ein riesiges, mit Alufolie abgedecktes Tablett durchs Fenster und stellte es lächelnd auf den Sitz.

»Und was ist das?«

»Es sind arabische Süßigkeiten, aus der Heimat meiner Mutter, mit Zucker, Kardamom, Milch, Rosenwasser und Pistazien. Enea meinte, du würdest sie mögen«, erklärte er, als er meinen skeptischen Gesichtsausdruck sah.

Zurück in La Carraia, machte ich im Mondlicht einen Umweg über den Garten, besuchte den Rebstock und die Rose, die sich zu erholen schienen. Dort stellte ich das Tablett auf der Mauer ab, zog die Bibel aus der Tasche und setzte mich auf den kühlen Boden, den Rücken gegen den knorrigen alten Stamm gelehnt, und stellte mir vor, dass Anita vor vielen Jahren genauso hier gesessen hatte, vielleicht sogar genauso ratlos wie ich.

Sie hatte nicht gewusst, was aus ihrer Liebe würde. Und ich, ich wusste nicht, ob ich je wieder richtig lieben könnte. Hatte es lange gar nicht wissen wollen, bis ich entdeckte, dass ein Teil in mir nach wie vor am Leben war, trotz der Vergangenheit und des Eherings, den ich immer noch am Finger trug.

Es war der Teil, der diesen Kuss gewollt, der danach gegiert hatte – so, als hätte ich lange Zeit nichts zu essen und zu trinken bekommen. Ich legte meinen Kopf gegen den Stamm und lächelte bei dem Gedanken an die Süßigkeiten, die Enea mir geschickt hatte. Er war so rücksichtsvoll. Um mich nicht in Verlegenheit zu bringen und Gerüchten vorzubeugen, hatte er mich nicht gedrängt, in seine Wohnung zu kommen, sondern mir Hani geschickt, wie ich erst jetzt begriff.

Wie lange hatte ich auf eine solch liebevolle Geste verzichten müssen?

Ich tastete nach dem schmalen Goldring an der Kette, und in meiner Kehle bildete sich ein dicker Kloß. Wenn das alles richtig war, warum fühlte ich mich dann so falsch, fragte ich mich und wandte mich Hilfe suchend meinen magischen Pflanzen zu. Plötzlich piepte mein Handy. Ich zog es heraus, wollte es schon ausschalten, als ich Eneas Namen sah.

Bestimmt gab es einen wichtigen Grund, wenn er sich so spät noch meldete.

Die Haushälterin von Don Bernardino lebt noch, morgen sind wir bei ihr zum Kaffee eingeladen. Ich erwarte Dich nach der Probe vor der Kirche, sei bitte pünktlich, alte Leute warten nicht gerne. Schöne Träume! PS: Hanis Süßigkeiten sind köstlich, hast Du sie bereits probiert?

Ich las die Nachricht ein zweites Mal, legte das Telefon beiseite und nahm eine Süßigkeit vom Tablett. Als ich hineinbiss, schmeckte ich Honig und andere Ingredienzen, die mich an einen geschäftigen orientalischen Basar erinnerten. Dann wischte ich mir die Hände an der Hose ab und griff wieder nach dem Handy.

Sie sind köstlich, doch das nächste Mal werde ich nicht in Einsamkeit dick, das verspreche ich Dir.

12

Maria Rosaria war nicht die liebenswürdige alte Dame, die ich mir vorgestellt hatte, selbst die Nachbarn, die wir nach dem genauen Weg zu ihrer Wohnung gefragt hatten, schauten missbilligend oder grinsten, als sie hörten, wen wir besuchen wollten.

Ich verstand es in dem Moment, als ich vor ihr stand. Sie musterte uns von oben bis unten, eine Hand umklammerte einen Stock – diese kleine Frau hatte Haare auf den Zähnen. Um ihr irgendwelche Informationen zu entlocken, mussten wir mit Sicherheit sehr geschickt vorgehen.

»Kommt herein, ich habe euch schon erwartet. Schließt die Tür«, befahl sie. »Obwohl der Kalender sagt, dass wir Frühling haben, ist es kalt, und ich will mir keine Lungenentzündung holen«, fügte sie hinzu und humpelte nach rechts ins Wohnzimmer.

Merkwürdig. Sollten wir ihr nun folgen oder nicht?

Diese Frau war wie ein Bollwerk, an dem ungebetene Gäste abprallten. Ob Don Bernardino das geschätzt hatte? In manchen Situationen vielleicht, durchaus möglich. Allerdings soll der Priester ein liebenswürdiger, verständnisvoller Herr gewesen sein, Maria Rosaria hingegen war das, was man gemeinhin als Drachen bezeichnete.

Als ich keine Anstalten machte einzutreten, gab Enea mir einen Schubs, und ich setzte mich auf den mir jetzt von der Hausherrin angewiesenen Platz. Das Reden überließ ich erst einmal Enea. Geschickt machte er zunächst gut Wetter, indem er mit ihr über die religiösen Feste der nächsten Monate sprach, sie nach ihrem Oberschenkelhalsbruch fragte, der sie in ihrer Beweglichkeit stark beeinträchtigte und sie am Besuch der Messe hinderte. Überhaupt lebte sie offenbar seit Langem ziemlich zurückgezogen. Das alles hatte Enea von einem alten Mann erfahren, der zu Don Bernardinos Zeiten so eine Art Faktotum des Pfarrbezirks gewesen war. Erst gestern Abend war ihm eingefallen, ihn nach dem Verbleib der Haushälterin zu fragen.

»Ich bin alt und will den anderen nicht zur Last fallen«, erklärte sie. »Aber wenn ich nicht zur Kirche gehen kann, soll der Priester gefälligst ins Haus kommen und mir die Kommunion spenden, oder? Don Bernardino hat das bei seinen Schäfchen immer getan. Bei jedem Wetter stieg er auf sein Fahrrad und besuchte die Leute.«

Als Enea ihr erzählte, dass es eine Initiative junger Gemeindemitglieder gebe, die alte Leute zum Gottesdienst abholten und nach einem gemeinsamen Mittagessen wieder nach Hause fuhren, winkte sie ab.

»Neumodischer Kram. Das ist ja nett, doch das sollten

sie nicht machen. Die Priester werden immer fauler. Früher waren die Kirchenmänner ganz andere Kaliber«, urteilte sie und sah eine Weile versonnen vor sich hin, war mit ihren Gedanken in die Vergangenheit gewandert, in die Zeit ihrer Jugend, als alles noch viel besser gewesen war. Dann, ganz unvermittelt, kehrte sie in die Gegenwart zurück. »Ich habe Kekse zum Kaffee gebacken. Bedient euch.«

Sie selbst nahm aus einer Silberschale ein Pfefferminzbonbon – die Don Bernardino so geliebt habe, wie sie eigens betonte –, wickelte es aus und begann es geräuschvoll zu lutschen.

Ich lächelte, immerhin war sie eine gute Gastgeberin, wir dagegen waren schlechte Gäste, weil wir ihr nichts mitgebracht hatten, nicht einmal Blumen. Vielleicht war sie ja gar nicht so schrecklich, wie alle sagten.

»Allerdings nehme ich nicht an, dass ihr hergekommen seid, um meine Kekse zu essen, oder?«

»Ehrlich gesagt, suchen wir nach Antworten«, schaltete ich mich ein. »Sie waren während des Krieges Don Bernardinos Haushälterin und haben ihm bis zu seinem Tod gedient.«

»Bis zum letzten Tag, Gott hab ihn selig.«

»Deshalb kannten Sie womöglich Anita Innocenti. Sagt Ihnen der Name etwas?«

Die greise Frau stützte sich mit beiden Händen schwer auf den Stock, und ein dünnes Lächeln umspielte ihre Lippen.

»Darauf kannst du wetten. Alle im Dorf kannten Anita, und wenngleich ich erst 1943 nach Montelupo gekommen bin, erinnere ich mich gut an sie«, fügte sie hinzu und tauchte erneut in die Vergangenheit ein.

»Schwere Zeiten waren das damals«, seufzte sie und umklammerte ihr Taschentuch, während Enea die Utensilien für den Nachmittagskaffee aus der Küche heranschaffte. »Tassen, Teller und die Zuckerdose sind im Regal rechts vom Herd, die Löffel in der ersten Schublade von unten, neben dem Kühlschrank«, rief sie zu ihm herüber.

»Und das Milchkännchen?«

»Ist kaputt, bring den Karton mit, obwohl ich das nicht mag.« Sie drehte sich zu mir und nahm sich noch ein Bonbon. »Zu meiner Zeit haben wir mehr Glas verwendet, das war hygienischer, und den Mülleimer mussten wir auch nicht so oft leeren. Man ging zum Milchhändler, der gab einem eine volle Flasche, die leeren hat man abgegeben. Fertig. Damals hatte man nicht den ganzen Müll zu Hause.«

»Ohne Zweifel, das war in gewisser Weise angenehmer«, stimmte ich ihr zu, holte Hendriks Bibel aus meiner Tasche und legte sie vor Maria Rosaria auf den Tisch.

»Was ist das?«

»Eine Bibel.«

»Das sehe ich«, erwiderte sie spitz und setzte sich eine mit Kleber reparierte Brille auf die Nase, kniff die Augen zusammen und ließ die arthritischen Finger über den

Einband gleiten. Als sie dann die erste Seite aufschlug und die Heiratsbescheinigung in Don Bernardinos akkurater Handschrift las, erstarrte sie. »Mich trifft der Schlag!«, sagte sie und nahm die Brille ab.

»Wieso erschüttert Sie das dermaßen?«, hakte ich nach.

Sie zog die Schultern ein und presste die Hände auf die Brust. Ihre Lippen zitterten so sehr, dass sie kaum sprechen konnte.

»Du bist ihre Großnichte, oder?«

»Ja, aber warum regen Sie sich so auf? Ich will nur wissen, was passiert ist.«

»Warum?«

»Weil sie ein Teil meiner Familie ist und ich ein Teil von ihr bin. Und weil ich in meinem Garten etwas gefunden habe, das ihr gehörte, einen Brief und einen Passierschein für ihren deutschen Mann. Vergraben.«

»Vergraben?«

»Genau. Und jetzt ist die Zeit für die Wahrheit gekommen, finden Sie nicht?«

Maria Rosaria faltete die Hände. Plötzlich hatte keiner mehr Lust auf Kaffee.

Enea war hinter mir stehen geblieben und hatte mir die Hand auf die Schulter gelegt. Um mich auf dem schmerzhaften Weg zur Wahrheit zu unterstützen, so sah ich das.

»Stimmt etwas nicht?«, fragte er, doch in diesem Augenblick stand die alte Haushälterin auf und humpelte über den Flur ins Nebenzimmer, wo sie etwas zu suchen schien. Ein für alte Häuser typischer Geruch wehte zu uns herüber, es roch nach alten Papieren, alten Möbeln und anderen Hinterlassenschaften aus längst vergangenen Zeiten.

Nach etwa zehn Minuten war sie zurück und hielt einen bis zum Rand vollen Schuhkarton in der Hand. Enea ging ihr entgegen, nahm ihn ihr ab und stellte ihn auf den Tisch. In diesem Moment durchdrang ein Sonnenstrahl das Halbdunkel und beleuchtete ein weißes Porzellanpferd auf dem Fernseher.

Die alte Frau löste seufzend den Deckel der Schachtel.

»Die Tagebücher von Don Bernardino«, sagte sie.

In dem Karton waren etwa ein Dutzend in abgegriffenes Leder gebundene Bändchen, die Seiten klebten aneinander, hin und wieder fiel ein Zettel oder eine Karte heraus.

Ich betrachtete den Berg an geschriebenen Worten, hätte mich am liebsten gleich darauf gestürzt, wollte die Geschichten von Don Bernardino unter den Fingern spüren – Geschichten, die er ein Leben lang gesammelt hatte und unter denen sich wahrscheinlich auch etwas über meine Familie befand.

Vielleicht würde ich endlich erfahren, warum mein Großvater mich so hasste oder warum meine Mutter sich entschlossen hatte, ihre Familie und ihre Heimat zu verlassen und meinem Vater nach Frankreich zu folgen.

Aber zuerst und vor allem anderen wollte ich Genaueres über Anitas Schicksal erfahren.

Ich räusperte mich und schlug die Beine übereinander. »Diese Tagebücher sind für Sie sicher sehr wertvolle Erinnerungen, aber ich begreife nicht, was sie mit meiner Suche nach der Wahrheit über Anita Innocenti zu tun haben.«

Maria Rosaria sah mich ernst an, die Lippen fest aufeinandergepresst.

»Es ist eine üble Geschichte, ich werde sie euch nicht erzählen, ihr findet sie in diesen Büchern. Nehmt sie«, sagte sie und schob den Karton in meine Richtung, führte betont langsam ihre Tasse zum Mund und trank einen Schluck von dem kalt gewordenen Kaffee. »Ich habe die Tagebücher die ganze Zeit aufgehoben, weil Don Bernardino keine Verwandten hatte. All die Jahre habe ich über seine Geheimnisse gewacht, habe alles dafür getan, dass niemand etwas davon mitbekam, niemals. Als ihr jedoch heute an meine Tür geklopft habt, wusste ich, dass nun der Zeitpunkt gekommen ist, die Wahrheit ans Licht zu bringen, obwohl Don Bernardino sicher nicht damit einverstanden wäre.«

»Von welcher Wahrheit sprechen wir hier eigentlich? Was haben die Erinnerungen eines Priesters mit Anitas Geschichte zu tun?«

»Priester kennen mehr Geheimnisse als Ärzte oder Polizisten, mein Kind. Allein sie wissen um die Seele der Menschen, das Licht und das Dunkel, das sie in sich tragen. Nur sie.«

Vergeblich bemühte ich mich, den Sinn ihrer Worte zu

ergründen. Maria Rosaria saß stocksteif da, ihre Stimme war jetzt sanfter und mitfühlender, weniger hart. Vermutlich hatte auch das mit Anitas Geschichte zu tun. Doch das Ganze wurde immer geheimnisvoller.

»Bitte, sagen Sie mir einfach, was Sie wissen. Irgendetwas wissen Sie, sonst würden Sie nicht so mit mir sprechen«, begann ich, aber sie blieb verschlossen. Die alte Haushälterin hatte sich in sich zurückgezogen, als ob ich gar nicht da wäre, als ob sie mir alles gesagt hätte, was es zu sagen gab.

Meine Besuchszeit war vorbei.

»Ich habe nicht das Recht, mit jemandem darüber zu sprechen«, rang sie sich plötzlich doch noch ab. »Die Wahrheit ist in diesen Büchern niedergeschrieben, ihr könnt sie nachlesen.«

»Warum wollen Sie nicht darüber reden? Niemand will darüber reden. Unsere Familie ist darüber zerbrochen. Ich verstehe das nicht. Außerdem habe ich dieses Schweigen, diese Halbwahrheiten satt – ich will endlich wissen, was damals wirklich passierte. Was aus Anita wurde, aus ihrem Mann, ihrem Kind. Ich bitte Sie!«

Sie ließ sich nicht erweichen, verschränkte die Arme vor der Brust und musterte mich distanziert von Kopf bis Fuß. Es war klar, dass sie nichts mehr sagen würde, egal was ich vorbrachte.

»Wann sollen wir Ihnen die Tagebücher zurückbringen?«, erkundigte ich mich nach einem verzagten Blick auf Enea.

»Wenn euer Durst nach Wahrheit gestillt ist«, antwortete sie, erhob sich und sah demonstrativ zur Standuhr im Wohnzimmer hinüber.

Es war müßig, Fragen an sie zu richten, so viel war klar. Die Audienz war beendet.

Von ferne hörte man die Kirchenglocken von San Biagio läuten. Maria Rosaria rückte ihren Schal um die Schultern zurecht und fuhr sich mit den Fingern durchs Haar.

»Ihr müsst jetzt gehen, ich bin müde«, sagte sie ungeduldig und war sichtlich froh, uns loszuwerden.

13

Enea und ich teilten die Tagebücher auf und studierten Seite für Seite aufmerksam, wann immer wir Zeit fanden.

Vor allem er musste alles gut organisieren, immerhin waren da die Chorproben, und zudem kümmerte er sich neuerdings wieder um den Rebstock, der mehr Pflege brauchte als erwartet.

Meist saß ich auf der Ladefläche des Kleinlasters, ließ die Beine baumeln und schaute deprimiert Enea und Hani zu. Warum gelang es mir einfach nicht, Abschied zu nehmen und mich damit abzufinden, dass der Stock vielleicht gar nicht mehr zu retten und der Aufwand unverhältnismäßig war?

Hani kam herüber, warf trockene Zweige auf die Ladefläche und stützte sich mit Blick auf die Hügel schwer atmend an der Ladefläche ab.

Mit einem Mal fiel mir auf, dass er gewachsen war. Er wuchs wie eine Pflanze, die nach vielen Monaten ohne Wasser wieder Nahrung bekam. Die mageren Arme waren mittlerweile muskulös, ebenso die Beine, und sein rundes Gesicht mit den großen dunklen Augen hatte an Ausdruckskraft gewonnen.

»Ist Enea mit dem Beschneiden fertig?«, fragte ich und strich über einen Grashalm, den ich mir um den Finger gewickelt hatte.

»Ja, jetzt müssen wir auf die Selbstheilung vertrauen und hoffen.«

Ich sah zu Enea hinüber. Seine Stiefel waren schmutzig, die Ärmel wie immer hochgekrempelt, sein heller Pullover mit grünen Flecken übersät. An seinem Gürtel hingen diverse Werkzeuge wie Scheren und eine Hippe, aus den Hosentaschen seiner Cargohosen schaute ein Paar Handschuhe hervor.

Gerührt betrachtete ich ihn, sein freundliches Gesicht, die behutsamen Bewegungen, mit denen er über den Weinstock und die Rose strich. In seinen Augen lagen Zärtlichkeit und Leidenschaft für seine Arbeit, für alles, was lebte.

»Möchtest du eins?«

Eine Tüte raschelte, und plötzlich hatte ich ein kleines Gebäckstück vor der Nase, das mit einer Schicht Puderzucker bedeckt war und von dem ein intensiver Duft nach Datteln, gerösteten Pistazien und Rosenwasser ausging. Ich biss die Hälfte ab und schaute in ein dunkles kaffeebraunes Herz, das ebenfalls verlockend duftete.

»Du solltest uns nicht so verwöhnen«, sagte ich zu Hani, der abwehrend die Hände hob, während ich den Rest des köstlichen Gebäcks vertilgte. »Sei ehrlich, benutzt du meine Familie und Enea als Versuchskaninchen?«

»Aurora hat dir verraten, dass ich von einer eigenen Konditorei träume, oder?«

Ich lächelte ihm zu. »Versteh mich nicht falsch, ich liebe meine Tochter sehr, aber ich gebe dir einen guten Rat. Wenn du etwas für dich behalten willst, dann darfst du es ihr nicht erzählen. Sie kann schlecht lügen und noch schlechter etwas für sich behalten. Sie muss alles immerzu in alle Welt hinausposaunen. So ist sie nun mal.« Ich zuckte mit den Schultern, als wollte ich mich für den Enthusiasmus meiner Tochter entschuldigen. »Bist du ihr deshalb böse?«

»Nein, ich bin ihr nicht böse, obwohl ich es lieber selbst erzählt hätte. Bald werde ich nach Ponterosso zurückkehren. Ein Onkel hat dort eine Konditorei, ein Lehrling musste gehen, und deshalb kann ich jetzt anfangen.«

»Wie bitte, du begehst Fahnenflucht«, rief ich in gespielter Entrüstung. »Und ich dachte immer, du seist ein netter Junge.«

Er bedachte mich mit einem komplizenhaften Lächeln. »Wie es aussieht, magst du mein Gebäck trotzdem.«

»Hani, ich bitte dich, wer könnte diesen Köstlichkeiten widerstehen? Fällt dir da jemand ein?«

Er schüttelte den Kopf.

»Das habe ich mir gedacht. Und weißt du warum?«

»Nein.«

»Jede süße Köstlichkeit, die ich bisher von dir probiert habe, war die Pölsterchen wert, die sich auf meinen Hüften gebildet haben.«

Als Hani sich entfernt hatte, schloss ich für einen Moment die Augen und atmete den Duft der Erde ein.

Über mir am Himmel hörte ich das ferne Brummen eines Flugzeugs, und ich überlegte mir, woher es wohl kam und wohin es wohl flog. Rings um mich herum war die Natur zu neuem Leben erwacht, und ich wünschte mir, dass dies auch für mich galt.

Bei Enea fühlte ich mich gut aufgehoben. Kein Wunder. Pflegen und Beschützen schien er als seine Lebensaufgabe zu betrachten, der er sich mit Leib und Seele hingab. Im Chor zog er behutsam seine Sänger heran, in der Natur tat er das mit den ihm anvertrauten Pflanzen. Nach wie vor machte er sich an den Stöcken zu schaffen. Rasch kramte ich einen Stift aus meiner Tasche und machte mit wenigen Strichen auf der Rückseite eines Prospekts für Werkzeuge eine Skizze von ihm.

»Das bin ich, oder?«, hörte ich ihn kurz darauf fragen.

Ich zuckte zusammen und steckte den Zettel weg, aber fühlte mich ertappt. Typisch Enea, dachte ich leicht genervt.

»Zu spät. Ich habe es bereits gesehen, und es gefällt mir.«

»Ach, ich probiere nur was aus, es ist wirklich nichts Großes«, wehrte ich ab, doch er wich nicht von meiner Seite.

Es herrschte Abendstimmmung, in den Häusern gingen nach und nach die Lichter an, der Glockenklang von San Biagio drang zu uns herüber.

Eneas Hände legten sich von hinten auf meine Arme, wanderten nach oben bis zu den Schultern. Ich begann zu zittern, als sein Atem über meinen Nacken strich und er immer näher kam. Sein Griff wurde entschiedener, ich erstarrte, konnte mich aber nicht von der Stelle rühren. Manchmal muss man einen Menschen nicht sehen, um ihn zu sehen.

»Cassandra, der Kuss neulich … du hast so merkwürdig reagiert, da dachte ich, wir müssten reden …«

Ein Rascheln war zu hören, und erneut lag ein Duft nach Gewürzen in der Luft. Enea fuhr herum. Hani war unbemerkt herangekommen und streckte jetzt den Kopf aus dem Führerhaus des Transporters.

Die beiden mussten fahren, während ich mich fragte, ob ich wirklich wollte, dass dieser Tag zu Ende ging. Sie hupten und winkten zum Abschied, riefen mir etwas zu, das ich nicht richtig verstand, weil der Wind ihre Worte wegtrug.

Dann verschwanden sie in einer Staubwolke.

Ich umklammerte den Prospekt mit der Zeichnung, hielt ihn an die Brust gepresst, bis der Wagen meinen Blicken entschwunden war. Anschließend ging ich in den Weinkeller, um dort in der klösterlichen Stille zwischen den Fässern mit dem reifenden Wein meine innere Ruhe wiederzufinden.

Quietschend ließ sich der schwere Riegel zurückschieben, und bevor ich eintrat, stellte ich meine schmutzigen Schuhe neben der Tür ab. Sofort roch ich den Wein und spürte den Hauch der jahrhundertealten Geschichte dieser Mauern. Lorenzo und ich waren oft hier gewesen, und er hatte mich in die Geheimnisse der Weinproduktion eingeführt und von seiner Familie erzählt, die dieses Geschäft seit vielen Generationen betrieb.

Schritt für Schritt ging ich voran, bis ich zu meinem Lieblingsgang gelangte, wo ein Dutzend Eichenfässer lagerte, die von einer einzigen Glühbirne beleuchtet wurden. Hier hatte ich mit Lorenzo oft Wein verkostet, hier hatte ich die Nacht verbracht, als alles vorbei war. Beide Bilder schob ich beiseite, das schöne ebenso wie das traurige. Daran durfte ich nicht denken, wenn ich mein Leben wieder in den Griff bekommen wollte.

Wenngleich es mir etwas unheimlich war, so allein hier unten, lief ich ziellos weiter, bis ich vor einem massiven Holzregal stand, auf dessen Brettern Werkzeuge lagerten, die gebraucht wurden, um Fässer zu reparieren oder neue herzustellen.

»Die Arbeiter sind auch nicht besonders aufmerksam«, murmelte ich und hob einen Hammer vom Boden auf. Als ich ihn jedoch ins Regal zurücklegen wollte, fiel mir etwas Merkwürdiges auf: Hinter den Brettern befand sich eine Tür, die ich noch nie zuvor gesehen hatte.

Ich spähte in alle Richtungen, vergewisserte mich, dass wirklich niemand zugegen war, und begann, Brett für Brett das Regal abzuräumen, erst langsam, dann immer schneller, voller Ungeduld, was sich dahinter verbergen mochte. Die Enttäuschung folgte auf dem Fuß, denn das massive Regal ließ sich nicht bewegen. Sosehr ich meine Muskeln anspannte und alle meine Kräfte mobilisierte, mehr als ein winziges Stück vermochte ich es nicht zur Seite zu rücken.

Nachdem ich mir den Schweiß von der Stirn gewischt hatte, nahm ich das Türschloss mit dem Schlüssel in Augenschein, beides war verrostet. Das würde auch nicht leicht zu öffnen sein, dachte ich. Diesmal wurde ich angenehm überrascht – entgegen meiner Erwartung sprang es beim ersten Drehen auf, und eine staubige Nische kam zum Vorschein. Gerade groß genug, dass ein Stuhl und ein kleiner Tisch darin Platz hatten. Auf dem Tisch stand eine Petroleumlampe.

Wenngleich der Boden dort sehr schmutzig war, beschloss ich, mich zwischen den Regalbrettern hindurch auf die andere Seite zu quetschen. Koste es, was es wolle, ich musste es schaffen. Dort musste sich etwas Interessantes finden, sonst hätte sich niemand die Mühe gemacht, die Tür so gut zu tarnen.

Bäuchlings schob ich mich zentimeterweise zu der Nische vor.

Sie war höchstens drei Quadratmeter groß, wirkte aber größer. Ich setzte mich an den staubigen Tisch und ließ meine Blicke im spärlichen Licht, das aus dem Weinkeller herüberdrang, schweifen. In einer Ecke standen ein paar von den typischen bauchigen Weinflaschen aus grünem Glas, die in einer Korbhülle steckten. Wie der Wein wohl schmeckte nach so langer Zeit, fragte ich mich. Bestimmt war hier seit Jahrzehnten niemand gewesen.

Die Sache wurde immer spannender, jetzt hatte ich noch ein zweites Versteck auf dem Gut der Carrais entdeckt. Seltsam, wirklich sehr seltsam.

Als Nächstes inspizierte ich den Tisch. Das Holz war von minderer Qualität, die Platte verkratzt, die Schublade verschlossen. Vergeblich schaute ich mich nach etwas um, womit ich sie aufbrechen konnte. Während ich noch überall herumtastete, stieß ich mit dem Fuß gegen eine Flasche, die über den Boden rollte, und in diesem Moment entdeckte ich den Schlüssel hinter einem Tischbein. Ich steckte ihn in das verrostete Schloss, und nach ein paar Drehungen hörte ich, wie die Schublade aufsprang.

Vorsichtig zog ich sie mit beiden Händen auf. Vor mir lag ein Dutzend falscher Pässe, meist deutsche oder welche vom Vatikanstaat, dazu Passierscheine und andere Dokumente vom Roten Kreuz. Geld, viel Geld, und eine Beretta.

Was hatte das zu bedeuten?

Mit zitternden Händen nahm ich einen Passierschein heraus. Er sah ganz ähnlich aus wie der, den ich in Anitas Dose gefunden hatte, nur fehlten der Name und ein Foto. Es waren Blankoformulare für Menschen, die fliehen mussten. Und dann dämmerte es mir.

Das hier war eine Fälscherwerkstatt.

Dieser Verschlag war wohl für viele Menschen die letzte Hoffnung gewesen, mit falschen Papieren der drohenden Verhaftung oder Deportation zu entgehen. Oder waren sie getäuscht worden? Das viele Geld machte mich stutzig, und ich fragte mich, ob hinter diesen Mauern nicht ein schmutziges Geschäft mit der Not von Verfolgten betrieben worden war.

Und mir vorzustellen, dass die Carrais darin verwickelt gewesen sein könnten, war ein so schrecklicher Gedanke, dass ich davor zurückschreckte.

14

Seit einer Ewigkeit starrte ich auf die Kekspackungen mit diversen biologischen Zutaten. Die Auswahl überforderte mich, zumal in meinem Kopf nichts anderes Platz hatte als die Entdeckungen der letzten Tage.

Außerdem beschäftigte mich so einiges, was ich in Don Bernardinos Tagebüchern oder besser, im ersten Band, gelesen hatte. Schreckliche Dinge. Da war von zwei jüdischen Familien aus Montelupo die Rede. Die Erwachsenen wurden nach der deutschen Besatzung alle in Vernichtungslager deportiert – die Kinder kamen rechtzeitig bei großherzigen Leuten auf dem Land unter. Ein anderer Eintrag berichtete von Gloria, der Tochter des Fleischers, die sich mit einem deutschen Unteroffizier eingelassen hatte und deshalb im Ort ausgegrenzt und schikaniert wurde.

Und vor allem: Wer war der Kopf hinter der Fälscherwerkstatt? War es ein Carrai gewesen? Ein Verwandter? Ein Freund? Eine Partisanengruppe?

Viele Fragen, aber keine Antwort.

Ich griff nach der erstbesten Packung, als ich hinter mir eine Stimme vernahm, die mir bekannt vorkam.

»Ich empfehle dir dieses Zeug nicht, alles voller Chemie. Wer weiß, was da alles drin ist. Lass die Finger davon, da isst du lieber ein Marmeladenbrot zum Frühstück. Oder ein Brot mit warmem Ricotta, das ist besser als dieses Zeug!«

Mit der Kekspackung in der Hand hielt ich inne. Mit allem hatte ich gerechnet, aber bestimmt nicht damit, heute Morgen Nives zu treffen. Sie war so lange in Amerika bei ihrer Tochter geblieben, dass ich fast schon nicht mehr an ihre Rückkehr geglaubt hatte. Und jetzt lief sie mir einfach so im Supermarkt über den Weg.

»Willkommen daheim, wie war die Reise über den großen Teich?«, erkundigte ich mich, umarmte sie und küsste sie auf die Wange.

»Sehr gut, hätte nicht besser sein können«, antwortete sie strahlend.

»Das freut mich sehr für deine Tochter.«

Nives platzte fast vor Stolz, ganz wie es sich für eine italienische Mutter gehörte.

»Es war eine echte Märchenhochzeit, zu meiner Zeit haben wir von so etwas geträumt. Na ja, wie man's nimmt, denn es gab keine kirchliche Trauung. Die jungen Frauen von heute müssen ja alles anders machen. Sie haben standesamtlich in der New York Library geheiratet, in der meine Tochter arbeitet, dann haben wir mit ein paar Freunden in einem kleinen Restaurant zu Mittag gegessen, und anschließend sind sie nach Kuba in die Flitterwochen geflogen. Bei der Zeremonie wollten sie lediglich die Eltern dabeihaben, es war sehr bewegend«, schloss sie.

Das Hochgefühl, dass ihre Tochter, die mit nichts aus Montelupo aufgebrochen war, jetzt in der drittgrößten Bibliothek der USA arbeitete und eine gute Stelle hatte, überwog bei Nives offenbar den kleinen Makel, dass keine Trauung mit allem Drum und Dran in der Kirche stattgefunden hatte.

Ich nickte und stellte die Kekse zurück ins Regal.

»Gestern habe ich Enea im Circolo getroffen, dort war mal wieder Partisanentreffen, er hat mir netterweise ein bisschen geholfen. Ich habe gehört, ihr seid im Waisenhaus gewesen und habt über Schwester Speranza gesprochen.«

»Über wen?«

»Das kleine Mädchen, das Anita als Neugeborenes Schwester Giovanna anvertraut hat.«

»Stimmt. Leider haben wir nicht viel über sie erfahren, außer dass sie nach Afrika gegangen ist, sich nach wie vor dort aufhält, aber so gut wie unerreichbar ist«, antwortete ich und hoffte, dass Nives mehr Licht in die Angelegenheit bringen konnte.

»Du würdest gerne mit ihr sprechen, oder?«

Ich zuckte mit den Schultern.

»Nun ja, ich hatte gehofft, dass sie vielleicht etwas über Anita weiß, anfangs dachte ich sogar, sie ist vielleicht …«

»Nein, ist sie nicht«, unterbrach Nives mich, und ihr

Lächeln sagte mir, dass sie genau wusste, was ich hatte fragen wollen.

»Wer ist sie dann? Und was ist mit Anitas Kind?«

Nives zog mich in eine Ecke, wo wir ungestört reden konnten, und setzte die Brille ab.

»Das Mädchen aus dem Waisenhaus ist Adelchis Tochter.«

»Unmöglich, meine Großeltern hatten außer meiner Mutter keine Kinder.«

»Tut mir leid, dir das sagen zu müssen. Du irrst dich. Dein Großvater hatte vor Carmen noch eine etwas ältere Tochter, ein uneheliches Kind, das er nicht anerkennen wollte, und deshalb weiß niemand von ihr.«

Verwirrt schaute ich sie an. Diese Geschichte wurde immer komplizierter. Erst die Dose, dann die Bibel mit der Heiratsurkunde, kurz darauf die Pistole und die falschen Papiere. Und jetzt hatte mein Großvater noch eine zweite Tochter! Eine Schwester, von der meine Mutter nichts wusste.

In meinem Kopf begann sich alles zu drehen, und ich ließ mich auf eine Bank neben den Backwaren sinken. Nives nahm neben mir Platz. Meine Einkäufe waren völlig unwichtig geworden, erst musste ich alles über diese Geschichte wissen.

»Gut, erzähl mir bitte alles von Anfang an. Habe ich dich richtig verstanden, dass Adelchi eine uneheliche Tochter hatte?«

»Ja, eine Affäre aus Kriegstagen, nichts Ernstes, soweit ich weiß, doch sie blieb eben nicht ohne Folgen.«

Ich hob die Hand und schloss für einen Moment die Augen. »Langsam. Und Anita war darüber informiert und hat das Kind nach der Geburt auf Wunsch des Bruders ins Waisenhaus gebracht?«

»Genau.«

»Und die Mutter? Warum hat sie das zugelassen?«

Nives unterdrückte ein bitteres Lachen. »Niemand stellte sich damals gegen Adelchi, er war das Gesetz, besonders unter den Partisanen.«

Ich verzog das Gesicht, exakt diesen Satz hatte ich irgendwann von meiner Mutter gehört. Ich ballte die Hände zu Fäusten und schaute in Nives' dunkle Augen.

»Wer war die Mutter?«

»Das spielt keine Rolle, die Arme wurde kurz nach der Geburt erschossen, im Juli 1944. Damals ging alles drunter und drüber, jeder kämpfte gegen jeden, verdächtigte jeden. Ob nun des Verrats oder der Kollaboration. Wer sich verdächtig gemacht hatte, wurde oft auf der Stelle liquidiert, selbst innerhalb der einzelnen Gruppierungen. Die Partisanen waren da keine Ausnahme.«

»Sie war also ebenfalls eine Partisanin?«

»Ja, allerdings nicht aus Überzeugung, sondern aus Liebe zu Adelchi. Sie war verrückt nach ihm und schloss sich den Partisanen an, ihre Familie wusste nicht einmal davon. Anna, die mit ihr aufgewachsen war, nahm es sehr schwer, als sie davon erfuhr.

»Meinst du mit Anna etwa meine Großmutter? Die Geschichte wird ja immer bizarrer und verworrener. So langsam wird mir klar, warum Adelchi sie totschweigen wollte.«

Nives zuckte mit den Schultern, sie mied meinen Blick. »Er war eben einer, der in den Augen von anderen makellos sein wollte, über jeden Verdacht erhaben. Deswegen ließ er alles verschwinden, was dieses Bild getrübt hätte. Alle im Ort schätzten ihn, du hättest es sehen müssen, sie haben ihn auf Händen getragen. Stell dir vor, was passiert wäre, wenn die Wahrheit ans Licht gekommen wäre.«

»Klar, der Nationalheld wäre nicht mehr so heldenhaft gewesen, wenn die Leute mitbekommen hätten, dass er seine eigene Tochter im Waisenhaus abgibt, statt Verantwortung zu übernehmen. Schrecklich.«

»Anita hat darauf bestanden, sie ins Waisenhaus zu bringen. Er hätte sie sonst womöglich einfach ausgesetzt, wie das so passiert ist, oder sie sogar ...«

Sie führte den Satz nicht zu Ende, aber ihr Gesichtsausdruck verriet, was sie meinte.

»Dieser Mann ist einfach unglaublich«, murmelte ich und umklammerte die Tasche, die ich auf den Knien hielt. Ich hatte seine Wut im Kopf, die mich jedes Mal traf, wenn ich ihn sah. »Welche Rolle spielte Anita genau bei dieser Geschichte?«

Nives schlug die Beine übereinander und schaute zu den Neonröhren an der Decke hoch.

»Als sie von der Existenz des Babys erfuhr, war sie stocksauer, angewidert, genau wie du jetzt. Adelchi setzte sie irgendwie unter Druck, Anna nichts davon zu erzählen. Im Gegenzug verlangte sie lediglich, dass sie das Mädchen zu sich nehmen dürfe, sobald der Krieg vorbei war. Sie wollte sie aufziehen und versprach ihm, dass er nichts mehr mit ihr oder dem Kind zu tun haben würde, weil sie Montelupo ohnehin verlassen wolle. Bis dahin sollte die Kleine bei den Schwestern bleiben, denn Anita selbst war ja ebenfalls wegen ihrer Beziehung zu dem Deutschen in Gefahr.«

»O Gott«, stöhnte ich, als ich begriff, dass das bisher Gehörte nur die Spitze des Eisbergs war.

»Der Hass verändert das Herz der Menschen, Cassandra, der Krieg hat uns alle verändert.«

Ein Paar ging an uns vorbei, lachend, gut gelaunt, ganz auf sich bezogen. Der Rest der Welt war nicht wichtig. Ich stellte mir Anita und ihren Mann in der gleichen Situation vor, im Alltag, und fragte mich, was für ein Paar sie geworden wären, ob ihre Liebe der Alltagsroutine widerstanden hätte.

»Cassandra, ist alles in Ordnung?«

»Wie bitte? Ja, sicher.« Das Bild der beiden verblasste im Trubel des Supermarkts. Ich räusperte mich. »Mir scheint, du wusstest ebenfalls von Anitas heimlicher Liebe?«

Nives nickte. »Ehrlich gesagt, habe ich es durch Zufall entdeckt. Sie gab mir immer extra Rationen in der

Bäckerei, das habe ich dir ja schon erzählt. Einmal, als ich Reis von ihr bekam, erkannte ich auf dem Sack eine deutsche Aufschrift, die Nummer irgendeiner Wehrmachtseinheit vermutlich, und ein Hakenkreuz. Ich wurde neugierig, du weißt ja, wie Kinder sind, und folgte ihr nach Ladenschluss. Sie fuhr mit dem Rad zum Lago delle Rose, wo ihr Geliebter bereits auf sie wartete. Ein Mann in der falschen Uniform, wie das dein Großvater immer nannte. Sie küsste ihn. Wie im Film«, fügte Nives schwärmerisch hinzu. »Sie waren so verliebt, es war wunderbar, sie anzusehen. Schon damals hatte ich ein Faible für romantische Liebesgeschichten und Hochzeiten in Weiß. Und vor allem Paare, die aus Liebe alles taten, waren meine Helden«, sagte sie und schmiegte die Wange in ihre Hand.

»Stell dir vor, sie hätten dich entdeckt!«

»Genau das ist natürlich passiert. Anita hat mir erklärt, was passieren würde, wenn ich jemandem etwas erzähle: Sie würde erschossen und könnte mir und meiner Familie nichts mehr zu essen bringen. Daraufhin habe ich versprochen zu schweigen. Seit mein Bruder Elia gestorben war, hatte ich immer Angst, noch ein Familienmitglied zu verlieren. Im Grunde habe ich ähnlich egoistisch gehandelt wie Adelchi.«

»Oh nein, das ist etwas ganz anderes, du hast ja nichts Unrechtes getan, ganz im Gegensatz zu meinem Großvater. Außerdem warst du ein Kind, und er war ein erwachsener Mann. Du hast dich um deine Familie gesorgt und außerdem, selbst wenn dir das nicht klar war, Anita vor Schwierigkeiten bewahrt.«

»Trotzdem: Ich musste später immer an sie denken. Sie haben sich wirklich geliebt, so sehr, dass sie Don Bernardino gebeten haben, sie heimlich nachts zu trauen.«

Ich verschluckte mich an meinem Wasser und bekam einen Hustenanfall.

»Du wusstest von der Hochzeit?«

»Natürlich, ich habe ihnen die Ringe gegeben. Meine Grundschullehrerin hatte sie mir geschenkt, nachdem ihr Mann gestorben war, damit ich sie auf dem Schwarzmarkt gegen Nahrungsmittel für meine Familie eintauschen konnte.«

»Wie nett von dir.«

»Ach, obwohl ich noch ein Kind war, dachte ich mir, dass diese Ringe nicht auf dem Schwarzmarkt verscherbelt werden, sondern besser einem Paar zugutekommen sollten, das sonst keine gehabt hätte. Ich war überzeugt, dass der Krieg nicht mehr lange dauern konnte, wenn zwei Menschen, die eigentlich Feinde sein müssten, heirateten. Ziemlich naiv, oder?«

»Nein.« Lächelnd schüttelte ich den Kopf. »Ich finde es im Gegenteil ziemlich weise. Und was war nun mit dem Kind, das Anita auf die Welt gebracht hat? Wenn ich mich recht erinnere, hast du gesagt, dass sie selbst bei der Geburt starb. Und weißt du, was aus dem Vater wurde? Zumindest hat er weder die Dokumente noch das Geld benutzt, das Anita ihm für die Flucht besorgt hatte.«

»Es war ein Mädchen«, sagte Nives und verschränkte die Finger. »Recht viel mehr weiß ich allerdings nicht, denn ich wurde gegen Kriegsende mit anderen Kindern aus der Region evakuiert. Und als ich zurückkam, erfuhr ich bloß, dass Anita tot war. All mein Fragen nutzte nichts, denn die Erwachsenen wollten nicht mehr über den Krieg reden. Bestimmt war ihnen vieles unangenehm, denk nur an Kollaboration und so. Nicht viele hatten eine wirklich weiße Weste.«

Bevor wir weiterreden konnten, klingelte ihr Handy, ihre Tochter rief an. Sie deckte den Hörer ab und flüsterte mir zu, dass wir ein anderes Mal weitersprechen sollten, doch mir schien, als würde die ansonsten so gut informierte Nives ausgerechnet zu dem Punkt, der mich am meisten interessierte, am wenigsten wissen. Immerhin wusste ich jetzt, dass das Kind ein Mädchen war. Eine kleine Innocenti, wie meine Mutter, wie ich, wie meine Tochter, wenngleich Aurora und ich nie diesen Namen getragen hatten.

Aber was war aus ihr geworden? Vielleicht hatte sie wie ihre Mutter die Geburt nicht überlebt, vielleicht war sie adoptiert worden, überlegte ich, während ich wahllos Packungen und Dosen in meinen Einkaufswagen warf, ohne noch einmal auf meine Liste zu schauen.

Anschließend ging ich zum Arzt, um Rezepte für Mercedes abzuholen, und zur Apotheke, um sie dort einzureichen. Eigentlich wollte ich noch in der Schreibwarenhandlung glitzernde Gelstifte für Aurora besorgen, doch als eine Mutter vor mir lange hin und her überlegte, welche Hefte sie für ihre Tochter kaufen sollte, verließ ich entnervt den Laden. Es gab nur einen Ort gab, an dem ich jetzt sein mochte.

Der Lago delle Rose war noch genau so, wie ich ihn seit jenem fernen Oktobersonntag, als ich ihn zum ersten Mal sah, in Erinnerung hatte. Wunderschön. Und auch der klarblaue Himmel spiegelte sich wie damals im türkisblauen Wasser. Einige Boote lagen umgedreht am Ufer und trockneten in der Sonne. Ich schaute zur Roseninsel in der Mitte des Sees, zu den verfallenen Fischerhäusern, den verwilderten Gärten, den üppigen Rosenbüschen, die teilweise bereits die Ruinen erobert hatten und ihre Zweige durch die leeren Fensterhöhlen streckten. Im Hintergrund erkannte ich den von einem Erdbeben beschädigten Glockenturm der Chiesa dell'Assunta mit seinen Friesen und der rostigen Glocke.
Der dekadente Charme dieses Ortes hatte mich seinerzeit sofort gepackt.
Ich atmete den intensiven Duft der blühenden Pflanzen, Sträucher und Bäume am Ufer ein und schaute einem Fischadler nach, der gerade eine Forelle gefangen hatte. Seine Beute zappelte noch in den Fängen.
Vielleicht sollte auch ich lernen, meiner Natur nachzugeben und mich nicht länger gegen das Leben wehren, das sich vor mir auftat, und ein neues Glück ohne Lorenzo, dafür mit Aurora und Enea akzeptieren.

Die Hände in den Manteltaschen, lief ich zu einer Bank, einem dieser romantischen Plätze, wo verliebte Paare genau wie früher glückliche Stunden zubrachten. Die Erinnerung schmerzte so sehr, dass ich diesen Ort wieder verlassen musste. Schließlich war ich nicht auf den Spuren meiner Vergangenheit, sondern der von Anita. Aber immerhin konnte ich von ihr lernen, dass selbst in den dunkelsten Momenten, mitten im Krieg mit all seinen traumatisierenden Erlebnissen, die Liebe nicht auszurotten war.

Ich zuckte mit den Schultern und ließ mich von der sanften Brise streicheln, die über das Wasser und die blühenden Pflanzen hinwegstrich, von denen ich in vielen Fällen nicht einmal den Namen kannte.

Genau die richtige Atmosphäre für heimliche Treffen, dachte ich und versuchte mir den Kuss vorzustellen, von dem mir Nives berichtet hatte. Als ich zwischen den Büschen einen großen Felsbrocken entdeckte, setzte ich mich dorthin und zog Anitas Brief heraus, um ihn ein weiteres Mal zu lesen, um mich mit ihr verbunden zu fühlen. Bei dem Gedanken, was Lorenzo wohl von alldem halten würde, musste ich lächeln und sah hoch zum Himmel, wie er es getan hatte, wenn die Gefühle mal wieder mit mir durchgingen.

Du möchtest der Welt gerne zeigen, dass du hart bist, ich hingegen weiß genau, dass du ein weiches Herz hast, pflegte er bei solchen Gelegenheiten zu sagen.

Er hatte recht, hatte immer recht gehabt.

Meine Gedanken kehrten zurück zu Anita.

Vielleicht hatten sie und Hendrik ja genau auf diesem Stein gesessen oder waren mit einem kleinen Boot auf den See hinausgerudert zu der Insel, auf der damals womöglich noch Fischer lebten. Gedankenverloren stützte ich mein Kinn in die Hände und malte mir verschiedene Szenen ihrer Begegnungen aus.

Vermutlich waren sie so glücklich gewesen wie das junge Paar, das gerade in der Mitte des Sees unterwegs war. Obwohl ich die beiden nicht erkennen konnte, stellte ich mir vor, wie sie sich tief in die Augen schauten, wie ihr Atem beim Rudern im Gleichklang ging und wie sie irgendwann anhielten, um sich in die Arme zu fallen.

Ein Insekt, das in meine Tasche krabbelte, lenkte mich von dem jungen Paar ab.

Hastig drehte ich sie um, und alles fiel heraus, das Insekt flog davon. Während ich meine Habseligkeiten einsammelte, bemerkte ich auf dem Stein eine kleine Gravur, die ich vorher übersehen hatte. Ich wischte darüber, um sie besser zu sehen, und bekam die Bestätigung, die ich mir erhofft hatte.

AI&HL, 14.2.1944, war in den Fels geritzt.

Anita Innocenti und Hendrik Lang.

Sie waren hier gewesen, hatten genau hier gesessen.

Am Valentinstag.

Ich machte ein Foto und überlegte, ob ich es Enea schicken sollte. Nein, ich würde es ihm zeigen, wenn ich ihm unter vier Augen erzählte, dass Nives die beiden an diesem See gesehen hatte und dass sie von der heimlichen Heirat wusste.

Außerdem wollte ich meine Entdeckung noch ein Weilchen für mich behalten. Anita war schließlich durch mich und für mich wieder aufgetaucht. Sie wollte, dass ich ihre Geschichte erzählte, das spürte ich.

»Wer weiß, was aus dir geworden wäre«, sagte ich, als säße sie neben mir. »Aus dir, aus Hendrik und eurer Tochter.«

Ich dachte an den Passierschein aus der Schachtel und all die anderen aus dem Versteck und überlegte, wo die Verbindung sein mochte. Dass es eine gab, daran zweifelte ich nicht. Hatte sich Anita an den Fälscher gewandt, um einen Passierschein für ihren Mann zu bekommen, um ihn so dem Zugriff der Nazis zu entziehen und in ein sicheres Land zu schleusen?

Dann war jedoch etwas schiefgelaufen, sonst hätte ich nicht Jahrzehnte später die Dose mit dem rettenden Dokument im Garten gefunden. Was also war mit Hendrik geschehen? Warum hatte er sein Versteck verlassen? Freiwillig oder war er gezwungen worden? Wohin war er gegangen oder wohin war er gebracht worden? Hatten ihn die Partisanen entdeckt oder womöglich die Gestapo? Hatte der Fälscher ihn verraten oder einer der Gutarbeiter, der sich damit den Besatzern andienen wollte?

Nur wen sollte ich nach alldem fragen?

Dass Nives etwas über die Fälscherwerkstatt mitbekommen hatte, wagte ich zu bezweifeln. Sie war schließlich so gut wie nie auf dem Gut gewesen. Und Don Bernardinos Tagebücher? Noch wusste ich nicht, ob sie mir helfen konnten, all die losen Fäden zu verknüpfen. Mein Kopf war bleischwer von einer Geschichte, die ich nach wie vor nicht durchschaute.

Meine Grübeleien wurden durch das Klingeln des Handys unterbrochen. Eine endlos lange Nachricht meiner Schwiegermutter war eingegangen.

Ciao, alles in Ordnung bei Dir? Aurora und ich sind noch bei der Probe. Sie möchte heute gerne bei Giulia schlafen. Chiara würde sie erst mal mit zu sich nehmen und später bei Dir vorbeikommen und eine Tasche mit Übernachtungssachen abholen. Was meinst Du? Ich finde es schön, dass unsere Kleine wieder Zeit mit Gleichaltrigen verbringen will, und Giulia tut ihr gut. Wenn Dir das mit dem Übernachten recht ist, würde ich die Messe besuchen, heute ist der Todestag von Giacomo. Ein paar andere Chormitglieder bleiben ebenfalls, und anschließend wollen wir gemeinsam essen gehen. Ein netter Gedanke, oder? Sag mir Bescheid, Mercedes.

Natürlich war ich einverstanden. Giulia und ihre Familie waren sehr nett, und Aurora mochte sie. Auf der einen Seite war ich also froh, auf der anderen Seite war ich ein bisschen traurig, dass sie so schnell groß wurde. Insgeheim wünschte ich mir, sie würde mich noch lange brauchen, sich in meine Arme schmiegen, damit es in mir nicht so leer war. Mein Optimismus von vorhin und meine Aufbruchsstimmung waren verflogen, und mit einem Mal fühlte ich mich wieder schrecklich einsam. Alle entwickelten sich weiter, nur ich blieb stehen.

Enea hatte recht: Ich missbrauchte meine Rolle als Mutter schon zu lange, klammerte mich egoistisch zu sehr an Aurora, um die Leere in mir zu überdecken, und hatte ihr eine Trauer auferlegt, die nicht mehr natürlich war. Es war wirklich höchste Zeit, das zu ändern und aus mir herauszugehen. Selbst der Kalender meiner Schwiegermutter enthielt mehr Termine als der meine.

Eine gute Idee. Ich fahre sofort nach Hause und bereite eine Nachspeise für die Mädchen vor, die Chiara mitnehmen kann. Ich freue mich für Aurora, obwohl es schmerzt zu sehen, wie schnell sie groß wird und uns immer weniger braucht. Dir viel Spaß beim Abendessen.

Ich schickte die Nachricht ab und suchte in der Tasche nach den Autoschlüsseln, denn am Himmel zogen dunkle Wolken auf. Kaum saß ich im Auto, fielen die ersten Tropfen, und erneut ging eine Nachricht ein. Meine Schwiegermutter.

Es tut weh, weil wir Angst haben, dass Kinder sich durch das Wachsen von uns entfernen. In Wirklichkeit finden sie bloß heraus, wer sie sind, und lieben uns umso mehr. Aurora wird Dich immer lieben, mach Dir keine Sorgen. Sie ist trotz allem ein glückliches Kind, und das verdankt sie Dir. Du bist eine gute Mutter, Cassandra.

Ich starrte auf das Display und umklammerte das Lenkrad, dabei liefen mir die Tränen übers Gesicht. Mercedes fand immer die richtigen Worte im richtigen Moment, konnte mir mit einem einzigen Wort die Angst nehmen. Auch jetzt waren schlagartig alle Selbstzweifel und alle Zukunftsängste verflogen.

Die Heimfahrt dauerte bloß wenige Minuten, der Weg war kurz, und ehe ich mich's versah, stand ich an der Arbeitsplatte in der Küche, vor mir in einer Schüssel die Zutaten für den Teig, während auf der Herdplatte Butter schmolz und ich in einer Schüssel Zitronenwasser mit Äpfeln mischte. Nachdem ich den Kuchen in den Ofen geschoben hatte, stellte ich den Timer ein und ging Auroras Tasche für die Übernachtung packen, Schlafsachen und Lieblingsstofftiere. Einen leisen Anflug von Wehmut, der mich trotz aller guten Vorsätze überkam, verdrängte ich sogleich, als meine Tochter mir fröhlich winkend entgegenkam.

»Da seid ihr ja!«, rief ich und öffnete die Arme, küsste sie auf ihren Blondschopf, während Giulia von der fantastischen Schokokaramelltorte schwärmte, die sie mit ihrer Mutter gebacken hatte.

Das war's dann wohl mit meinem Apfelkuchen.

Im ersten Moment ärgerte ich mich, dass ich mir umsonst so viel Mühe gemacht hatte, aber als Aurora mich nach dem Apfelduft in der Küche fragte, flunkerte ich und erklärte, ich hätte für ihre Großmutter Apfelkompott gekocht.

»Soll ich zu Hause bleiben?«, flüsterte Aurora mir ins Ohr, die meine zwiespältigen Gefühle offenbar spürte.

»Nein, auf keinen Fall.« Ich zwang mich zu einem Lächeln und kniete mich neben sie. »Mir geht es gut, mach dir keine Sorgen. Du fährst mit zu Giulia und hast Spaß. Wir sehen uns morgen, in Ordnung?«

Sie wirkte immer noch skeptisch, nickte dann und winkte mich näher zu sich heran.

»Was gibt's?«

»Das sieht schön aus«, wisperte sie und deutete auf meine Haare, die ich beim Arbeiten in der Küche mit einem Gummi zusammengefasst hatte, obwohl sie eigentlich noch viel zu kurz dafür waren. »Bald hast du wieder einen Pferdeschwanz und bist wieder glücklich, oder? Genau wie früher.«

Vor lauter Rührung hatte ich einen Kloß in der Kehle, und mein Herz machte einen Sprung. Meine Tochter! Wie einfühlsam sie war. Jetzt wandte sie sich zur Tür, um ihrer Freundin zu folgen, winkte mir zu und drehte sich alle paar Schritte um, als müsste sie sich vergewissern, dass wirklich alles in Ordnung war. Ich warf ihr eine Kusshand zu und machte eine Handgeste, um ihr zu signalisieren, dass ich sie anrufen würde, um ihr Gute Nacht zu sagen. Vom Küchenfenster aus sah ich zu, wie sie in Chiaras blauen SUV stieg und in ihm entschwand.

Es war richtig, ihr langsam mehr Freiraum zu geben, so schwer es mir fallen mochte. Sie musste ihre Erfahrungen machen, und das hier war ein Anfang.

Seufzend räumte ich die Küche auf, holte den Kuchen mit den karamellisierten Äpfeln und der Zimtkruste heraus und legte ihn auf eine grüne Tortenplatte. Er würde bestimmt auch morgen noch schmecken. Dabei hatte ich ihn im ersten Impuls aus Frust wegwerfen wollen, wie kindisch von mir.

»Das ist das erste Mal, dass ich dich am Herd sehe, aber du scheinst es nicht schlecht zu machen.«

Ich schrak gewaltig zusammen, als ich so unerwartet eine Stimme hinter mir hörte, und hätte beinahe die Tortenplatte samt Kuchen vor Schreck ins Spülwasser fallen lassen.

»Verdammt, Enea, klopft man bei dir zu Hause nicht an?«, beschwerte ich mich und stellte den Kuchen auf die Anrichte. »Dreimal habe ich angerufen, um dir zu sagen, dass ich komme, und zudem eine Nachricht auf dem Anrufbeantworter hinterlassen. Insofern dachte ich, du wüsstest Bescheid.«

»Wirklich? Ich habe kein Klingeln gehört.«

»Nicht schlimm. Steht dir übrigens gut, wenn du die Haare zurückbindest. Ich sehe dich das erste Mal so«, fügte er hinzu.

»Früher hatte ich lange Haare, da bin ich fast immer mit Pferdeschwanz herumgelaufen. Jetzt müssen sie erst mal wachsen«, sagte ich verlegen, denn Komplimente war ich von Enea nicht gewohnt. »Weißt du, bei der Hausarbeit ist das einfach praktisch.«

Er kam auf mich zu. »Du hast Mehl auf der Wange«, sagte er und wischte mir mit einem Taschentuch über das Gesicht. Ich schaute ihn überrascht an. »Das, was da frisch gebacken auf der Anrichte steht, ist sicher die beste Apfeltorte der Welt.«

Ich drehte mich um, er war jetzt ganz nah, stand so dicht hinter mir, dass ich seinen Atem auf meinen Haaren, auf den Schultern spüren konnte. Einen Augenblick lang schloss ich die Augen, sagte kein Wort. Er löste den Knoten der Schürze und umfasste meine Hüften.

»Kannst du Kaffee oder Tee kochen?«

»Wie bitte?«

Er streifte sich Gummihandschuhe über und begann mit dem Abwasch.

»Ich bin gekommen, weil ich dir ein paar Sachen erzählen muss, die in den Tagebüchern stehen und Anita betreffen. Und damit ich schneller damit anfangen kann, helfe ich dir beim Abwasch, und du machst uns einen Kaffee oder Tee, ganz wie du willst. Und dazu essen wir dann die Torte. Sie sieht zu gut aus und riecht vor allem zu gut. Welch ein Glück, dass niemand sonst da ist, der ebenfalls seinen Teil beansprucht«, fügte er grinsend hinzu und zwinkerte mir zu.

»Dann halt dich ran«, erwiderte ich lächelnd, »du hast in der Tat keine Konkurrenz.«

Ich war dankbar für seine Anwesenheit, denn das

bewahrte mich davor, aufs Neue in trübe Stimmung zu versinken. Gleichzeitig war ich irritiert, weil ich eigentlich erwartet hatte, er würde mit mir einen stimmungsvollen Nachmittag in trauter Zweisamkeit verbringen wollen und ... Stattdessen interessierte er sich ganz profan für meinen Kuchen und bot mir, noch profaner, seine Hilfe beim Abwasch an, um anschließend in Ruhe alte Familiengeschichten diskutieren zu können. Nichts mit Erotik!

Ich unterdrückte ein Lachen, das zwischen Bitterkeit und Belustigung schwankte.

»Du weißt wirklich, wie man eine Frau aus dem Konzept bringt.«

»Kannst du das noch mal sagen, ich habe dich nicht verstanden.«

Ich verdrehte die Augen und schaute zur Decke. »Tee oder Kaffee?«

15

Bei Sonnenaufgang saß ich bereits in der Küche, trank meinen Kaffee, aß dazu einen bröseligen Keks und schaute durch die Terrassentür in den Garten, beobachtete eine Schwalbe, die sich auf einem Ast des alten Weinstocks niederließ. Zwar hatte mein Sorgenkind deutlich spärlicher ausgetrieben als die gesunden Nachbarn, doch es stimmte mich hoffnungsvoll, überhaupt sprießendes Grün in seinem Geäst zu sehen.

Es war noch sehr früh. Zu früh jedenfalls, um Aurora anzurufen und ihr einen schönen Tag zu wünschen. Mercedes allerdings würde in etwa einer Stunde in ihrem rosa Morgenmantel in der Küche stehen und mit mir plaudern wollen. Als sie gestern von ihrem Treffen mit dem Chor zurückgekommen war, war sie zu müde gewesen, um sich noch mit Enea und mir zu unterhalten, heute Morgen würde sie das nachholen, mich mit Fragen bombardieren und mich nicht entkommen lassen.

Es gäbe so viel zu berichten, bloß hatte ich keine Lust zu reden.

Ich trat ans Fenster und hauchte mit meiner Atemluft einen Kreis auf die Scheibe, im Mund den bitteren

Geschmack des Kaffees und böser Familiengeheimnisse. Dann goss ich mir eine weitere Tasse ein und öffnete die Tür zum Garten, um die unverbrauchte Luft des neuen Tages und die ersten goldenen Sonnenstrahlen in die Küche fluten zu lassen.

Voller Ungeduld wartete ich darauf, dass die Zeit verrann, denn ich hatte etwas Besonderes vor.

Gemeinsam mit Enea würde ich zu meinem Großvater gehen, aber dieses Mal fühlte ich mich sicherer und stärker. Zum einen war ich nicht allein, zum anderen kam ich nicht als Bittsteller. Jetzt kannte ich die Wahrheit – die ganze schlimme Wahrheit, die Adelchi all die Jahre vor seiner Familie verheimlicht hatte, und ich würde sie ihm ins Gesicht schleudern. Unerbittlich. Mein Großvater hatte zu viel Schuld auf sich geladen, um ihn ungeschoren davonkommen zu lassen.

Was aus seiner unehelichen Tochter geworden war, wusste ich inzwischen. Ein Rätsel war weiterhin der Verbleib von Anitas Kind.

Enea hatte mir gestern erzählt, dass in Don Bernardinos Tagebüchern Anitas Schwangerschaft erwähnt wurde, der Eintrag jedoch abrupt endete, weil die Folgeseiten herausgerissen worden waren. Vermutlich hätte sich darauf gefunden, was ich so dringend wissen wollte, meinte er.

Wer mochte sie wohl herausgerissen haben und warum, überlegte ich und schlang die Arme fest um den Oberkörper. Die Luft, die hereindrang, war frisch, fast sogar kalt, mein Atem bildete kleine Wölkchen. Trotzdem genoss ich es, frei zu atmen und den Duft der Erde zu riechen. Hier und da hörte man den Gesang von Zikaden, er lockte mich hinaus in den Garten. Vorbei an Beeten mit Frühlingsblumen, vor allem Primeln in allen Formen und Farben, und einem alten Weinfass, das Mercedes zum Pflanztopf umfunktioniert hatte, ging ich vor bis zu dem Abschnitt der Begrenzungsmauer, wo mein Weinstock und mein Rosenbusch standen. Vor ihm, der Anitas Geheimnis mehr als ein halbes Menschenleben lang gehütet hatte, bis ich es endlich entdeckte, kniete ich nieder, steckte meine Finger in die kühle Erde und verteilte sie auf den Fingerkuppen. Sie fühlte sich fett und nährstoffreich an, zumindest bei der Rose hatte Eneas Behandlung angeschlagen, und zwischen den sattgrünen Blättern leuchteten inzwischen bereits Blüten und Knospen.

Der Rebstock hingegen sah trotz erster Blätter derzeit aus wie ein an Schläuche angeschlossener Patient. Tränen liefen aus den Ästen, die beschnitten worden waren. Enea hatte an diesen Stellen kleine Glasgefäße angebracht, um das Sekret aufzufangen und später gegebenenfalls untersuchen zu lassen. Immerhin war der austretende Saft ein sicheres Zeichen, dass in dem alten Stock noch Leben war und er nach einem langen Schlaf zu erwachen begann. Bald würde er überall austreiben und vielleicht sogar wieder Früchte reifen lassen.

»Du wirst es schaffen, oder?«, sagte ich, wischte mir die Hände an der Jeans ab und richtete mich auf.

Als ich spürte, dass die Luft wärmer wurde und die Sonne die Herrschaft übernahm, hob ich Gesicht und Hände dem Licht entgegen und lächelte dankbar. Ein Sonnenstrahl traf meinen Ehering und ließ ihn aufblitzen.

»Wir klopfen und rufen jetzt seit einer geschlagenen Viertelstunde, ohne dass jemand kommt. Vielleicht sollten wir einfach reingehen, die Tür steht schließlich offen«, schlug Enea zum wiederholten Mal vor.

Wir standen vor Aldechis Haus. Drinnen war es still, obwohl der Geruch von köchelnder Tomatensoße nahelegte, dass jemand anwesend sein musste. Aber es war nichts zu hören und zu sehen. Ich hielt Ausschau nach einem Nachbarn, den ich nach meinen Großeltern fragen konnte, ebenfalls Fehlanzeige. Nur eine schwarze Katze hatte sich auf einer roten Vespa zusammengerollt und leckte sich die Pfoten, und auf der Leine flatterte Wäsche im Wind.

»Was machen wir jetzt?«

Ratlos zuckte ich die Schultern, ich hatte keine Ahnung. Enea hätte am liebsten längst seine gute Erziehung über Bord geworfen und wäre ins Haus marschiert.

Er kickte einen Stein über den Hof, stemmte die Hände in die Hüften und ließ seinen Blick über die Fassade des kleinen Hauses gleiten.

»In Anbetracht der Tatsache, wie sich dein Großvater verhalten hat, würde ich nicht so viel Rücksicht nehmen«, hielt er mir vor. »Komm, gib dir einen Ruck und lass uns die Gelegenheit nutzen«, drängte er mich. »Vielleicht finden wir ja etwas, das uns weiterhilft.«

»Nein, unter keinen Umständen. Wir sind keine Einbrecher, die in Häusern von anderen Leuten herumwühlen«, antwortete ich und steckte resolut die Hände in die Taschen. »Stell dir mal vor, mein Großvater steht plötzlich auf der Matte? Was sagen wir dann? Außerdem ist es schwierig, nach etwas zu suchen, ohne zu wissen, wonach. Ich frage ihn lieber direkt und konfrontiere ihn mit dem, was ich inzwischen weiß.«

Er rieb sich nachdenklich übers Gesicht. »Was aus dem Kind geworden ist, darüber hat meine Tante sich nicht ausgelassen, oder?«

»Leider scheint sie darüber nichts zu wissen, und das glaube ich ihr auch.« Nachdenklich hielt ich inne. »Vielleicht ist es ebenfalls gestorben«, fügte ich hinzu. »Das wäre zumindest eine Erklärung.«

»Aber sicher sind wir nicht.«

Ich runzelte die Stirn. Worauf wollte er hinaus, fragte ich mich und erhielt sogleich die Antwort.

»Hast du je darüber nachgedacht, dass Adelchi sich des Mädchens irgendwie entledigt haben könnte, nachdem er entdeckt hatte, wer der Vater war?« Als ich widersprechen wollte, kam er mir zuvor. »Denk an das, was meine Tante dir über sein entsetzliches Verhalten seiner unehelichen Tochter gegenüber erzählt hat. Das Kind eines Deutschen wird er noch weniger geschont und noch weniger gewollt haben. Dein Großvater war absolut skrupellos. Und als verdienter Partisan war er zudem der Überzeugung, im Recht zu sein.«

»Ich weiß, ich weiß.«

»Warum reagierst du dann so abwehrend?«

Ich zuckte die Schultern und versuchte den Kloß in meinem Hals herunterzuschlucken, der mich am Sprechen hinderte.

»Es ist ...«, stammelte ich und verstummte, konnte den Satz nicht zu Ende bringen, ohne zu weinen.

Enea legte mir einen Finger unter das Kinn und zwang mich, ihm in die Augen zu sehen.

»Du hast furchtbare Angst, dass es wirklich so war, dass er das Kind getötet hat«, sagte er leise und war mir wieder ganz nah. »Falls es wirklich so war, wird niemand dich deswegen schief anschauen. Vertrau mir, wir stehen das gemeinsam durch, ich lass dich nicht allein, auch nicht mit deinem Großvater«, versprach er und legte mir eine Hand auf die Schulter, bevor er mich schließlich an sich zog.

Ich ließ es geschehen, machte mich ganz klein in seinen Armen und sog tief den Duft seines würzigen Aftershaves ein. Mir kamen die Tränen, wenn ich an diesen Großvater dachte, der immer mehr zum Monster wurde. Und ich war traurig darüber, dass angeblich erst der Krieg ihn dazu gemacht hatte. Vielleicht hatte er doch noch ein Herz und sich einen Funken Menschlichkeit bewahrt.

Nur wenn wir ins Haus gingen, würden wir die Wahrheit erfahren.

Nachdem ich mich zu dieser Erkenntnis durchgerungen hatte, löste ich mich langsam aus Eneas Armen, nahm ihn bei der Hand und zog ihn ins Haus.

Im Vergleich zu meinem letzten Besuch hatte sich nichts verändert, es roch immer noch so muffig, als würde zu wenig gelüftet. Lediglich der Essensgeruch aus der Küche überdeckte das ein wenig. Mehrmals rief ich den Namen meiner Großmutter, doch die einzige Antwort, die ich erhielt, war das Klappern eines Fensters im Wind. Ich blieb im Wohnzimmer stehen, das Schlafzimmer meiner Großeltern zu betreten, wagte ich nicht, es war eine zu große Verletzung der Privatsphäre.

Enea hingegen hatte da keinerlei Probleme. Jagdfieber trieb ihn voran, er hatte eine Witterung aufgenommen, der er kompromisslos folgte: die der Wahrheit.

Methodisch begann er das Zimmer zu durchsuchen, selbst den Nippes, der überall herumstand, ließ er nicht aus. Selbst die kleinen Erinnerungsstücke, die die Etappen ihres Lebens markierten, konnten schließlich indirekte Hinweise geben.

Währenddessen betrachtete ich im Wohnzimmer fasziniert die alten Schwarz-Weiß-Fotos, die neben dem Kamin hingen, Kleidung und Gesichter aus einer vergangenen Zeit. Wenngleich von der harten Arbeit auf den Feldern gezeichnet, schauten sie selbstbewusst in die Kamera. Kein Zweifel, es waren Menschen, die stolz auf ihre Wurzeln waren. Mir gefielen die Bilder, weil sie authentisch waren, ohne Filter, Retusche und Weichzeichner, von Photoshop ganz zu schweigen.

Meine Familie, dachte ich und presste die Hand auf die Brust.

»Cassandra, kannst du mal kommen?«

Ich schrak zusammen und fürchtete mich sogleich vor dem, was jetzt kommen würde.

»Was ist los?«, fragte ich beklommen.

»Sieht aus, als hätte ich etwas gefunden«, rief Enea aus dem Nebenzimmer.

»Lass es etwas Schönes sein«, flüsterte ich und blickte beschwörend die Innocentis auf den Bildern an, bevor ich langsam und widerwillig über die Schwelle trat. »Da bin ich«, sagte ich und vergrub die Hände in meinen Hosentaschen.

Enea stand vor einer Kommode und blätterte in einem ledergebundenen Fotoalbum mit vergilbten Seiten. Er winkte mich näher heran, schob mit ernstem Gesicht das Album zu mir herüber und deutete auf ein sepiafarbenes Foto.

»Ist das nicht seltsam?«

»Zeig mal«, sagte ich und kniff die Augen zusammen, um jedes Detail erkennen zu können. Es war ein Hochzeitsfoto. In der Mitte stand das junge Brautpaar und lächelte in die Kamera, wie man das an einem so wichtigen Tag macht, um sie herum gruppierten sich gut gekleidete Verwandte, die sich an den Händen hielten und das neue Paar feierten. Neben dem Bräutigam erkannte ich meine Großmutter Anna in jungen Jahren. Sie trug ein knielanges Kleid, das ihre üppige Figur betonte und ihr schmeichelte, die dunklen Haare fielen ihr in weichen Wellen über die Schulter, und in der rechten Hand hielt sie eine kleine schwarze Tasche. Die Alten in Montelupo hatten recht: Sie sah tatsächlich aus wie Anna Magnani.

»Und was stimmt hier nicht?«, fragte ich Enea. »Für mich sieht das alles ganz normal aus, eine Hochzeit, zu der meine Großmutter eingeladen war.«

»Zäumen wir es anders auf. Deine Mutter wurde bei Kriegsende geboren, oder?«

»Ja.«

»Das heißt, im Mai 1945?«

Nervös sah ich mich um, als könnte sich jeden Moment die Schranktür öffnen und ein Geist herausspringen.

»Um genau zu sein, am sechzehnten. Worauf willst du hinaus, Enea? Du machst mir Angst.«

»Unsinn. Dafür besteht kein Grund. Ich möchte lediglich, dass du dir das Datum unter dem Foto ansiehst. Kannst du es erkennen?«

Ich beugte mich über das Fotoalbum und bemühte mich, die in eleganter Handschrift geschriebenen, inzwischen allerdings verblassten Zahlen zu entziffern.

April 1945, Ricardos Hochzeit, las ich schließlich laut vor – las es noch mal und begriff plötzlich, was Enea mir sagen wollte.

Dieses Puzzleteil passte nicht ins Bild, sondern warf weitere Fragen auf. Hilfe suchend sah ich Enea an.

Er kam zu mir herüber. »Wenn deine Mutter im Mai geboren wurde, warum ist deine Großmutter dann auf dem Foto nicht hochschwanger?«

Unwillkürlich ballte ich meine Hände zu Fäusten, so fest, dass sich die Fingernägel ins Fleisch gruben. Wie hätte ich an so etwas denken sollen?

»Ich weiß nicht …«, begann ich stotternd, verstand jetzt überhaupt nichts mehr, und meine vertraute Welt fiel in sich zusammen.

»Raus aus meinem Haus, sofort!«, donnerte eine Stimme hinter uns.

Enea und ich fuhren herum … und blickten fassungslos in die Mündung eines Gewehrs, das mein greiser Großvater, der ehemalige Kriegsheld, auf uns richtete.

»Was habt ihr hier zu suchen? Meine Sachen durchwühlen, in meinem Schlafzimmer, das ist Hausfriedensbruch!«, brüllte er und nahm uns erneut ins Visier.

»Großvater, ich werde dir alles erklären«, sagte ich mit möglichst fester Stimme und hob abwehrend die Hände, aber er lud die Waffe durch, obwohl Enea sich schützend vor mich stellte.

»Ich wusste, dass du genauso bist wie deine Mutter«, zeterte er, die Hände fest um seine Gefährtin aus den Tagen des Widerstands gelegt.

Mama hatte immer davon erzählt, wie er noch Jahre nach dem Krieg morgens und abends seine Waffe zu reinigen pflegte. Die Waffe würde also vermutlich noch funktionieren.

»Jetzt beruhigen wir uns alle und sind vernünftig«, mischte sich Enea ein. »Sie fangen damit an, indem Sie Ihre Waffe niederlegen, und dann erklären wir Ihnen alles.«

Die Augen meines Großvaters wurden zu schmalen Schlitzen.

»Wer zum Teufel bist du?«, herrschte er ihn rüde an.

»Mein Name ist Enea Fasari, und ich bin ein Freund Ihrer Enkelin.«

»Ein Dieb, genau wie sie, willst du wohl sagen«, spie er voller Verachtung aus.

»Wir sind keineswegs mit bösen Absichten hergekommen, glauben Sie mir.«

»Denk dir eine bessere Entschuldigung aus, sonst verpasse ich dir ein Loch zwischen die Augen.«

Enea fuhr sich durchs Haar, Adelchi war ein harter Brocken, dem auf die sanfte Tour vermutlich nicht beizukommen war. Trotzdem versuchte er es weiter, den Alten zu reizen, hätte an Selbstmord gegrenzt.

»Wir haben zwanzig Minuten geklopft und gerufen, ohne dass jemand kam«, erklärte er ruhig und kümmerte sich nicht um die Drohgebärden meines Großvaters, der ihn offenbar provozieren wollte.

»Und dann könnt ihr einfach so hereinspazieren?«

»Nein, die Tür stand offen, und da habe ich vorgeschlagen, das Haus zu betreten, dafür übernehme ich die volle Verantwortung«, erklärte Enea. »Irgendwie bin ich davon ausgegangen, Cassandra sei im Haus ihrer Großeltern willkommen, selbst wenn diese nicht da sind.«

Adelchi wich einen Schritt zurück und ließ die Waffe sinken, tief in seinem Unterbewusstsein war ich offenbar doch noch Blut seines Blutes.

Seine Milde hielt an, bis er das Fotoalbum hinter Enea sah, in diesem Moment hob er wieder die Waffe. Ich versuchte es mit Schadensbegrenzung – dies war nicht der richtige Moment, um ihm seine Schandtaten vorzuhalten.

»Großvater, ich kann dir das erklären, ich wollte …«

»Schweig und verschwinde!«

»Nein, Großvater, bitte …«

»Nenn mich nie wieder so, wenn du weiter auf zwei gesunden Beinen laufen willst!«

Was zu viel war, war zu viel.

»Halt!«, rief ich empört und ging drohend auf ihn zu. »Hör endlich auf damit, dich so selbstgerecht aufzuführen. Wenn jemand ein schlechtes Gewissen haben sollte, dann du und sonst keiner.«

»Wovon redest du da?«

»Kannst du dir das nicht denken?«, gab ich zurück und verschränkte die Arme vor der Brust. »Du hast eine Tochter von der Cousine deiner Frau – ein Kind, von dem Großmutter nichts weiß, oder?«

Adelchi wurde blass, seine schmalen Augen weiteten

sich, und seine Schultern sackten nach vorne. Er sah jetzt ganz und gar nicht mehr furchterregend aus, sondern wie ein armes, altes Männchen, ein Häufchen Elend.

Das also war von dem stolzen Partisanen übrig geblieben, dachte ich und empfand Abscheu und Mitleid zugleich. Und obwohl ich ihn nie für einen liebenswerten Menschen gehalten hatte, war ich doch enttäuscht von seiner feigen Niedertracht.

»Ich hatte gehofft, du würdest mir widersprechen, aber dein Gesicht spricht Bände«, sagte ich gepresst und fuchtelte mit dem Finger vor seiner Nase herum. »Und ich verbiete dir, in Zukunft weiter über meine Mutter herzuziehen. Der Einzige, der in unserer Familie Dreck am Stecken hat, bist du, und zwar ganz gewaltig.« Erschöpft hielt ich inne und holte tief Luft. »Kannst du dich überhaupt noch im Spiegel anschauen? Oder deiner Frau in die Augen sehen, die dir ihr Leben gewidmet hat und die du zum Dank mit ihrer Cousine betrogen hast? Was jedoch noch schlimmer ist: Du hast darauf bestanden, dein eigenes Kind wegzuschaffen, es zu entsorgen wie Müll. Was aus ihm wurde, war dir egal. Was ist das für ein Leben, das auf einer Lüge aufbaut? Was ist das für ein Leben, wenn der Vater seine eigene Tochter verleugnet, wenn er nicht den Mut hat, seiner Frau zu gestehen, dass er ihre Liebe nicht verdient, dass er der armseligste aller Männer ist, nicht wert, dass man ihm verzeiht? Wer bist du, dass du dir erlaubst, mich und meine Mutter zu verurteilen?«

»Verschwinde, sofort, bevor ich abdrücke!«, bellte er und musterte mich von oben bis unten, als wäre ich ein Dämon. »Du bist nicht meine Enkelin, du bist Abschaum, eine Schande für die Familie, genau wie deine Mutter.« Er spuckte auf den Boden und legte wieder an. »Und jetzt raus aus meinem Haus.«

Reglos stand ich da, meine große Anklage war wirkungslos an diesem Mann verpufft, der augenscheinlich nichts als Hass für mich übrig hatte. Was sollte ich hier noch?

»Meine Mutter ist ein besserer Mensch als du«, schleuderte ich ihm statt eines Abschiedsworts ins Gesicht und zog Enea zur Tür, wo wir auf Anna stießen, die gerade zurückgekommen war und mich überrascht ansah. Nie wieder würde ich dieses Haus betreten, schwor ich mir.

Schweigend gingen wir die paar Straßen bis zu dem Haus, in dem Enea wohnte. Ich fühlte mich leer und verletzt, mein naiver Traum von Familienversöhnung war ausgeträumt. Mama hatte wie immer recht gehabt: Man sollte den Genen nicht zu viel Gewicht beimessen. Mercedes, mit der ich nicht verwandt war, hatte sich im besten Sinne als Familie erwiesen, und vielleicht würde Enea mit seiner Empathie, seiner Selbstlosigkeit und seiner einfühlsamen Art irgendwann eine ähnliche Rolle für mich spielen.

»Hör mal«, brachte er jetzt ein wenig zögernd hervor, während er den Hausschlüssel aus der Hosentasche zog,

»würdest du gerne über das reden, was passiert ist? Das wirkte alles völlig verquer ...«

Statt etwas zu sagen, umarmte ich ihn nur, hielt ihn ganz fest, um mich zu vergewissern, dass er mich nicht verlassen würde, dass das Erdbeben, durch das wir gerade gegangen waren, nichts von dem zerstört hatte, das zwischen uns gewachsen war.

»Bitte, auch wenn ich dir auf die Nerven gehe und du mich zum Teufel schicken möchtest, bitte tu es nicht. Verzeih mir, tu es nicht, bitte ...«

»Hey, beruhige dich«, unterbrach er meinen Gefühlsausbruch und zog mich an sich, strich mir über das Gesicht und drückte mir einen sanften Kuss auf die Wange. »Wenn du reden willst, bin ich für dich da, das sollst du wissen, und wenn du es nicht oder noch nicht willst, ist es ebenfalls okay. Ich bin für dich da und zur Stelle, wann immer du mich brauchst.« Er schob mich gerade so weit von sich weg, dass er mir in die Augen sehen konnte, dann nahm er mein Gesicht sanft zwischen seine Hände. »Ich lasse dich nicht allein, Cassandra«, flüsterte er, während wir uns mit jedem Herzschlag näher kamen, bis sich unsere Lippen zu einem Kuss trafen, vielversprechend, romantisch, langsam und gekrönt von einem Schwall weißer Blütenblätter, die mit einem Mal auf uns herabregneten, ein Zeichen der Hoffnung, fand ich.

»Es wäre besser, wenn ich jetzt gehe«, murmelte ich leise und legte eine Hand auf seine Brust. In seinen

Augen las ich eine Furcht, alles falsch gemacht, mich falsch verstanden zu haben. »Ich muss alleine sein, heute ist einfach zu viel passiert«, fügte ich hinzu, nahm seine Hand und küsste sie.

Im gleichen Augenblick spürte ich erneut seine Lippen auf meinen, ganz kurz und dennoch verheißungsvoll.

»Geh nur«, sagte er und schaute mir nach, bis ich hinter der Ecke verschwand.

Wieder allein mit mir und all den widerstreitenden Gefühlen stieg ich ins Auto und fuhr zurück nach La Carraia.

Um die Stimmen in meinem Kopf zu vertreiben, ließ ich das Fenster herunter, damit die Geräusche von außen alles andere übertönten. Einer spontanen Eingebung folgend, beschloss ich, noch einen Abstecher zum Lago delle Rose zu machen. Zu der am weitesten von Montelupo entfernten Stelle, wo ich mit Lorenzo des Öfteren gewesen war.

Dort ließ ich mich unter einer Platane nieder und lehnte mich gegen eine halb verfallene, mit Moos bewachsene Mauer, das Handy fest umklammert. Leider konnte ich nicht mit dem Jenseits telefonieren, dachte ich, als ich den Namen meines Mannes in meinen Kontakten las. Dann stoppte ich bei der Nummer meiner Mutter.

Sollte ich oder sollte ich nicht?

Ich war hin- und hergerissen. Was konnte ich ihr sagen und was nicht, wie würde sie auf die Wahrheit reagieren? Egal, ob sie wütend wurde oder schockiert war – erfahren musste sie es so oder so. Ich atmete tief durch und wählte.

»Oui?«

»Ich bin's, Mama«, meldete ich mich gepresst.

»Ciao, Cassandra, wir haben doch erst gestern telefoniert, ist etwas passiert?«

Genervt verdrehte ich die Augen. Da war er wieder, der Pragmatismus meiner Mutter, ich spürte die emotionale Distanz, die sie ein Leben lang aufgebaut hatte. Um sie zu überwinden, brauchte es ein Wunder.

»Passt es nicht?«

Ein Rascheln, etwas fiel zu Boden.

»Im Prinzip schon, ich ordne lediglich gerade meine Unterlagen für einen Vortrag, den ich in Rio de Janeiro halten werde. Ich fahre in ein paar Tagen, du kannst dir gar nicht vorstellen, welche bürokratischen Hürden es in diesem …«

»Hör zu, ich war heute bei Adelchi«, unterbrach ich sie, ihr Vortrag war mir so egal wie überhaupt ihr hektisches Leben, durch das wir uns mehr und mehr verloren.

Sie schwieg.

»Mama, bist du noch dran?«

»Ja«, antwortete sie knapp und trommelte hörbar mit ihren Fingernägeln auf die Tischplatte. »Was hat er dieses Mal Schlimmes von sich gegeben?«

Prompt stürzte alles wieder auf mich ein: seine Verachtung, sein Groll, seine Feindseligkeit, seine Weigerung, zu dem zu stehen, was er getan hatte.

»So einiges, und alles war unangenehm, um ehrlich zu sein.«

»Es wäre gelogen, wenn ich behaupten würde, dass mich das überrascht. Was mich allerdings überrascht, ist deine Hartnäckigkeit. Beschäftige dich nicht weiter mit diesem Mann, Cassandra, das nimmt kein gutes Ende. Hör auf, dich an diese Gefühle zu klammern und…«

»Wusstest du, dass du eine Stiefschwester hast?«, schnitt ich ihr erneut das Wort ab, um mir nicht ihre endlosen Tiraden über die Illusion einer glücklichen Familie anzuhören.

Sie lachte bitter. »Das ist ein Witz, oder? Dieser Mann war bereits mit einer Tochter überfordert, geschweige denn mit zweien.«

»Sie ist älter als du, ein uneheliches Kind, wurde im Sommer 1944 geboren und kurz nach der Geburt ins Kloster gegeben. Sie ist Nonne geworden und lebt in Afrika.«

»Lass das, Cassandra, das ist nicht komisch.«

»Nein, ist es in der Tat nicht, dafür aber wahr. Es ist mein Ernst, Mama. Adelchi hat es selbst zugegeben«, ich hielt das Telefon fest umklammert, »doch deshalb habe ich dich nicht angerufen. Ich habe bei ihnen ein Foto entdeckt, das mich ziemlich verstört hat. Es geht um die Hochzeit eines gewissen Ricardo im April 1945, kurz vor deiner Geburt.«

»Ja und?«

»Auf diesem Foto war Großmutter nicht schwanger, ganz eindeutig nicht. Ist das nicht seltsam?«, fragte ich in die Stille hinein, die mir von der anderen Seite der Alpen entgegenschlug.

Wenn ich mich angestrengt hätte, hätte ich wahrscheinlich ihre Gedanken lesen können. Unwillkürlich stellte ich mir vor, wie ihr Blick gehetzt durch ihr eierschalenfarbenes Wohnzimmer schweifte auf der Suche nach einem Versteck, wo sie vor dem Beschuss sicher wäre, den ich gerade auf sie abfeuerte.

»Mama?«, hakte ich nach.

»Hör mal, selbst wenn die Geschichte mit der Stiefschwester stimmt, will ich davon nichts wissen. Wie es aussieht, hat sich Adelchi hinter dem Rücken seiner Frau vergnügt, was mich nicht die Bohne interessiert. Und die angebliche Halbschwester ist für mich eine Unbekannte, mehr nicht.«

»Mama, bitte!«

»Das ist alles, mehr habe ich dazu nicht zu sagen. Ich will nicht wieder stundenlang zum Psychologen rennen, weil Adelchi kein guter Vater war, diese Phase habe ich überwunden, und der Preis dafür war hoch. Meine Kindheit war die Hölle, und Gott allein weiß, wie ich das halbwegs gut überstehen konnte. Und deshalb will ich mit deinen Nachforschungen nichts zu tun haben. Wenn du etwas für dich selbst herausfinden willst, bitte, mich hingegen halte da raus. Vorbei ist vorbei, und so soll es auch bleiben.«

»Das ist nur ein Teil der Geschichte.«

»Was meinst du damit?«

Ich erzählte ihr von Anita, ihrer geheimnisvollen Schwangerschaft und ihrer heimlichen Eheschließung mit einem deutschen Soldaten während der Besatzungszeit.

»Hast du irgendeine Idee, wer dieser Hendrik sein könnte, hast du gelegentlich vielleicht von ihm gehört?«

»Nein, nie. Sag mir trotzdem den Namen noch mal, ich kann ein paar Nachforschungen anstellen, wenn dir das so wichtig ist, mit Glück bekomme ich etwas heraus.«

Im Hintergrund raschelte Papier, und ich lächelte. Das war die erste gute Nachricht dieses Tages, eine Art Wiedergutmachung seitens meiner Mutter. Sie war überzeugt, dass ich Kontakt zu dieser unbekannten unehelichen Tochter aufnehmen würde, und wollte nicht ganz außen vor bleiben.

»Dafür danke ich dir sehr.«

Ich hörte, wie sie hastig etwas aufschrieb und dann die Brille geräuschvoll auf den Schreibtisch legte.

»Schon gut, ich schau mal, was sich machen lässt, versprechen kann ich dir nichts.«

»Dass du mir helfen willst, reicht mir.«

»Gut. Darf ich dich etwas fragen?«

»Natürlich.«

»Was hat dir gefehlt, dass du so verzweifelt in der Vergangenheit nach Antworten suchst? Warum interessierst du dich so sehr für diese Geschichte?«

Blitzschnell überlegte ich, was ich jetzt sagen sollte, denn wenn ich ehrlich wäre, würde ich noch mehr kaputtmachen.

»Das ist eine lange Geschichte«, wich ich aus, und zu meiner Erleichterung gab sie sich damit zufrieden.

»Gut. Wie geht es dir sonst, und vor allem: Wie geht es meinem kleinen Küken?«

»Aurora ist okay, was mich betrifft, weiß ich es nicht so genau. Ich werde wohl keine Ruhe finden, bis all diese Fragen erschöpfend beantwortet sind. Ich habe mich da richtig hineingesteigert«, schloss ich und dachte an die vergangenen Wochen, an meine Beziehung zu Enea, an Nives' Geschichten, an das Versteck unter meinem Atelier und die Entdeckung der Bibel, an den Fund im Weinkeller, an das uneheliche Kind und an das Foto einer schlanken Anna, die zu dem Zeitpunkt hochschwanger hätte sein müssen.

Mit einem Mal fiel mir ein, dass meine Mutter dazu nicht den geringsten Kommentar abgegeben hatte. Merkwürdig. Sollte ich nachbohren oder die Sache erst mal auf sich beruhen lassen, bis wir Näheres herausgefunden hatten? Ich entschied mich für Letzteres, um meine Mutter nicht unnötig zu verprellen – bei ihr wusste man nie.

»Ich muss weitermachen mit meinen Vorbereitungen für Rio«, hörte ich sie sagen. »Tut mir leid.«

»Kein Problem, ich halte dich auf dem Laufenden. Bis dann«, erwiderte ich und legte auf. Für unsere

Verhältnisse war es sowieso ein langes Gespräch gewesen.

Bevor ich mich auf den Heimweg machte, ließ ich noch einmal die ganze Schönheit des Sees auf mich wirken, betrachtete die Boote, die langsam am gegenüberliegenden Ufer dahinzogen. Sie erinnerten mich daran, dass ich als Kind davon geträumt hatte, mit einem Boot so weit aufs Meer zu fahren, dass ich die schmale Linie erreichte, die meine Eltern den Horizont nannten. Ich war fest davon überzeugt, dass sich dahinter etwas Wunderbares verbergen musste. Aber sosehr ich meinen Vater drängte, immer noch ein Stück weiter hinauszusegeln, die Linie blieb doch immer unerreichbar.

Genauso sei es mit dem Glück, erklärte er mir eines Tages, als ich mich darüber beschwerte. Jahre später, bei meiner Hochzeit, sagte ich ihm, dass er sich getäuscht habe, dass ich mein Glück und damit meinen Horizont gefunden hätte.

Aber mein Glück war vergänglich gewesen. Anita war es ähnlich ergangen.

»Cassandra, was für eine schöne Überraschung!«

Ich wandte mich um und sah Paolo, einen der Veteranen aus dem Circolo auf seinem alten Fahrrad daherkommen. Seine Freunde hatten behauptet, dass er sein Rad besser behandele als seine Frau.

»Paolo, wie nett«, erwiderte ich und ging auf ihn zu,

woraufhin er seine Baskenmütze abnahm. Wie an jenem Abend, als ich ihn kennenlernte, trug er altmodische, gut gepflegte Kleidung.

Er stützte die Ellbogen auf den Lenker und beugte sich zu mir vor. »Was machst du hier?«

»Nichts Besonderes, ich musste nachdenken«, sagte ich und umarmte ihn flüchtig.

»Schöne oder schlechte Gedanken?«

Unschlüssig legte ich den Kopf schief. »Ehrlich gesagt, weiß ich das nicht so genau. Es gibt so viele Fragen, auf die ich noch keine Antwort habe und vielleicht nie bekommen werde, und das macht mich ganz verrückt.«

»Es ist immer ein gutes Zeichen, Fragen zu stellen; wer glaubt, die Antworten auf alle Fragen gefunden zu haben, hat den Spaß am Leben verloren. Wie langweilig muss das sein, wenn es nichts mehr zu entdecken gibt, nichts mehr zu lernen? Dann ist man ja bereits tot.«

Ich dachte an die verzweifelte Hartnäckigkeit, mit der ich mich weigerte, mit dem Fragen aufzuhören, und seufzte. »Du hast ja so recht.«

Inzwischen hatte ich mich daran gewöhnt, die Veteranen, die mich so herzlich aufgenommen hatten, nicht mehr zu siezen.

Paolo schaute mich an, die Hände weiter auf dem Lenker. »Ich habe gerade Enea getroffen, der mir von eurem Zusammenstoß mit Adelchi erzählt hat. Er ist nicht daran interessiert, mit dir zu reden, oder?«

»Das kannst du laut sagen.«

»Könnte mit Anitas Geschichte zu tun haben.«

Ich nickte. »Wie alles, was ich erlebt habe.«

Er stieg vom Rad und klappte den Ständer herunter, setzte sich neben mich auf das kleine Mäuerchen und schaute auf den See hinaus.

»Ich weiß wirklich nicht, was mit deinem Großvater passiert ist. Als junger Mann war er nicht so, war immer für seine Familie da, und jetzt legt er sich mit seiner eigenen Enkelin an.«

»Vielleicht hat er so reagiert, weil er sich bedroht fühlte«, warf ich ein.

»Von dir?«

»Nun ja, es passte ihm nicht, dass ich einige hässliche Familiengeheimnisse entdeckt habe.«

»Ach was, das ist doch absurd! Diese ganze Aufregung wegen ein paar Fragen? Seit wann ist es ein Verbrechen, Fragen zu stellen? Adelchi muss verrückt geworden sein: Es tut ihm nicht gut, den ganzen Tag im Haus zu sitzen.«

Paolos aufrichtige Anteilnahme rührte mich, ebenso seine Offenheit.

»Es ist sehr nett, dass du mir helfen willst, aber das muss ich alleine durchstehen. Vielleicht habe ich ja die falschen Fragen gestellt. Trotzdem werde ich nicht aufgeben, Innocentis geben niemals auf«, fügte ich hinzu und dachte an Anita und ihren Mut, sich gegen alle Widerstände zu ihrer Liebe zu bekennen.

»Sehr gut, Cassandra, du sprichst wie damals eine von

uns«, lobte er und klopfte mir so fest auf die Schulter, dass ich zusammenzuckte. »Vergiss eines nicht: Es gibt keine falschen Fragen, hat meine Mutter immer gesagt. Wenn etwas nicht stimmt, dann spricht man darüber, regt sich vielleicht auf, aber man darf nicht einfach den Mund halten und andere Menschen schlecht behandeln, die Zeiten von Rizinusöl und anderen faschistischen Foltermethoden sind vorbei. Und ich habe alles dafür getan, dass sie nicht zurückkommen.«

Ich nahm Paolos Pranke in meine schmalen Hände und drückte sie. »Danke, du bist ein wirklich feiner Kerl. Allerdings fange ich an zu glauben, dass manche mit der Befreiung einfach das Hemd gewechselt haben und innerlich die Monster geblieben sind, die sie vorher waren, egal unter welcher Fahne sie gedient haben. Niemand, auch kein Partisan, kann Menschen befreien, die die Nacht in sich tragen«, fügte ich hinzu und dachte an das Kind, dessen sich mein Großvater so skrupellos entledigt hatte.

Wie sollte ein solcher Mensch von anderen Rechtschaffenheit fordern?

»Du denkst an Adelchi?«

Ich nickte stumm, mir war wieder nach Weinen zumute.

»Was genau hast du deinen Großvater gefragt, als er die Nerven verlor?«

»Da muss ich etwas ausholen und dir zuerst eine andere Geschichte erzählen.« Ich hatte mich entschlossen, Paolo zu vertrauen, denn er wirkte aufrichtig und geradeheraus. Warum hatte mir das Schicksal keinen Großvater wie ihn geschenkt, dachte ich und fing an zu sprechen. »Ich habe in unserem Weinkeller ein Versteck entdeckt, das jahrzehntelang hinter einem riesigen Regal verborgen war. Darin befanden sich ein Tisch, ein Stuhl und eine Lampe sowie jede Menge Dokumente. Weißt du etwas darüber?«

»Eine Art Büro?«

»Ja und nein. Hast du heute Nachmittag gegen sechs eine Stunde Zeit für mich?«

»Alle Zeit der Welt, wenn du mir dafür ein Lächeln schenkst. Eine bessere Medizin gegen Altersbeschwerden gibt es nicht, weißt du? Das hat immer meine ...«

»... Mutter gesagt, ich weiß«, führte ich den Satz für ihn zu Ende. Alle in Montelupo kannten den Spruch und lachten darüber, genau wie wir jetzt.

Mein Leben war wie ein Spiel, das immer unentschieden ausging: Wenn mir etwas genommen wurde, bekam ich zum Ausgleich etwas geschenkt.

16

Wir betraten den Weinkeller, nachdem die Arbeiter nach Hause gegangen waren, und liefen durch die Reihen der frisch gestrichenen Fässer. Dieses Mal hatte ich meine Schuhe anbehalten, schließlich war es in der verborgenen Nische sehr schmutzig.

»Hier lang«, sagte ich und führte ihn durch den langen, schwach beleuchteten Gang, musste mich zwingen, nicht zu schnell zu gehen, schließlich war Paolo nicht mehr der Jüngste.

»Ich habe ein paar Frühlinge mehr als du auf dem Buckel, vergiss das nicht«, scherzte er und lehnte sich mit dem Rücken gegen den kühlen Fels, um wieder Atem zu schöpfen, während ich neben einem 225-Liter-Fass Montelupo IGT, dem typischen Wein unserer Gegend, auf ihn wartete.

»Wir sind fast da«, beruhigte ich ihn. »Ich hatte vergessen, wie weit der Weg ist, das letzte Mal kam er mir halb so lang vor.«

»Da war auch niemand dabei, auf den du Rücksicht nehmen musstest«, meinte Paolo.

Nein, das nicht, dafür hatten mich die Erinnerungen

an Lorenzo begleitet und mich schließlich in Bereiche des Weinkellers getrieben, mit denen ich nichts verband und wo ich schließlich das Versteck entdeckte. Das Leben ging manchmal wirklich seltsame Wege, dachte ich.

»Lass uns weitergehen«, forderte ich Paolo auf, »es ist gleich hier um die Ecke.«

Dann standen wir vor dem Regal und schoben mit vereinten Kräften das schwere Gestell so weit zur Seite, dass wir uns hindurchquetschen konnten. Kaum war die Tür auf, wurde der alte Mann blass.

»Alles in Ordnung?«

Er legte sich die Finger an die zitternden Lippen, seine Augen blickten in die Vergangenheit, damals, als er ein junger Mann gewesen war, den der Krieg vorzeitig hatte erwachsen werden lassen.

»Sollen wir umkehren?«

»Nein, schon gut, schon gut«, beteuerte er und hob abwehrend die Hände. Ging dann an mir vorbei, strich über das abgenutzte Holz der Tischplatte, während ich eine mitgebrachte Kerze entzündete und die Schublade öffnete.

»Ich habe alles zurückgelegt, wenn ich mich nicht täusche, waren es etwa dreißig Pässe und Passierscheine, dazu Geld und die Pistole.«

Paolo fuhr herum. »Was für eine Pistole?«

Ich holte sie aus der Schublade und zeigte sie ihm. In diesem Augenblick brach er zusammen, begann zu schluchzen und vergrub sein Gesicht in den Händen.

»Wem gehört diese Pistole, Paolo?«, fragte ich und kniete mich neben ihn, strich ihm über den Arm.

Er schüttelte den Kopf.

»Paolo, bitte, sag etwas! Warum nimmt dich der Anblick dieser Pistole so mit? Gehört sie jemandem, der dir wichtig war?«

»Nein, sie gehörte einem Monster«, stieß er hervor und wich vor der Waffe zurück.

Als sie auf dem Steinboden auftraf, gab es einen lauten Knall, als wäre ein Schuss abgegeben worden. Mir war die Sache unheimlich, zumal ich bei allem und jedem inzwischen fürchtete, mein Großvater könnte die Hände im Spiel gehabt haben.

»Wem gehörte die Pistole?«, drängte ich.

»Tosco«, flüsterte Paolo, der zusammengekauert dasaß.

Ich runzelte die Stirn. »Wer war das?«

»Derjenige, der hier das Sagen hatte«, stammelte er zitternd. »Ein schlechter Mensch. Auf dem Gut war er als Vorarbeiter angestellt.«

»Und warum trifft dich das so? Was hat dieser Tosco genau gemacht? War er der Fälscher, hat ihm das alles hier gehört?«

Er nickte.

»Und warum macht dir dieser Name solche Angst?«

Paolo fuhr sich mit der Hand über die Stirn und schnäuzte sich die Nase, doch sein Geist war weit weg.

»Dieser Mann war ein Monster, kannte keine Skrupel.

Trat als Erster in die Partei ein, als Mussolini an die Macht kam, und war der Erste, der sich das Maul über ihn zerriss, als der Wind sich drehte. Er war einer von denen, die immer auf die Füße fallen, die durch die Maschen von Gesetzen schlüpfen. Darüber hinaus verfügte er über Kontakte zum Schwarzmarkt und besorgte sogar eine Geburtstagstorte für den Sohn der Carrais, als wir unter Beschuss lagen. Alle wussten, dass er Flüchtlingen falsche Papiere gab, was ja ehrenwert gewesen wäre. Aber er nahm ihnen dafür ihr letztes Geld ab und verriet sie teilweise an die Deutschen, denn auch mit ihnen hatte er einen Pakt geschlossen.«

»Besaß er denn so viel Einfluss?«

»Nun ja, auf dem Gut hatte er durchaus Freiheiten. Was ihm fehlte, glich er durch Heimtücke und geschicktes Lavieren aus. Tosco schaffte es, sich bei jedem Parteibonzen einzuschmeicheln. Auf diese Weise musste er nicht an die Front und konnte weiter seinen Geschäften nachgehen. Und er spielte alle gegeneinander aus und schreckte vor keiner Denunziation zurück. Gewalt lag ihm im Blut, nach unten trat er aus, nach oben machte er sich lieb Kind. Und das funktionierte gleichermaßen bei den Carrais, den Faschisten, den Nazis und den Amerikanern. Als die Amis schon ganz nah waren, haben sich die Deutschen an ihn gewandt, damit er ihnen Passierscheine nach Argentinien oder sonst wohin ausstellte.«

Hendrik. Hatte er etwa zu den Nazis gehört, die beim Näherrücken der Alliierten das Weite suchten?

Ich verschränkte die Hände im Schoß, konnte sie nicht ruhig halten, brannte darauf, dass Paolo weitererzählte.

»Tosco war ein echtes Schwein. Wenn man ihm bei der Ernte eine einzige Traube zerdrückte, schlug er einen windelweich, egal ob Mann oder Frau. Das machte für ihn keinen Unterschied.«

»Und dabei ging es ja nicht mal um seine Ernte.«

Paolo lächelte. »Wie man's nimmt. Er hat den Carrais jede Menge Wein gestohlen und ihn dann unter der Hand verkauft. Immer in kleinen Stückzahlen, damit es keiner merkte, doch auf die Dauer kam da einiges zusammen.«

»Und niemand hatte ihn je in Verdacht?«

»Eine schon. Anita.«

»Paolo, was ist passiert?«, bedrängte ich ihn und kämpfte gegen Übelkeit an.

Er schluckte und schaute eine Weile ins Leere. »Eines Abends traf ich Anita auf der Landstraße, ich wollte schnell nach Hause, weil bereits Ausgehverbot war, ich hätte richtig Ärger bekommen. Trotzdem blieb ich stehen. Es war klar, dass etwas nicht stimmte, sie kam kaum vom Fleck, der Ärmel ihrer Bluse war zerrissen, und ich fragte, was passiert sei. Sie wollte nichts sagen, aber als ich die blauen Flecke im Gesicht und auf den Armen sah, hatte ich keinen Zweifel, wer dafür verantwortlich war.«

»Tosco?«

»Wer sonst? Sie war bei ihm gewesen, um einen Passierschein für ihren Deutschen zu kaufen, doch dieses Schwein hatte sich mit Geld allein nicht zufriedengegeben. Er wollte mehr, viel mehr, und als sie sich weigerte, verprügelte er sie und schickte sie mit leeren Händen fort. Allerdings wusste sie jetzt, wo er das Material aufbewahrte, sie kannte dieses Versteck. Nur wusste Tosco jetzt, dass sie hinter seine Machenschaften mit den Dokumenten gekommen war. Deshalb war sie völlig verängstigt. Man darf nicht vergessen, dass sie zu diesem Zeitpunkt schon schwanger war ... Dieser Tosco war Abschaum, schlimmer als jeder Kriminelle.«

Ich ließ ihn einige Minuten in Ruhe, bevor ich mich weiter vortastete.

»Und wie hat Anita dann den Passierschein für Hendrik bekommen?«

Paolo tippte sich auf die Brust. »Darum habe ich mich gekümmert, ich wusste, wo der Schlüssel hing. Also habe ich einen Passierschein aus der Schublade genommen und ihn für Hendrik ausgefüllt. Zum Glück hatte ich eine gute Handschrift, sodass es echt wirkte.«

»Oh Paolo!« Ich schlug mir überrascht die Hand auf den Mund. »Du warst es, der ihnen geholfen hat? Was ist los?«, hakte ich nach, als er nicht reagierte.

Er wich zurück und begann sich langsam das Hemd aus der Hose zu ziehen, ich schaute ihm zu, ohne recht zu wissen, was er vorhatte.

»Was soll das?«, fragte ich verlegen und stand auf, dann begriff ich.

Auf seinem Brustkorb erkannte ich Dutzende von Narben, Überbleibsel von Schnitten und Verbrennungen. Paolo war gefoltert worden.

Ich schluckte, wir sahen uns an, und auf einmal wusste ich alles.

»Oh Gott«, murmelte ich, und mein Magen krampfte sich zusammen.

»Das war Tosco, nachdem er den Diebstahl entdeckt hatte. Er hat mich einen Nachmittag lang im Werkzeugschuppen, der später durch eine Bombe zerstört wurde, so lange gefoltert, bis ich es zugegeben habe. Stundenlang hat er mich mit seinem Gürtel geschlagen, meinen Kopf in einen Eimer mit eiskaltem Wasser gesteckt, mir Zigaretten auf der Haut ausgedrückt, bis ich nicht mehr konnte. Und nicht mal dann hat er aufgehört.«

Seine Stimme brach. Kleine Schweißperlen liefen über sein Gesicht, seine Arme hingen kraftlos am Körper herab.

Mir fehlten die Worte. Was ließ sich darauf sagen? Mir blieb nur, ihn in den Arm zu nehmen.

»Es tut mir leid, Paolo, so leid«, sagte ich leise und hielt ihn ganz fest. »Es tut mir leid.«

Sanft schob er mich von sich. »Du erinnerst mich stark an sie, weißt du? Auch sie weinte, als sie aus Udine zurückkam und alles erfuhr. Aber soll ich dir etwas sagen? Wenngleich ich gelitten habe, ich bedaure nichts.

Ich würde alles noch einmal ganz genauso machen, mich den Partisanen anschließen, wenn es sein müsste. Ich bin damals in den Widerstand gegangen, um mich gegen Typen wie Tosco zu wehren, denn solche wie er zahlen nie für das, was sie tun. Immer finden sie einen Weg, ihre Haut zu retten, und bereichern sich schamlos auf Kosten anderer. Ihre Hände waren blutbefleckt, schlimmer als die der Nazis. Sie waren eine einzige Schande für dieses Land. Sie waren hier geboren und mit den Leuten zur Schule gegangen, hatten mit ihnen auf Festen gelacht und bei Beerdigungen geweint. Und dann warfen sie dieses Leben aus reiner Geldgier einfach weg. Sie halfen dabei, Menschen in den Tod zu schicken, nur weil die Nazis dann bei ihren schmutzigen Geschäften ein Auge zudrückten.«

Spielte Paolo auf die beiden Familien aus Montelupo an, von denen ich in Don Bernardinos Tagebüchern gelesen hatte? Hatte Tosco sie ihren Mördern ausgeliefert?

Ich ballte die Fäuste. »Sag mir, dass er am Ende nicht davongekommen ist, Paolo, sag mir, dass er nach dem Abzug der deutschen Besatzer verhaftet oder erschossen wurde, dass er für seine Verbrechen bezahlt hat.«

»Das Leben ist nicht immer so, wie wir es uns wünschen«, antwortete er, während ich mit den Fäusten auf den Tisch schlug.

»Das glaube ich einfach nicht, er kam tatsächlich ungeschoren davon! Das ist so ungerecht!«

»Und trotzdem war es so. Tosco gelang es, zu fliehen, bevor wir ihn fassen konnten. Manche behaupten, er sei mithilfe einer Organisation, die Naziverbrechern die Flucht nach Südamerika ermöglichte, nach Chile gelangt, andere meinen, er habe sich erst mal in den französischen Alpen versteckt, man weiß es nicht genau. Sicher ist lediglich, dass er hier bislang nie wieder aufgetaucht ist.«

»Das kann man ihm nur wünschen, denn du und die anderen werdet kaum je vergessen, was euch angetan wurde.«

»Nein.« Er schüttelte den Kopf und schaute mich liebevoll an. »Manche Dinge vergisst man nie, Cassandra, obwohl man es versucht. Ich war noch nie am Meer, weil ich nicht nach meinen Narben gefragt werden will. Aus dem gleichen Grund trage ich stets Hemden mit langen Ärmeln, und jahrelang habe ich einen großen Bogen um das Anwesen der Carrais gemacht. Nichts hat genutzt. Die Erfahrungen schlagen tief in einem Wurzeln, das Lachen und das Weinen, man kann es nicht auslöschen. Wir können höchstens Frieden mit dem Schmerz schließen und ihn als Teil unseres Lebens akzeptieren. Nur so können wir das Böse überleben.«

Nur so können wir das Böse überleben.

Paolos Worte gingen mir noch tagelang nach. Nein, es war wohl für niemanden leicht, mit der Vergangenheit abzuschließen. Für Paolo nicht und nicht für Adelchi. Und genauso wenig für mich, doch Enea gab mir die

Hoffnung, dass ich es schaffen könnte. Denn ich spürte, dass jeder Tag mit ihm mich wachsen und stärker werden ließ. Vielleicht konnte ich wirklich irgendwann Frieden mit dem Schmerz schließen.

17

»Ich wusste, dass ich dich hier finden würde.«

Enea. Er war gekommen, weil wir Hani nach Ponterosso bringen wollten, zu seinem Onkel, bei dem er eine Konditorlehre beginnen sollte.

Über meiner Begeisterung, dass der kranke Weinstock plötzlich kräftig auszutreiben begann, hatte ich komplett die Zeit vergessen.

»Sieht gut aus, oder? Meinst du, wir können unser Sorgenkind als gerettet betrachten?«

Fachmännisch begutachtete Enea den Stamm, die Äste und Zweige, vor allem jene, die er beschnitten und behandelt hatte, und deutete dann auf das sprießende Weinlaub. »Ein Wunder in Anbetracht des desolaten Zustands von vorher, aber ich glaube, unserem alten Knaben geht es gut. Man könnte mit Fug und Recht sagen, dass er wiedergeboren wurde.«

Genau das hatte ich hören wollen.

»Einfach wunderbar, Enea, herrlich«, sagte ich gerührt und strahlte ihn an.

Wie so oft, wenn wir zusammenstanden, fühlte ich mich ihm ganz nah. Ich spürte seinen Blick auf mir ruhen. Wir waren völlig verschieden, er offen, ich verschlossen, er strahlend, ich düster, und dennoch verband uns so vieles wie etwa die Fürsorge für den alten Weinstock, unter dessen Laubdach Lorenzo und ich uns einst die Ehe versprochen hatten.

Die neuen Blättchen, das frische Grün, Zeichen seiner Wiedergeburt, waren Eneas Verdienst, und insofern schien es mir, als wäre es nicht mehr nur Lorenzos und mein Stock, sondern genauso der von Enea und mir.

»Du bist seine und meine Medizin«, sagte ich und sah ihm in die Augen, ganz ohne Angst oder Verlegenheit. Wir lächelten uns an. »Sag nichts«, flüsterte ich und suchte seine Lippen.

Ein Rascheln im Gebüsch ließ mich zurückzucken. Als ich herumfuhr, hörte ich Auroras und Hanis verklingendes Lachen. Irritiert schaute ich Enea an, der nachsichtig lächelte.

»Wir gehen jetzt besser«, sagte ich, »damit wir rechtzeitig in Ponterosso sind.«

»Ja, wenn wir bloß eine Sekunde zu spät sind, bringt Hani uns um, und ich möchte nicht an einer Vergiftung sterben, wenn er mir das nächste Mal Selbstgebackenes anbietet«, scherzte Enea.

Kopfschüttelnd griff ich nach Eneas Hand. »Lass uns gehen, sonst schmeißt ihn dein Onkel raus, bevor er einen Fuß in die Backstube gesetzt hat. Außerdem müsste Giulias Mama jeden Moment kommen, um

Aurora abzuholen, da sollte sie sich langsam von Hani verabschieden.«

Wie aufs Stichwort tauchte in diesem Moment Chiaras SUV im Hof auf, und Giulia winkte Aurora zu, die sofort in freudiger Erwartung auf einen neuen Tag voller Abenteuer auf sie zulief. Bevor sie ins Auto stieg, machte sie noch mal kehrt, um sich von Hani zu verabschieden, den sie künftig nicht mehr allzu häufig sehen würde. Aus dem Auto warf sie mir und Enea Kusshändchen zu.

Bevor wir nach Ponterosso aufbrachen, tranken wir mit Mercedes in der Küche schnell einen Kaffee.

»Vergiss nicht, dass du heute Nachmittag mit Aurora die Osterkekse verzieren willst, die wir gemeinsam gebacken haben«, mahnte mich meine Schwiegermutter beim Rausgehen.

»Hoffentlich werden sie was, der Standard, was Kuchen und Gebäck angeht, ist in letzter Zeit stark gestiegen«, antwortete ich und dachte an Auroras begeisterte Schilderungen von Meisterwerken der Backkunst, die Giulias Mutter offenbar produzierte.

Da konnte ich nicht mithalten, im Gegenteil. Meine Kekse brannten hin und wieder mal an und sahen nie so toll aus wie die vom Konditor.

»Jetzt mach mal einen Punkt«, warf meine Schwiegermutter ein und strich mir über die Wange. »Deine Tochter liebt dich über alles und liebt zudem alles, was du mit ihr gemeinsam unternimmst. Wie die Kekse aussehen, ist nicht so wichtig. Hauptsache, ihr habt sie gemeinsam gebacken. Sie erwartet nicht, dass du eine perfekte Hausfrau bist. Und das ist es, was zählt. Ich wette, sie zieht ein Stück deines Schokoladenkuchens einer dieser fettigen, süßen Kreationen vor, die gerade so in sind«, fügte sie hinzu.

Dankbar nickte ich Mercedes zu, die in jeder Lebenslage die richtigen Worte fand.

»Fertig?«

Enea legte mir eine Hand auf die Schulter, während Hani nervös von einem Fuß auf den anderen trat.

»Natürlich, fahren wir.«

»Übrigens bin ich heute Abend nicht zu Hause, wir müssen den Kreuzweg für morgen vorbereiten, ich werde die Nacht wohl in der Kirche verbringen«, sagte Mercedes, bevor sie Hani umarmte und ihm alles Gute wünschte.

Enea saß bei laufendem Motor bereits im Wagen und wartete auf uns. Ich stellte Hanis Rucksack in den Kofferraum und schlüpfte auf den Beifahrersitz, Hani stieg hinten ein, dann fuhren wir in einer dichten Staubwolke davon.

Was für ein verrückter Tag, dachte ich später in Ponterosso, wo sich mir in der Konditorei des Onkels eine neue Welt auftat. Es ging zu wie in einem Taubenschlag. Ständig wurden Backbleche voller süßer Köstlichkeiten hin und her geschleppt, ein müder Lehrling überwachte das Aufgehen des Croissantteigs in einem Plastikbottich, während zwei andere auf der Arbeitsfläche zehn Bleche mit Krapfen in einer schier unglaublichen Geschwindigkeit mit Creme füllten. Teige wurden geknetet und geformt, fertige Kuchen und Torten glasiert, überzogen, dekoriert. Und alles inmitten von betäubendem verführerischem Duft.

»Wenn ich das sehe, kriege ich Angst.« Hani schien sich am liebsten verkriechen zu wollen und umklammerte mit zitternden Händen seinen Rucksack. »Was mache ich hier? Schaut euch die anderen an«, sagte er und deutete verstohlen auf zwei junge Männer, die sich miteinander unterhielten. »Die beiden sind bestimmt richtig gut, die werden mich in die Tasche stecken.«

»Kopf hoch!« Enea klopfte ihm auf die Schulter. »Ich wette, dass keiner von denen ein Viertel von dem konnte, was du inzwischen fertigbringst. Und du hast dir alles ganz allein beigebracht. Dir liegt das Backen im Blut, und das ist der größte Vorteil, den man haben kann. Also sag mir nicht, dass du Angst hast und dich gleich hier in einen Cremebottich stürzt.«

Offenbar wusste Hani nicht, was er davon halten sollte, und sah mich fragend an.

»Enea hat recht, du bist ein Kämpfer und noch viel mehr als das«, versicherte ich ihm und legte einen Arm um seine Schultern. »Du hast die Gabe, mit deinem Gebäck Menschen glücklich zu machen. Das ist ein Geschenk, das die Natur oder das Schicksal dir auf deinem

Lebensweg mitgegeben hat. Nutze es und vergiss deine Angst, begegne dieser Herausforderung mit einem Lächeln. Du bist der beste Konditor, den ich je kennengelernt habe, und wir alle sind sehr stolz auf dich.«

Später erzählte der Onkel uns noch Interessantes und Amüsantes aus seinem Berufsalltag, sodass es weit nach Mittag war, als wir uns auf den Heimweg machten.

Ich schaltete das Radio ein und wählte einen Sender mit Folkmusik, kuschelte mich in meinen Sitz und ließ meine Gedanken schweifen, die Augen träge auf die vorbeiziehende hügelige Landschaft gerichtet. Da ich keine Lust hatte, auf direktem Weg nach Hause zu fahren und es auch nicht musste, da Aurora erst am frühen Abend zurückkam, legte ich Enea eine Hand auf den Arm.

»Bieg bei der nächsten Ausfahrt rechts ab, bitte.«

»Bist du sicher? Wenn wir auf dieser Straße bleiben, sind wir früher wieder in La Carraia, andersherum brauchen wir doppelt so lange.«

»Egal, ich möchte dir etwas zeigen.«

»Wie du meinst«, sagte er, setzte den Blinker und bog in Richtung Lago delle Rose ab.

Nach einer längeren Fahrt durch den Wald an der Südseite des Sees kamen wir genau dorthin, wo ich bei meinem ersten Besuch vor ein paar Wochen gewesen war.

»Komm, lass uns ein Stück gehen«, forderte ich ihn auf und nahm ihn bei der Hand.

Der See präsentierte sich in all seiner Schönheit, die Sonne schien warm und hell und spiegelte sich auf der

Wasseroberfläche, vom Turm der verfallenen Kirche sangen die Vögel. Ich zeigte Enea den Felsen mit den eingeritzten Initialen von Anita und Hendrik. Dann setzte ich mich auf seinen Schoß und wir sprachen über die beiden, die sich immer verstecken mussten, weil niemand ihre Liebe verstand und akzeptierte.

»Als ob Liebe ein Verbrechen wäre«, seufzte ich und zeichnete mit dem Zeigefinger die Linien seiner Handfläche nach.

»Es ist eher verrückt«, korrigierte mich Enea und legte seine Wange an meine, und in diesem Augenblick wurde mir bewusst, dass wir irgendwie auch uns meinten, wenn wir über die beiden redeten. »Wenn du jemanden liebst, wirklich liebst, dann musst du dich weder entschuldigen noch schuldig fühlen. Niemand sucht sich aus, sich zu verlieben. Es passiert einfach und fertig. Das, was deiner Großtante widerfahren ist, war grausam, einfach schrecklich.«

»Du hast recht, wir können sie nicht wieder lebendig machen wie den Weinstock, doch wir können sie und diesen Hendrik rehabilitieren, ihnen ihre Geschichte zurückgeben und dafür sorgen, dass diese einzigartigen Menschen in Erinnerung bleiben.«

»Alle Geschichten sind einzigartig, Cassandra. Schau uns an, als wir uns getroffen haben, hatten wir einiges hinter uns, du mochtest mich nicht …«

»Das stimmt nicht.«

»Natürlich, du kannst es ruhig zugeben.«

Ich zuckte mit den Schultern. »Gut, du hast recht. Aber ich hatte gute Gründe.«

Enea zog mich an sich. »Und wo sind deine guten Gründe geblieben?«, fragte er, seine Lippen ganz dicht an meinen.

Mir lief ein Schauer über den Rücken, und ich lehnte meine Stirn gegen seine.

»Jetzt liegt alles in unseren Händen«, sagte ich und schaute auf unsere verschränkten Finger.

Wir blieben auf dem Felsen sitzen, bis die Sonne unterging und es kühler wurde. Erst dann kehrten wir zum Auto zurück und fuhren heimwärts.

»Was gibt's heute Abend zu essen?«, fragte Enea scherzhaft.

»Mal sehen, was die Vorratskammer hergibt.«

»Wenn du magst, kann ich dir ein paar von Hanis Kreationen mitbringen, wenn ich nicht bald was davon esse, riecht meine Wohnung wie ein Zuckerbäckerhaus, das man Kindern zu Weihnachten schenkt.«

»Du willst bei Aurora und mir deine Kalorienbomben lagern? Wirklich nett von dir!«

»Um Himmels willen nein, so meine ich das nicht. Vielmehr räume ich euch das Recht ein, euch die besten Stücke auszusuchen, und da ist echt Außergewöhnliches dabei. Den Rest bringe ich zum Osterfrühstück in die Kirche mit.«

»Ich wusste gar nicht, dass so etwas geplant ist.«

»Das ist in vielen Gemeinden inzwischen Brauch.

Gerade an Feiertagen fühlt man sich oft einsam und unglücklich. Und das ist vom Geld unabhängig. Selbst mit Juwelen und Designerklamotten kann man sich so erbärmlich fühlen wie ein Landstreicher, der auf der Straße schläft, selbst wenn man allein an einem elegant gedeckten Tisch sitzt.«

»Du hast recht«, antwortete ich. Wie oft hatte ich allein am Küchentisch gesessen, wie oft hatte ich geweint. »Die Traurigkeit ist ein grausamer Feind.«

»Stimmt, deshalb ist ein Gemeinschaftsfrühstück so sinnvoll. Wir alle haben schließlich das Recht auf ein bisschen Glück, und Hanis Gebäck ist da symbolisch ein Stück vom süßen Glück, das jeder abbekommt. Finde ich ein schönes Bild.«

Die letzten Sonnenstrahlen, die durch die Windschutzscheibe fielen, beleuchteten Enea. Manchmal erinnerte er mich an Lorenzo, wenngleich seine Gesichtszüge markanter waren, seine Statur muskulöser und sein Lächeln, nun ja, verführerischer war – es brachte mich regelmäßig aus dem Gleichgewicht.

Richtig aus dem Gleichgewicht.

»Ja, wirklich ein schöner Gedanke, das mit dem Osterfrühstück«, sagte ich und zögerte einen Moment, bevor ich eine völlig überraschende Offensive startete. »Bleib heute Abend bei mir«, bat ich ihn. »Bleib morgen, bleib den nächsten Monat. Auch wenn ich manchmal unerträglich bin, auch wenn ich oft Tage habe, wo ich lieber Nein zu uns sagen würde, geh nicht, bitte.

Bleib«, wiederholte ich, während er mich zärtlich anlächelte.

»Glaub mir, Cassandra, ich habe nicht vor zu gehen, doch ich respektiere dich und werde nichts erzwingen. Und vor allem möchte ich alles richtig machen. Gerne komme ich heute Abend zum Essen, spiele etwas für Aurora auf dem Klavier, aber dann fahre ich nach Hause. Ich will nichts überstürzen, deinetwegen wie meinetwegen, damit wir jeden Moment unserer gemeinsamen Reise wirklich genießen können«, sagte er, nahm meine Hand und küsste sie.

Das Glück, dachte ich, konnte nicht mehr weit sein.

18

Als das Telefon klingelte, schreckte ich aus dem Schlaf, schlug die Decke zur Seite und rannte in die Diele. Nächtliche Telefonate verhießen nie etwas Gutes.

»Ja?«, ich konnte kaum sprechen, so aufgeregt war ich.

»Ich bin's, Enea. Wir haben ein Problem.«

»Warum?« Ich presste die Hand gegen die Stirn. »Hast du in den Tagebüchern von Don Bernardino noch etwas gefunden?«

»Nein. Schau mal nach draußen.«

»Nach draußen? Warum denn das? Was ist los, Enea, wo bist du?«

Der Fußboden unter meinen Füßen war eiskalt.

»Wo ich bin? Ich sitze im Auto und bin auf dem Weg zu dir. Jetzt schau schon nach draußen.«

Verständnislos runzelte ich die Stirn und warf einen Blick aus dem Fenster.

»Die Nacht ist sternenklar, keine Wolke am Himmel. Was stimmt denn nicht?«, murmelte ich müde.

»Schau genauer hin.«

Ich schob den Vorhang zur Seite und konzentrierte mich. Plötzlich bemerkte ich überall auf den Hügeln

Feuer. Ganz Montelupo schien in Flammen zu stehen, in den Häusern gingen die Lichter an, als ob alle sich den Wecker auf die falsche Uhrzeit gestellt hätten.

Mit einem Mal begriff ich. Es war allerhöchste Zeit, wenn sie die Weinernte noch retten wollten.

Mit zitternden Fingern öffnete ich das Fenster, eine eiskalte Windböe fegte herein und ließ meine Augen tränen, mein Herz begann wie wild zu pochen. In den Weinbergen brannten wärmende Feuer, hier unten nicht.

»Unser Weinstock ist in Gefahr«, flüsterte ich, die Augen weit aufgerissen und den Blick in den dunklen Garten gerichtet.

Rasch streifte ich mir eine Wolljacke über, schaute kurz nach Aurora, die mit einem glückseligen Lächeln auf den Lippen schlief, ging auf Zehenspitzen in die Küche, zog die lila Gummistiefel an, die immer neben der Tür standen, und lief in den Hof, wo Enea bereits in seinem Transporter auf mich wartete. Ich zitterte trotz der Jacke, so kalt war es geworden.

»Hallo«, begrüßte ich ihn, dabei hatten wir uns erst wenige Stunden zuvor voneinander verabschiedet.

»Schnell, hilf mir, wir haben keine Zeit zu verlieren«, befahl er knapp und zog Heuballen von der Ladefläche.

Eilfertig schickte ich mich an, es ihm gleichzutun, hatte aber meine liebe Mühe.

»Um Himmels willen, sind die schwer!«, stöhnte ich.

»Sie wiegen zwischen achtzehn und zwanzig Kilo, es sind lediglich die kleinen«, erklärte er, hob den letzten

Ballen heraus, als ob er eine Flasche Mineralwasser wäre, griff nach der Schnur und stützte ihn auf seiner Hüfte ab. »Komm, wir müssen rasch für Wärme sorgen, sonst ist es um die neuen Triebe und Blätter geschehen.«

Er war nervös, das merkte ich gleichermaßen an seiner Miene wie an seiner angespannten Körperhaltung.

Gemeinsam schleppten wir die Heuballen zum Weinstock und bauten sie in regelmäßigen Abständen um ihn herum auf, dann zündeten wir sie mit alten Zeitungen an. Zunächst stieg bloß eine dicke Rauchwolke auf, sodass man kaum atmen konnte, erst als das Feuer ruhiger brannte, wurde es wärmer. Zum Glück, denn ich fror inzwischen jämmerlich, da half es kaum noch, die steifen roten Hände in den Taschen der Wolljacke zu versenken. Zudem hatte ich mir die Füße wund gescheuert, weil ich in der Eile vergessen hatte, Socken anzuziehen. Enea hingegen hatte ungeachtet der Kälte die Ärmel von Pullover und Hemd bis zu den Ellbogen aufgerollt und starrte in die Flammen.

»Alles in Ordnung?«, fragte ich.

»Nein, ich mache mir Vorwürfe, dass ich nicht gleich beim Nachhausekommen den Wetterbericht gecheckt habe. Das Frühjahr ist eine gefährliche Jahreszeit, bis in den Mai muss man immer mit Nachtfrösten rechnen, ich hätte daran denken sollen. Zum Glück war ich noch wach, als der Wetterumschwung einsetzte.« Er hielt inne und seufzte. »Die Sache wird mir zudem eine Lehre sein, mich nicht mehr auf andere zu verlassen. Ich hatte Danilo, einen unserer Techniker, gebeten, mich vorzuwarnen, wenn ein Kälteeinbruch bevorsteht – er überwacht schließlich sowieso die Stöcke in den Weinbergen. Leider hat er mir kein Wort gesagt.«

»Vielleicht hat er heute keinen Dienst«, versuchte ich ihn zu entschuldigen.

Enea schüttelte den Kopf. »Doch, hat er, denn er stand unten an der Straße und passte auf die Feuer auf.«

»Egal, jetzt müssen wir uns ja keine Sorgen mehr machen. Die Gefahr ist vorbei, alles ist wieder im grünen Bereich, oder etwa nicht?«

»Das stimmt, trotzdem wäre es besser gewesen, rechtzeitig Vorkehrungen zu treffen. Dann hätte ich dich nicht aus dem Bett werfen müssen. Im Übrigen war es nicht leicht, um diese Uhrzeit noch Heuballen aufzutreiben. Zum Glück hatte ich Massimos Nummer, er konnte ein paar entbehren und hat mir ausgeholfen. Ohne ihn hätte ich nicht weitergewusst.«

»Er hätte gar nicht anders gekonnt, als dir welche zu geben. Du wolltest sie ja nicht für dich selbst, sondern für uns, seine Arbeitgeber. Oder siehst du das anders?«

»Ja und nein, er ist für die Weinberge insgesamt verantwortlich, für die Ernte. Das muss bei ihm Priorität haben. Ein einzelner Weinstock, selbst wenn er dein Steckenpferd ist, hat für ihn keinen Vorrang.«

»Wow!«

»Was, wow?«

»Es ist das erste Mal, dass ich dich mit schlechter Laune erlebe. Eine Premiere.«

»Stimmt, diesen Tag kannst du rot im Kalender anstreichen.« Er strich sich mit den Händen über die Stirn. »Ich bin auf die Terrasse gegangen, um ein bisschen Luft zu schnappen, als ich die Kälte bemerkte. Im Radio hatte ich zwar was von sinkenden Temperaturen gehört, aber von unter null war keine Rede. Unglaublich, nicht mal mehr auf die Wettervorhersage kann man sich verlassen«, fügte er grinsend hinzu.

Ich kauerte mich neben ihn und legte ihm die Hand auf die Schulter.

»Entspann dich, es ist alles in Ordnung. Unserem Schützling geht es gut, schau nur, wie das Feuer ihn warm hält«, sagte ich und blickte voller Vertrauen in die Flammen.

Enea atmete tief durch und lächelte.

»Du hast vollkommen recht. Dennoch ärgert es mich. Wir hatten einen so schönen Tag und Abend, und dann musst du zum krönenden Abschluss mit mir Heuballen von einer Ecke des Gartens in die andere schleppen. Sehr romantisch ist das nicht.«

Er drehte sich zu mir, meine Jacke war mir von der Schulter gerutscht, man konnte mein Nachthemd sehen, und meine Haare waren zerzaust.

»Na ja, so wie ich aussehe, verlocke ich auch nicht gerade zu romantischen Gedanken«, scherzte ich und zog die Jacke enger um mich, doch ein Blick von ihm reichte, um mich eines Besseren zu belehren.

Meine Gedanken wanderten zurück zu dem See, zu diesem Nachmittag, an dem wir uns dort versprochen hatten, uns nicht zu verlassen. Ich spürte ein Flattern im Bauch, etwas Bittersüßes, das ich nicht wirklich zuordnen konnte, wusste nur, dass ich Enea wollte – um mit ihm glücklich zu sein trotz des Rings an meinem Finger, der mich noch mit meinem Ehemann verband. Lorenzo würde immer ein Teil meines Lebens bleiben, ich würde ihn immer lieben, aber er war die Vergangenheit, während Enea das Versprechen auf eine wunderbare Zukunft verkörperte.

»Du bist das Schönste, was ich je gesehen habe«, murmelte er und fuhr mir über die Wange, seine Finger glitten meinen Hals hinunter.

Und plötzlich erkannte ich, wer er wirklich war: nicht der neue Chorleiter, den ich so unangenehm fand, nicht Mercedes' Protegé, der sich ungefragt daranmachte, meinen Weinstock zu retten, und mir hin und wieder eine Lektion in Sachen Glück erteilte – nein, in diesem Moment, Auge in Auge, war er bloß Enea, der Mann, der mich begehrte.

»Enea, ich ...«

»Still.«

Mehr sagte er nicht, danach verschmolzen unsere Lippen miteinander so wie das Meer und der graue Himmel an einem Regentag. Meine Hände lösten die Knöpfe an seinem Hemd, ich wollte seine Haut berühren und gleichzeitig seine Finger auf meinem Körper spüren. Diese Finger, die einem Instrument wohlklingende Töne zu entlocken vermochten und daneben ein tiefes Gespür für das Bodenständige hatten: für die Natur, für die Erde.

»Warte«, sagte ich atemlos und legte meine Stirn an seine. »Es wird langsam hell, Aurora kann jeden Moment wach werden, ich will nicht, dass sie allein im Haus ist«, stieß ich hervor. »Komm mit mir nach drinnen, ich will dir ohnehin etwas erzählen, das ich von Paolo, einem der alten Partisanen, erfahren habe.«

»Geh schon, das ist in Ordnung. Was mich betrifft, so sollte ich allerdings lieber hier draußen Wache halten, bis das Feuer ganz niedergebrannt ist. Geh rein, ich komme später nach.«

Seine Enttäuschung war nicht zu übersehen, wenngleich er sich Mühe gab, sie zu verbergen.

»Bis später«, sagte ich leise, hauchte ihm einen flüchtigen Kuss auf die Wange und ging ins Haus.

19

»Glückwunsch, mein Schatz, das war ein großer Schritt«, sagte Mercedes und umarmte Aurora, die soeben ihre Erstkommunion gefeiert hatte.

Für mich war es allerdings ein bitterer Wermutstropfen gewesen, dass Enea nicht gekommen war.

Meine Schwiegermutter meinte, er habe einen dringenden Termin gehabt, aber ich hatte das Gefühl, dass mehr dahintersteckte. Plötzlich war er verschwunden, und trotz aller Textnachrichten und Anrufe auf seinem Anrufbeantworter hatte ich ihn seit unserer Nacht am Feuer weder gesprochen noch gesehen.

Irgendetwas stimmte nicht.

Jemand zog an meiner Jacke – es war Aurora, die mich unglücklich ansah.

»Was ist los, mein Schatz?«

»Ist Enea nicht da?«

»Großmutter sagt, er musste zu einem Termin. Geh zu den anderen Kindern nach draußen, wie Don Anselmo es gesagt hat. Sie haben Spiele und andere Sachen vorbereitet, und Hani hat eine sensationelle Torte gebacken und eigens hergebracht«, sagte ich mit übertriebenem Enthusiasmus, um ihr ein Lächeln zu entlocken.

»In Ordnung, Mama.«

Stolz und zugleich gerührt betrachtete ich meine Tochter. Sie sah so niedlich aus in dem Kleid, das wir vor einigen Wochen für den großen Tag ausgewählt hatten. Es war aus weißem Satin und Tüll, im Empirestil geschnitten, und wurde mit einem rosafarbenen Band gehalten, auf das ein kleines Rosensträußchen gestickt war. Dazu hatte sie während der Zeremonie einen passenden Haarreif getragen, den sie mir jetzt in die Hand drückte.

»Warte, Mama«, sie wühlte in unserer großen Tasche herum, in der sich so allerlei befand, was man für eine Kinderfeier mitschleppte, und zog ein blumengeschmücktes Haarband aus grünem Satin heraus.

»Bitte binde mir das um, Papa hat mir das letzte Woche geschenkt.«

Mir gefror das Blut in den Adern. Wie das? Auf welche Weise war das Haarband, das ich am Tag meiner Hochzeit getragen hatte, in ihre Hände gelangt?«

»Wer hat dir das gegeben, Aurora?«, fragte ich mit belegter Stimme.

»Er.«

»Wann und wie?«

»In der Schule, Freitagnachmittag. Die Lehrerin hat gesagt, mein Vater sei da gewesen, und in dem Päckchen lag das Band und ein Brief.«

Ich kniete mich neben sie, hob ihr Kinn mit dem

Zeigefinger an und drehte ihr Gesicht in meine Richtung. In meinem Kopf herrschte Chaos. Ich hatte gehofft, sie habe den Tod ihres Vaters überwunden, habe sich gefangen und würde sich wieder anderen öffnen – und sie hatte auch die Sprache wiedergefunden. Aber als ich das Haarband sah, war diese Illusion dahin.

»Du weißt ja, dass Papa jetzt im Himmel wohnt. Er schaut dir durch die Wolken zu, zu dir kommen kann er leider nicht. Das weißt du doch, oder?«

»Ich weiß, dass er bei den Engeln ist – trotzdem hat er mir einen Brief geschrieben und mir das Haarband geschickt«, beharrte sie.

Ihre Wangen waren gerötet, und sie war kurz davor, in Tränen auszubrechen.

»Wo ist der Brief, kann ich ihn lesen?«

Aurora schaute mich an, dann sah sie zu Cloé und ihrer Mutter, die in unserer Nähe standen, und schüttelte den Kopf. Ich wartete geduldig, bis die beiden sich entfernten, und hakte noch einmal nach. Ich wollte auf keinen Fall, dass sie sich einer Fantasie hingab, die nur schmerzhaft enden konnte.

»Aurora, mein Schatz, lass mich bitte den Brief lesen.«

»Nein«, entgegnete sie unnachgiebig.

»Bitte!«

»Nein, du glaubst mir ja sowieso nicht«, schrie sie und rannte tränenüberströmt aus der Kirche.

Sie hasste mich in diesem Moment, ich erkannte es am Ausdruck ihrer Augen. Genauso hatte ich als Kind meine

Mutter angesehen. Frust lag darin, aber auch Schmerz darüber, nicht ernst genommen zu werden.

Ich ließ mich auf eine Bank sinken und vergrub das Gesicht in den Händen. Tief in meiner Brust stieg ein verzweifeltes Schluchzen auf, das sich jetzt Bahn brach.

Plötzlich spürte ich die Wärme einer Hand auf meiner Schulter.

»Aurora ist in Ordnung, sie ist ein kluges Mädchen«, hörte ich Hani sagen.

»Ich weiß, dennoch bin ich es müde, Mutter und Vater gleichzeitig sein zu müssen«, antwortete ich und sah ihn mit tränenverschleiertem Blick an. »Wie soll Aurora durch die Pubertät kommen ohne einen Vater an ihrer Seite?«

»Du bist eine Mutter, und Mütter wissen am besten, was für ihre Kinder gut ist. Auch wenn der Vater nicht da ist«, fügte er nach einer kurzen Pause hinzu.

Seine Worte waren einfach, sein Vertrauen in die Zukunft schien unbegrenzt.

»Sie hat gesagt, dass sie einen Brief und ein Haarband von ihrem Vater bekommen hat. Dabei ist Lorenzo seit über einem Jahr tot.«

»Wunder kann es immer wieder geben, oder?«

»Nur in der Bibel, Hani. Und selbst da sind die Leute skeptisch.«

Er lachte und setzte sich neben mich.

»Im Augenblick wäre es das größte Wunder für mich zu wissen, wo sie jetzt ist. Sie ist einfach davongerannt.

Ich hoffe, dass Mercedes sie aufgehalten hat oder sie mit den anderen im Garten spielt«, fügte ich mit einem bangen Gefühl hinzu.

Hani nahm meine Hand und begleitete mich zum Hauptportal der Kirche, von wo man den Pfarrgarten überblickte. Kinder rannten zwischen blühenden Obst-, Magnolien- und Mandelbäumen herum, überall hingen bunte Girlanden, auf der Wiese war ein langer Tisch mit Essen und Getränken aufgebaut. In der Mitte thronte Hanis zweistöckige Torte.

Er zeigte auf eine weiß gekleidete Elfe, die weit hinten zwischen den Bäumen auf einer Bank saß.

»Siehst du? Da ist sie.«

Die Augen gegen die Sonne abschirmend, sah ich genauer hin und erkannte, dass Enea vor ihr im Gras hockte und auf sie einredete.

»Ich dachte, er kommt nicht, nachdem er praktisch wie vom Erdboden verschwunden war – ohne ein Wort, ohne jede Erklärung«, sagte ich leicht gereizt, was Hani nicht entging.

»Und deshalb bist du sauer«, stellte er fest.

»Na ja, Aurora hatte sich so sehr gewünscht, dass er kommt, und dann ist er plötzlich abgetaucht. Unerreichbar. Ich habe alles versucht, nichts, keine Antwort, weder auf Mails und SMS noch auf Anrufe. Das fand ich unmöglich.«

»Ich weiß, was passiert ist.«

»Großartig, dann wissen ja alle Bescheid außer mir.«

»Es ging um seine Ex-Frau, ihr Anwalt hat ihn am Morgen nach der Frostnacht angerufen, hat er mir heute erzählt.«

»Mag ja sein, dass es einen guten Grund gab – trotzdem hätte er mich wenigstens kurz benachrichtigen können.«

Hani zuckte die Schultern.

Ich spürte, dass ich überreagierte, weil ich mich gekränkt und irgendwie zurückgewiesen fühlte. Ich schob Auroras Kommunion vor, aber eigentlich ging es allein um mich und meine verletzten Gefühle.

»Nett von dir, dass du ihn entschuldigst«, erwiderte ich sarkastisch.

»Nein, ich möchte bloß, dass du ihn verstehst. Für Enea ist das Thema Scheidung heikel. Jedes Mal, wenn der Anwalt anruft oder er irgendetwas Neues unterschreiben muss, zieht er sich von aller Welt zurück. Diesmal geht es wohl um das Erbe seines Großvaters.«

»Inwiefern?«

»Enea möchte den Grundbesitz seines Großvaters samt Weinberg behalten, aber seine Ex beansprucht einen Teil des Wertes, will praktisch ausbezahlt werden. Dabei ist unklar, ob ihr von Rechts wegen überhaupt etwas zusteht, deshalb versucht sie jetzt mit allen Tricks noch was für sich rauszuschlagen. Ziemlich unschön, das Ganze.«

Ich schluckte, fühlte mich mit einem Mal kleinlich und egozentrisch, weil ich keine Sekunde lang daran gedacht hatte, sein Fernbleiben könnte Gründe haben, die mit mir gar nichts zu tun hatten. Wie unsicher ich doch noch war, was eine neue Beziehung anging.

Hani schien meine Gedankengänge zu erraten.

»Verständlich, dass du Angst hast«, sagte er und strich mir über die Schulter, »doch vergiss nicht, dass die Menschen trotz allen Unglücks immer weiter Felder bestellen, Häuser bauen und Kinder in die Welt setzen. Nur aus der Liebe entsteht neues Leben – das Leben bleibt nicht vor einem Grab stehen. Geh weiter, verändere dich, werde jemand anders.«

Welch kluge Worte aus dem Mund eines Jugendlichen! In meinem Kopf schwirrten die Gedanken wie ein in Panik geratener Wespenschwarm. Ich musste eine Weile alleine sein.

»Kannst du Mercedes ausrichten, dass ich kurz nach Hause gefahren bin und nicht genau weiß, wann ich zurück sein werde?«, bat ich Hani.

»Mache ich, und was ist mit Enea? Soll ich ihm ebenfalls etwas sagen?«

»Ja, sag ihm, ich rufe ihn später an«, antwortete ich und atmete den Duft der Blüten ringsum ein.

Steh der Liebe nicht im Weg, mahnte ich mich immer wieder, als ich durch den sonntäglich leeren Ort zurückfuhr, und dachte über meine Situation nach. War Enea der Richtige für mich? Und für Aurora? Was war das eigentlich für eine Liebe, von der Hani gesprochen hatte?

Als ich die Stelle erreichte, wo die Weinberge der Carrais begannen, hielt ich mitten auf der schmalen Straße an und sah mich um. Auch hier grünte und blühte alles, dabei schien es mir noch gar nicht lange her, dass hier nichts war als Schlamm, Schneematsch und gefrorene Erde. Stattdessen sah ich, wohin ich auch blickte, wie in jedem Frühling neues Leben und Wachsen.

Selbst der Weinstock und die Rose hatten der Natur wider Erwarten ein zweites Leben abgetrotzt. Und sogar an den Schösslingen, die Enea gepflanzt hatte, zeigten sich erste Triebe, und ich war überzeugt, dass unsere Liebe, mit der wir die kranken Pflanzen umsorgt hatten, zu diesem Gesundungsprozess beigetragen hatte.

Alles geschah aus Liebe.

Und das größte Zeichen hatte Anita gesetzt, die aus Liebe ihr Leben riskiert hatte, um den Mann ihres Herzens in Sicherheit zu bringen. Je mehr Einzelheiten ich in Erfahrung brachte, desto brennender wurde mein Wunsch, endlich die ganze Wahrheit aufzudecken. Vor allem wollte ich wissen, was aus ihrem Kind geworden war und was aus dem Mann, den sie so sehr geliebt hatte.

Zwar sprach einiges dafür, dass er den Krieg nicht überlebt hatte, aber falls doch, so hatte ich eine wichtige Botschaft für ihn: Er musste wissen, dass die Liebe zwischen ihm und Anita nicht vergeblich gewesen war, dass sie Spuren hinterlassen hatte und ich mich verpflichtet fühlte, Anita im Gedächtnis der Nachwelt wieder aufleben zu lassen – der Tod sollte nichts als ein Wort sein.

Ich umklammerte das Lenkrad und berührte mit der anderen Hand den Ehering, den ich um den Hals trug, und dachte an Hendrik, den deutschen Soldaten, der durch seine Heirat mein Großonkel geworden war.

Wenn er noch lebte, würde ich ihn finden.

Auf jeden Fall.

20

»Ist Nives da?«, fragte ich ungeduldig, als ich auf der Schwelle des Circolo Garibaldi stand, der Vereinsgaststätte der ehemaligen Partisanen.

Mario, der gerade die Zeitung las, einen Zigarillo zwischen den Lippen, schaute auf und begrüßte mich.

»Komm rein und setz dich. Sie ist gleich zurück, kontrolliert wahrscheinlich bloß die Vorräte. Wenn du etwas trinken möchtest, wende dich an Turati, das ist der Mann mit dem Besen«, sagte er und deutete auf einen etwa Sechzigjährigen mit wirren Haaren, der einen grün-lila Overall trug, mit gesenktem Kopf den Boden kehrte und irgendwie abwesend wirkte.

»Ihn habe ich noch nie hier gesehen.«

»Er ist erst seit einem Monat in Montelupo, aus dem Nachbardorf haben sie ihn verjagt. Seine Betreuerin ist mit seinem Geld abgehauen, er hatte nichts mehr, kein Geld, keine Wohnung. Daraufhin haben wir vom Circolo ihn adoptiert und ihm einen Job angeboten. Immerhin ist er bei uns jetzt mit Leuten zusammen, die ihn mögen – du weißt ja, wie gemein Menschen sein können.« Er winkte sie zu sich heran. »Er ist ein bisschen merkwürdig, aber ein lieber Kerl. Früher war er ein heller Kopf.«

»Was ist ihm denn passiert?«

»Es begann mit hohem Fieber, dessen Ursache zu spät erkannt wurde. Als sie merkten, dass es sich um irgendwas wie eine Hirnhautentzündung handelte, war es zu spät, und er trug irreparable Schäden davon. Seitdem ist er wieder ein Kind«, sagte er und erhob sich. »Ich geh mal raus, meinen Zigarillo anstecken. Hier drinnen verbietet Nives das.«

Ich blieb sitzen, wartete auf Eneas Tante und beobachtete Turati. Er fegte weiter, als ob ich gar nicht da wäre, hatte einen riesigen Kopfhörer übergestülpt und war ganz in seiner Welt versunken.

Um die Zeit zu nutzen, räumte ich meine Handtasche auf, ein Riesenteil, in dem so manches auf Nimmerwiedersehen verschwand und plötzlich wieder auftauchte. Wie Auroras Karte zu meinem letzten Geburtstag, die ich jetzt herauszog und gerührt betrachtete.

Herzlichen Glückwunsch, Mama, stand dort in rosa Glitzerschrift, und in der Mitte klebte ein Foto von uns beiden.

Einmal mehr wurde mir bewusst, wie schön es war, geliebt zu werden.

»Ist das Ihre Tochter?«

Ich drehte mich um und sah in Turatis Gesicht, besser gesagt in dicke Brillengläser, hinter denen sich große grüne Augen verbargen. Er hatte den naiven

Gesichtsausdruck eines großen Kindes und grinste mich breit an, dabei entblößte er zwei schief stehende gelbe Schneidezähne.

»Sie heißt Aurora.«

Turati nahm die Karte und schaute sie lange an, dann nickte er und gab sie mir zurück.

»Ein schönes Kind. Sehr schön.«

»Ja«, erwiderte ich stolz und fuhr zärtlich mit einem Finger über das Foto, bevor ich die Karte in die Tasche zurücksteckte.

Der Alte kratzte sich am Kopf. »Wohnen Sie hier?«

»Ja, in La Carraia. Ich bin hierhergezogen, als ich geheiratet habe.«

»Die Carrais sind gute Menschen. Sehr gut.«

»Das sind sie, wirklich«, erwiderte ich und fügte hinzu, weil ich das Gespräch am Laufen halten wollte: »Könnte ich ein Glas Wasser haben, bitte?«

Umständlich holte Turati eine Flasche aus dem Kühlschrank und sah sich ratlos nach einem Glas um. Ich deutete auf das Regal über der Spüle.

»Bitte schön, ein Glas Wasser für Sie«, sagte er sichtlich um Höflichkeit bemüht, als er mir kurz darauf das Glas brachte. »Sind Sie mit jemandem hier befreundet? So richtig, meine ich.«

»Mit niemand Speziellem, nein«, wehrte ich ab. »Ich will mit Nives sprechen, sie kannte eine Großtante von mir, die gegen Kriegsende wohl bei der Geburt ihres Kindes gestorben ist. Anita Innocenti hieß sie. Haben

Sie sie vielleicht zufällig ebenfalls gekannt? Oder wissen Sie etwas über ihre Tochter?«, fügte ich einer spontanen Eingebung folgend hinzu.

Sein Gesicht hellte sich auf, er klatschte aufgeregt in die Hände, dann wurde er wieder ernst, richtig misstrauisch sogar.

Sein Verhalten verwunderte mich. Mehr noch, als er sich verschwörerisch über den Tresen beugte, um sich zu vergewissern, dass wirklich niemand sonst im Raum war, und mich zu sich heranwinkte.

»Sie ist nicht tot«, flüsterte er und deutete mit dem Zeigefinger auf mich. »Il Rosso, der Rote, hat sie genommen, das habe ich selbst gesehen, und dann hat er sie rot erzogen. Aber sie ist schon lange ganz weit weg«, fügte er hinzu und wedelte mit den Armen.

Er sprach auffallend schnell, als hätte er Angst, etwas Verbotenes auszuplaudern und könnte am Ende dafür bestraft werden.

Nur ergab das für mich alles keinen Sinn.

Redete er von Anitas Kind? Und wen meinte er mit dem Roten? Etwa Adelchi? Inzwischen hatte ich mit Enea mehrfach über die Skrupellosigkeit meines Großvaters spekuliert, der sich ja nicht mal um seine eigene uneheliche Tochter kümmern wollte. Hatte er vielleicht auch Anitas Kind verschwinden lassen? Ganz bestimmt hatte er sich seiner nicht angenommen.

Ich trommelte mit den Fingern auf den Tresen, überlegte krampfhaft, wie ich das eben Gehörte einordnen sollte, und bemerkte einen Moment lang gar nicht, dass Turati weiterredete.

»... und dann ist sie nicht mehr zurückgekommen, und der Rote ist immer trauriger geworden. Ganz traurig, und nichts hat geholfen.«

Turati ließ die Schultern hängen, als würde er über sein eigenes Schicksal sprechen.

Das klang völlig absurd, dachte ich und legte meine Hand auf seine. Aber wer wusste schon, was in seinem wirren Kopf vor sich ging.

In diesem Augenblick kam Mario von seiner Raucherpause zurück und erklärte mir, dass Nives offenbar nach Hause gegangen sei, ohne dass er es bemerkt habe.

»Dann hinterlasse ich ihr eine Nachricht«, sagte ich und warf ein paar Zeilen auf ein Blatt Papier.

Im Grunde erwartete ich mir ohnehin nicht mehr so viel von diesem Gespräch. Nives hatte mir bereitwillig alles ausführlich erzählt, was sie wusste.

Nachdem ich den Zettel für Nives hinterlegt hatte, wandte ich mich zur Tür und trat ins Freie. Wie überall lag auch hier ein betäubender Blütenduft in der Luft.

Am Parkplatz angekommen, blieb ich wie angewurzelt stehen, denn an der Mauer lehnte Enea.

»Du bist so plötzlich aus dem Pfarrgarten verschwunden.«

»Nun, vor ein paar Tagen bist du sang- und klanglos verschwunden«, antwortete ich reserviert.

»Schon gut, ich weiß, dass ich mich bei dir hätte melden sollen, bevor ich Montelupo verlassen habe. Es tut mir unendlich leid, aber ...«

»Ich liebe dich«, unterbrach ich ihn, die Worte sprudelten einfach so über meine Lippen, und entsprechend überrascht sah er mich an. »Ich liebe dich«, wiederholte ich, all meinen Mut zusammennehmend, »und deshalb kann ich es nicht ertragen, dass du mich aus deinem Leben ausschließt. Sobald du ein Problem hast, ziehst du dich zurück und redest nicht mehr mit mir. Das kann ich nicht akzeptieren«, fügte ich hinzu und merkte, wie meine Stimme brach.

Betreten schaute er zu Boden, ließ die Arme hängen, und als er den Blick hob, standen in seinen Augen Tränen.

»Du liebst mich?«

»Ja«, sagte ich leise, und dieses eine Wort genügte, um die Distanz zwischen uns verschwinden zu lassen – ich war ganz bei ihm und glücklich.

»Dann lass uns gehen, Cassandra. Lass uns einfach weggehen ...«

»Was meinst du damit? Weg von hier? Enea, das geht nicht, ich kann nicht einfach verschwinden. In ein paar Wochen endet die Schule, meine Mutter erwartet uns in Frankreich, ich habe Verpflichtungen ...«

»Ich bitte dich nicht um ein paar Wochen, lediglich um ein paar Tage, die ihr, du und deine Tochter, mit mir verbringt. Nur wir drei.«

»Und wo?«

»In Ponterosso. Ich möchte dir das Anwesen meines Großvaters zeigen, von dem ich dir erzählt habe, als ich das erste Mal bei euch war. Vielleicht muss ich es demnächst verkaufen, falls meine Ex-Frau mit ihrer Forderung nach einem finanziellen Ausgleich recht bekommt. Deshalb möchte ich vorher noch einmal für eine Weile dorthin mit den Menschen, die ich liebe. Mit Aurora und dir.«

Als ich ihm in die Augen schaute, sah ich dort jene Liebe, die ich mir so sehr wünschte – eine Liebe, die nichts aufzuhalten vermochte.

Ich stellte mich auf die Zehenspitzen und schlang meine Arme um seinen Hals.

»Ja«, sagte ich, bevor sich meine Lippen auf seine legten.

21

In den folgenden Tagen erlebte ich, was Glück war.

Auch das Haus von Eneas Großvater mit seinen verwitterten, erinnerungsgetränkten Mauern, inmitten eines Weinbergs gelegen, erzählte von einer außergewöhnlichen Liebe, denn obschon seine Großmutter nie hier gewesen war, schien sie allgegenwärtig zu sein. Es war eine Liebe gewesen, die selbst den Tod überdauert hatte, und ich überlegte unwillkürlich, ob es Hendrik, falls er den Krieg überlebt hatte und ohne Anita neu beginnen musste, wohl ebenso ergangen war.

Jedenfalls schlug mich das kleine Haus in seinen Bann, bekam einen besonderen Stellenwert für mich, nicht zuletzt deshalb, weil ich mich hier, in dem alten, mit Intarsien geschmückten Bett seines Großvaters, nach langer Zeit wieder als Frau entdeckte und es genoss, mit einem Mann zusammen zu sein und begehrt zu werden. Ich fühlte mich in Eneas Armen emporgehoben und gleichzeitig geerdet. Mit ihm war ich wieder ganz und heil, war eine Frau und keine traurige Witwe mehr.

Als ich morgens mit Aurora und ihm am Frühstückstisch saß, wurde mir bewusst, dass es wie in einer richtigen Familie war, Vater, Mutter, Kind, und alle drei waren glücklich.

Der Aufenthalt im Weinberg wirkte nach, denn die restliche Zeit bis zum Beginn der Schulferien und unserer Abreise nach Frankreich verbrachten wir ebenfalls wie eine echte Familie. Ich fuhr Aurora morgens zur Schule, Enea ging seinen diversen Verpflichtungen nach, und wenn alles erledigt war, spazierten wir gemeinsam durch die Weinberge oder fuhren an den Lago delle Rose, redeten über unser Leben und über unsere Träume.

»Ich möchte Winzer werden mit einem eigenen Weinberg und Qualitätsweine produzieren«, gestand mir Enea eines Tages, während wir im Gras am Ufer des Sees lagen und uns sonnten. Inzwischen war es Anfang Juni und ziemlich heiß.

»Vollzeit, kein Chor, keine Kirche mehr?«

»Da lässt sich sicher ein Kompromiss finden.«

»Das will ich hoffen, denn sonst hättest du ein Problem mit Mercedes.«

»Ich will nur Wein und Musik, mehr nicht.«

»Das ist wirklich alles, was du willst?«, scherzte ich.

Er lachte und nahm meine Hand. »Nein, natürlich nicht. Ich will außerdem eine Familie, ich will Kinder. Viele Kinder, die mein Zuhause mit Lachen erfüllen.«

»Ach ja?«, stammelte ich verlegen.

»Ja, unsere Kinder. Vielleicht nicht gleich, vielleicht in sechs Monaten, einem Jahr oder zwei, aber ich möchte mit dir zusammenleben. Mit dir und Aurora. Das ist das Einzige, was ich wirklich will, was ich mir von ganzem Herzen wünsche.«

Ich war gerührt, und zugleich machte mir seine Entschlossenheit Angst, denn er hatte letztlich auch für mich entschieden. »Ich ...«

»Kein Aber. Ich möchte tausendmal mit dir auf dieser Wiese liegen, nackt in diesem See schwimmen und jeden Morgen neben dir aufwachen. Mehr braucht ein Mann nicht zu seinem Glück.«

Vor Rührung brachte ich zunächst keinen Ton heraus. Deshalb nahm ich einfach sein Gesicht in meine Hände.

Er schaute mich erneut an, als wäre ich das Schönste, was ihm je passiert wäre. Und ich vermochte noch nicht zu fassen, dass ich wirklich und wahrhaftig die Frau war, mit der er Kinder haben, mit der er leben wollte. Verrückt. Es ging alles so schnell, war so verrückt, doch in diesem Moment wurde mir klar, dass ich mir genau das Gleiche wünschte.

Enea war der Frühling, die Lebenskraft, die Energie eines Lebens, das ich beinahe vergessen hatte. Er war mein Herzschlag, das Lächeln auf den Lippen, wenn ich neben ihm aufwachte. Egal, ob wir in achtundvierzig Stunden weit voneinander entfernt sein würden, weil zwei Monate Côte d'Azur auf mich warteten und er weiter hier arbeiten musste – bei meiner Rückkehr würde er da sein.

Enea war meine Sicherheit.

»Du hast mir das Leben wiedergeschenkt, und ich will dein Leben sein, will deine Träume erfüllen und alles mit dir teilen, was immer uns erwartet«, murmelte ich, strich ihm über die nackte Brust und küsste ihn.

21

Ich liebte die Côte d'Azur, den kräftigen Wind, der mir morgens durch die Haare fuhr, und die saftigen Pfirsiche, die an kleinen Ständen rechts und links der Landstraße verkauft wurden.

Meine Mutter verbrachte ihre Sommer regelmäßig in einem kleinen Dorf direkt am Meer, und inzwischen waren Aurora und ich seit acht Wochen bei ihr, und es dauerte noch einen weiteren Monat, bis die Schule wieder begann. Obwohl wir jeden Tag miteinander telefonierten, vermisste ich Enea sehr und dachte insgeheim schon darüber nach, früher als geplant zurückzufahren.

Dieser Urlaub war für mich gewissermaßen eine Art Übergangszeit, in der ich Abschied von meinem alten Leben nehmen konnte, um möglichst ohne Ballast in ein neues zu starten.

Es war noch früher Morgen, als ich am Meeressaum stand, meine Kamera um den Hals, und mir die Aufnahmen anschaute, die ich soeben vom Sonnenaufgang über dem nahen Hafen gemacht hatte.

Eine Welle schwappte kalt an meine Knöchel.

So allein am morgendlichen Strand hing ich meinen Gedanken nach. Ich dachte an Lorenzo, der mich allein gelassen hatte, und an Enea, der zu gerne diese Lücke füllen wollte. Und dann dachte ich natürlich an Anita, deren Schicksal mich seit über einem halben Jahr ständig beschäftigte.

Überraschend genug hatten die von meiner Mutter in Gang gesetzten Recherchen tatsächlich ein Ergebnis gebracht. Ein deutscher Bekannter mit gutem Zugang zu staatlichen Stellen hatte herausgefunden, dass Hendrik Lang, Anitas große Liebe, kurz nach dem Fall der Berliner Mauer 1989 gestorben war. Damit gehörten meine Hoffnungen, ihn vielleicht noch lebend anzutreffen, der Vergangenheit an.

Das Einzige, wonach ich jetzt noch suchen konnte, war der Verbleib des Kindes, aber so langsam wurde ich des vergeblichen Nachforschens müde. Selbst mit meiner Mutter redete ich nicht mehr über die unersprießlichen Familiengeschichten oder über ihren Vater.

Ich kümmerte mich vor allem um das Glück meiner Tochter.

Seit unserer Ankunft in Frankreich hatten wir jede Minute gemeinsam verbracht, hatten miteinander gelacht, gemeinsam die Gegend erkundet, Ausflüge entlang der Küste oder ins Hinterland gemacht und waren mit Freunden meiner Mutter zum Nachtfischen aufs Meer gefahren. Wir hatten lange Nachmittage im Bett verbracht und an die Decke gestarrt, hatten uns beim

Versuch, die schönste Sandburg der Gegend zu bauen, einen Sonnenbrand geholt und abends auf der Strandpromenade riesige Eisbecher verdrückt, bevor wir todmüde, aber glücklich ins Bett gefallen waren.

Der schönste Sommer seit Langem, so schien es mir, und manchmal überfiel mich in solchen Momenten eine leise Furcht vor dem Versprechen, das ich Enea gegeben hatte. Würde ich es wirklich packen mit dem Wir, mit dem gemeinsamen Leben? Immerhin bedeutete es einen radikalen Einschnitt. Und wie würde ich reagieren, wenn sich Lorenzos Todestag zum zweiten Mal jährte, wenn sich das Datum langsam näherte.

Im letzten Jahr war es ein Fiasko gewesen.

Fröstelnd, die Füße nach wie vor im Wasser, wählte ich ganz automatisch La Carraia an.

»Ja?«, hörte ich die warme, noch leicht verschlafene Stimme meiner Schwiegermutter.

Heimatliche Gefühle stürmten auf mich ein.

»Ciao, Mercedes, ich bin's.«

»Wie geht es dir, mein Schatz?«

»Was Schöneres als diese traumhafte Landschaft hier findest du kaum. Allein dieser Sonnenaufgang!«

»Du bist am Meer?«

»Ja«, bestätigte ich und blinzelte in die Sonne, ging während des Telefonierens über den Sand zu meinen Schuhen, streifte sie über und schlenderte zur Promenade, um dort fürs Frühstück einzukaufen.

Die Bars hatten die schweren Rollläden mittlerweile hochgezogen, die Kellner hinter dem Tresen bereiteten die ersten Cafés au Lait für ein paar frühe Gäste zu. Der Strand hingegen war noch menschenleer, nur die Reste einiger nächtlicher Feuer waren zu sehen. Nicht mehr lange allerdings und es würde brechend voll sein.

»Alles in Ordnung in La Carraia?«

»Könnte nicht besser sein. Ich werde heute Marmelade einkochen und mich um das Basilikum im Gemüsegarten kümmern, das dieses Jahr nicht so recht will. Ansonsten nichts Neues, alles wie immer. Zu Ferragosto waren die Chormitglieder hier, und wir haben zusammen gefeiert. Maria Giovanna hat ein Tiramisu mitgebracht, in der sich jede Menge Eierschalen befanden.«

Ich lachte. »Das nächste Mal sollte sie lieber einen Salat mitbringen.«

»Stimmt, außerdem hatten wir sowieso noch ein Dessert von unserem Stern am Konditorhimmel«, fügte sie mit hörbarem Stolz hinzu. »Übrigens soll Hani nächstes Jahr auf eine Konditorschule gehen, sein Onkel hat offenbar große Pläne mit ihm, redet bereits von einer Anstellung in einem Nobelrestaurant in Österreich. Ein Traum, den Hani mit Sicherheit verdient.«

»Enea hat mir davon erzählt. Wirklich toll für ihn. Und wie geht es meinem Weinstock?«

»Da kannst du ganz beruhigt sein, er hat geblüht und beginnt kräftige Trauben zu tragen.«

»Schön, das freut mich«, erwiderte ich ein wenig lahm, ich war in diesem Moment traurig, weil ich das nicht mitbekam.

»Enea vermisst dich, er spricht ständig von dir. Und noch immer davon, dass er am Tag deiner Abreise nicht pünktlich da war, um dich gebührend zu verabschieden. Nach zwei Monaten!«

Unwillkürlich musste ich lachen. »Ich weiß, bei mir entschuldigt er sich ebenfalls nach wie vor.«

»Ich glaube, er wollte dir etwas schrecklich Wichtiges sagen und war deshalb so enttäuscht, dass er dich verpasst hat.«

Mein Herz machte einen Satz. Wollte er mich an jenem Tag im Juni vielleicht um meine Hand bitten? Der Gedanke traf mich wie ein Blitz. Ich liebte ihn, aber war ich schon bereit, ihn zu heiraten?

Ich räusperte mich. »Hast du irgendeine Idee, um was es gegangen sein könnte?«

»Ich glaube, um den Weinstock und irgendein Foto. Genaues weiß ich nicht.«

»Oh«, sagte ich enttäuscht, typisch für meine nach wie vor ambivalente Einstellung zu einer neuen festen Bindung. Mal fand ich es großartig, mal hatte ich Angst davor.

»Nun ja, er wird es mir sagen, wenn ich wieder da bin – dauert ja nicht mehr lange.«

Unwillkürlich tastete ich bei diesen Worten nach der Kette um meinen Hals, es war mir zur Gewohnheit geworden, damit zu spielen, wenn mich irgendetwas beschäftigte. Vergeblich. Sie war fort. Und mit ihr die beiden Eheringe, denn im Urlaub hatte ich meinen vom Finger genommen und ihn ebenfalls an die Kette gehängt.

»Ich ruf dich wieder an, ich muss los«, verabschiedete ich mich hastig von Mercedes. »Croissants fürs Frühstück kaufen.«

Mein Hals war wie ausgetrocknet, ich sah mich um, lief die Strecke ab, die ich gekommen war, die Promenade, den Strand, den Meeressaum. Nichts. Die Kette blieb verschwunden. Ich hatte sie am Morgen aus dem Schmuckkästchen genommen, während ich auf eine Nachricht von Enea mit nicht jugendfreiem Inhalt geantwortet hatte. Das wusste ich genau, doch an das, was darauf geschah, konnte ich mich nicht erinnern. In meinem Kopf herrschte Leere.

War es inzwischen so weit gekommen, dass ich sogar das vergaß, was noch bis vor wenigen Monaten mein Lebensinhalt gewesen war, fragte ich mich unglücklich und setzte mich in den Sand. Eine Möwe mit einem Fisch im Schnabel flog über mich hinweg.

So war das Leben, unergründlich, ohne den geringsten Respekt für die Vergangenheit. Und trotzdem schön.

Entschlossen steckte ich das Handy in meine Jackentasche. Zeit, zurückzufahren und die Gegenwart zu leben.

22

Ich schaute in den Rückspiegel, Aurora schlief noch.

In der Scheibe konnte ich mich selbst sehen, meine braunen Haare waren durch den ständigen Aufenthalt in der Sonne hell geworden, und ich hatte sie zusammengebunden, wie Enea es mochte. Obwohl es bis zu der Pferdeschwanzfrisur von früher noch nicht reichte.

Nach einer Weile hielt ich an einer Autobahnraststätte an, und Aurora erwachte langsam, reckte und streckte sich gähnend.

»Wann sind wir zu Hause?«

»Bald, mein Schatz.«

»Hoffentlich. Ich vermisse Großmutter, und außerdem habe ich schrecklichen Hunger.«

Nachdem wir uns mit Brioche und einem starken Kaffee beziehungsweise einer warmen Milch mit viel Schaum gestärkt hatten, setzten wir unsere Reise fort. Erst fuhren wir an der französischen, dann an der italienischen Küste entlang, bis wir die Autobahn verließen und in die toskanische Hügellandschaft voller Sonnenblumenfelder und erntereifer Olivenbäume abbogen.

Ich hatte die Fenster heruntergelassen und atmete tief durch.

Kilometer für Kilometer näherte ich mich meinem neuen Leben, das hoffentlich zugleich eine Rückkehr zu Gewohnheiten sein würde, die ich mir in Zeiten der Trauer versagt hatte. Wie etwa das Malen. Mein Block war viel zu lange leer geblieben, erst heute Morgen beim Frühstück hatte ich eine Skizze von Aurora angefangen. Ein Akt der Liebe, den ein Klick des Fotoapparats nicht ersetzen konnte.

Lorenzo hätte mich eine hoffnungslose Romantikerin genannt.

Und das würde ich vielleicht wieder werden, dachte ich.

Dann erreichten wir vertrautes Gebiet. Die Landstraße, die sich in Serpentinen durch die Hügel wand, schließlich den Feldweg, der uns zwischen Zypressen, Olivenbäumen und Weinbergen nach La Carraia brachte.

Zu Hause. Bald konnte ich Enea in die Arme schließen und mit ihm in ein gemeinsames Leben starten. Trotz gelegentlichen Zögerns und gelegentlicher Zweifel – in diesem Moment wollte ich nicht mehr warten, ich wollte das neue Leben sofort.

Dann der Schock.

Als wir das Anwesen erreichten, wunderte ich mich, dass das Tor offen stand und vor dem Haus einige Autos und Lastwagen parkten. An hohen schwarzen Stangen baumelnde Mikrofone vervollständigten meine Verwirrung.

»Was zum Teufel …?« Irgendetwas stimmte hier nicht, was sollte das Chaos? Ich schickte Aurora nach drinnen. »Sei so lieb und schau mal, wo Großmutter ist, ich sehe mich derweil hier draußen um.«

»Okay«, antwortete Aurora und rannte ins Haus.

Währenddessen inspizierte ich den Garten und musste mich beherrschen, um nicht laut aufzuschreien.

Reporter, Kameramänner und Tontechniker belagerten meinen Weinstock, mein Baby, mein Sorgenkind, das keines mehr war, denn der zähe, alte Bursche trug ein üppiges Blätterkleid, aus dem überall vielversprechend Trauben hervorlugten.

Und inmitten des Gewühls stand meine Schwiegermutter in einem himmelblauen Kaftan und hatte ihre wertvolle Perlenkette angelegt, die sie nur bei besonderen Gelegenheiten trug.

Ungläubig schüttelte ich den Kopf, zumal neben ihr, bei der Rose, die über den Weinstock wachte, Enea Aufstellung genommen hatte, den Presseleuten zulächelte und scheinbar schlaue Dinge über den Weinstock von sich gab.

Eine Invasion, ein Überfall – etwas anderes fiel mir nicht ein zu dem Bild, das sich mir da bot.

Oder hatten die beiden etwa das Geheimnis unserer Familie verraten, Anitas Geschichte an die Öffentlichkeit gezerrt?

Ein schrecklicher Gedanke, schließlich beanspruchte ich für mich das Recht, als Anitas Sachwalterin aufzutreten. Ich und kein anderer.

Ich fühlte mich verletzt, übergangen, verraten.

»Verschwinden Sie, und zwar sofort!«, rief ich und stürmte mit geballten Fäusten auf die Gruppe zu.

Dann spürte ich, wie mich jemand am Arm packte und beiseitezog, und sah in Mercedes' gütiges Gesicht.

»Nein, mein Schatz. Es ist nicht so, wie du denkst.«

Doch ich befreite mich aus dem Griff meiner Schwiegermutter, ließ mich nicht besänftigen, wollte meinen Zorn ausleben.

»Ach nein, könntest du mir bitte dann mal erklären, was hier los ist? Wer sind diese ganzen Leute? Wer hat sie eingeladen?«

»Cassandra, reg dich bitte nicht auf«, versuchte mich Mercedes zu beruhigen, aber ich wollte nichts hören.

Weder Erklärungen noch Entschuldigungen. Ich war übergangen worden, und das machte mich stinksauer.

Inzwischen hatte Enea mich entdeckt und machte die Reporter auf mich aufmerksam.

»Das ist Cassandra Carrai, die Juniorchefin des Weinguts, ihr gehört dieser spezielle Weinstock, der einer der ältesten in der Gegend ist und den zu retten sie sich zur Aufgabe gemacht hat. Und gemeinsam mit ihrer Schwiegermutter hat sie überdies entschlossen die Leitung des Weinguts übernommen, nachdem ihr Ehemann vor zwei Jahren schwer erkrankte und starb. Vielleicht sagt sie

Ihnen selbst etwas über diesen ungewöhnlichen Rebstock«, schloss er und hielt mir das Mikro hin.

Überrascht sah ich Enea an, der mich strahlend anlächelte, als hätte er soeben eine Großtat vollbracht, und konzentrierte mich auf die schwarze Kugel direkt vor meiner Nase.

»Es ist eine sehr persönliche Geschichte, die mich mit diesem alten Weinstock verbindet. Mein verstorbener Mann und ich haben uns in seinem Schatten das Eheversprechen gegeben. Dieser Ort war für mich immer etwas Besonderes, etwas Privates, doch jetzt ...« Meine Stimme brach, in meinen Augen standen Tränen der Wut, Enea wurde blass. »Jetzt sehe ich nur Respektlosigkeit gegenüber meiner Privatsphäre und den Bruch eines gegebenen Versprechens.«

Ich schob das Mikro zur Seite und lief hinüber zum ehemaligen Gesindehaus, verbarrikadierte mich in meinem Atelier und sank dort auf den farbverkrusteten Boden.

Alles schien mit einem Mal zerstört und wie ausgelöscht. Meine Vorsätze, meine Pläne, meine Hoffnungen auf ein neues Leben. Ein Leben mit Enea. Vorbei.

Von Kummer übermannt, brach ich in Tränen aus.

»Cassandra.«

»Verschwinde.«

Enea kam näher, aber als er meine Schultern berührte, sprang ich auf und schüttelte ihn ab.

»Was hast du getan?«, schrie ich ihm voll kalter Wut entgegen.

»Eigentlich wollte ich es dir vor deiner Abfahrt nach Frankreich sagen, bloß kam ich zu spät, und am Telefon lässt sich so etwas schlecht besprechen.«

»Ach ja«, stieß ich bitter hervor und bohrte meinen Zeigefinger in seinen Brustkorb. »Oder hast du gehofft, du könntest deine Show mit meinem Weinstock schnell noch vor meiner Rückkehr abziehen? Zu dumm, dass ich früher als erwartet aufgekreuzt bin. Ich wollte dich überraschen – jetzt wurde ich überrascht.«

In seinem Blick lagen Mitgefühl und Verständnis, doch seine Ruhe brachte mich noch mehr auf die Palme.

»Dieser Weinstock, den du einzig und allein persönlich für dich reklamierst, ist bedeutsamer, als du denkst. Er ist ein Kulturerbe, das der ganzen Menschheit gehört – das behaupte ich nicht einfach, das hat die Universität Göttingen bestätigt.«

Er zog eine Fotokopie aus der Tasche, ein offizielles Dokument, wie das Siegel der Universität auf dem Briefbogen vermuten ließ.

»Und was steht da?«, fragte ich knapp, denn das Schreiben war auf Deutsch abgefasst, und davon verstand ich kein Wort. »Und zum letzten Mal: Warum sind diese ganzen Presseleute hier?«

»Setz dich erst mal«, sagte Enea und rückte zwei Stühle zurecht. »Als ich den Weinstock das erste Mal gesehen habe, wusste ich sofort, dass er etwas ganz Besonderes ist. So einen hatte ich noch nie gesehen. Deshalb schickte ich einige von den Proben, die ich damals wegen der Parasiten genommen habe, an das International Tree Ring Laboratory der Uni Göttingen, damit sie das Alter bestimmten. Dieses Institut ist eines der wenigen weltweit, die das können. Ich hatte den Eindruck, etwas Wichtiges entdeckt zu haben, und wollte mir das bestätigen lassen. Wie du siehst, hat es Monate gedauert, bis das Labor zu einem Ergebnis kam. Genau am Tag deiner Abfahrt traf die Antwort ein. Aber da ich dir das unbedingt persönlich zeigen wollte, habe ich es dir nicht nach Frankreich berichtet.«

»Und dann hast du quasi zu meiner Begrüßung den ganzen Rummel inszeniert?«

»Mal langsam, eins nach dem anderen. Nicht wirklich. Zuerst einmal habe ich den Brief geöffnet und das, was ich dort gelesen habe, hat mich umgehauen. Euer Weinstock ist vermutlich der älteste existierende Weinstock überhaupt, zumindest weiß man von keinem älteren. Weltweit, verstehst du? Und wir reden hier von mehr als vierhundert Jahren, ist das nicht unglaublich, völlig verrückt?«

Es hielt ihn nicht mehr auf seinem Platz, wie elektrisiert sprang er auf, fuhr sich mit den Fingern durchs Haar und lief im Zimmer auf und ab.

»Und deshalb hast du diese Meute hierhergebeten? Was, wenn diese Zeitungsfritzen sich nicht damit begnügen, über diesen seltenen Weinstock zu berichten, sondern außerdem in unserem Privatleben zu wühlen beginnen? Und dann womöglich herausfinden, dass ich in letzter Zeit überall nach einer toten Großtante, einem deutschen Soldaten und einem verschwundenen Kind gefragt habe? Ich will zwar die Wahrheit wissen, doch schmutzige Wäsche waschen … nein danke«, ereiferte ich mich. »Hast du an diese Konsequenzen nicht gedacht, weil du dir einen Namen als künftiger Weinbauer machen willst? Da können Zeitungen und Fernsehen natürlich wertvolle Starthilfe leisten«, fügte ich mit unverhohlenem Zynismus hinzu.

Meine Stimme brach, ich konnte nicht weitersprechen und begann zu schluchzen, war außer mir.

Enea jedenfalls war bestürzt und kniete sich vor mich hin.

»Nein, nichts davon ist wahr, Cassandra, das schwöre ich dir«, beschwor er mich. »Nie habe ich daran gedacht, mir selbst einen Vorteil zu verschaffen. Das mit der Presse entwickelte eine Eigendynamik. Zuerst erschienen ein paar wissenschaftliche Artikel, darauf hatte ich keinen Einfluss, dann kamen Anfragen von populären Natur- und Wissenschaftsmagazinen. Na ja, da habe ich irgendwann nachgegeben, und so ergab eins das andere. Allerdings, das muss ich zugeben, habe ich ein wenig gehofft, dass Anitas Soldat, dieser Hendrik, vielleicht durch Presseberichte über den Weinstock auf den Namen Carrai stößt und seinerseits Nachforschungen anstellt. Immerhin könnte es ja sein, dass er und Anita damals oft dort gesessen haben, sonst hätte sie die Dose kaum an dieser Stelle vergraben. Ich dachte, vielleicht meldet er sich, nimmt Kontakt auf ...«

»Er ist tot!«, schrie ich. »Tot, genau wie Anita. Meine Mutter hat über einen Bekannten in Deutschland Nachforschungen nach Hendrik Lang anstellen lassen.«

Aufgewühlt tastete ich nach der Kette mit den Eheringen, ohne daran zu denken, dass ich sie irgendwo in Frankreich verloren hatte. So logisch seine Erklärungen sein mochten – in meinen Augen hatte er einfach nicht das Recht, mit meinem Schützling an die Öffentlichkeit zu gehen.

Dieser Weinstock symbolisierte für mich alles, was mir wichtig war, und das wollte ich mit niemandem teilen, hatte es nie gewollt, weshalb ich Enea ursprünglich sogar von der dahinkümmernden Pflanze ganz hatte fernhalten wollen. Irgendwie hatte ich das Gefühl, dass er alles kaputtgemacht hatte und ich ihm nie wieder vertrauen konnte.

Er nahm mein Gesicht zwischen seine Hände. »Schau mich an, Cassandra. Schau mich an und sag mir, was du siehst. Nur damit du es weißt: ich habe nie etwas tun wollen, das dich verletzt oder kränkt oder einen Einbruch in deine Privatsphäre darstellt. Wenn du es so empfunden hast, tut es mir leid. Ja, ich habe vereinzelt Meldungen an die Medien gegeben und mich schließlich darauf eingelassen, ohne deine Zustimmung einen Fototermin anzusetzen. Insofern verstehe ich, dass du dich überfahren fühlst.« Zerknirscht schaute er mich an. »Aber wirf mir bitte nicht vor, dass ich dich hintergangen und verraten hätte. Damit tust du mir unrecht. Cassandra, ich glaube an uns, mehr als du dir vorstellen kannst. Sieh mich an und sag mir, ob du einen Lügner vor dir hast oder einen Mann, der dich liebt. Vielleicht mache ich nicht immer alles richtig, das mag sein, doch ich würde mein Leben für dich geben.«

»Ich weiß es nicht, Enea, ich weiß gar nichts mehr. Versetz dich mal in meine Situation: Ich komme früher aus Frankreich zurück, um dich zu überraschen, um dir zu sagen, dass ich mit dir neu anfangen will, und dann das hier. Ich betrachte diese Veranstaltung durchaus als Verletzung meiner Privatsphäre, weil ich so etwas nie gewollt habe und folglich nie organisiert hätte. Verstehst du das nicht? Und wie soll ich glauben, dass du das alles allein für mich getan hast, wenn ich in mir nichts als Enttäuschung spüre?« Meine Stimme zitterte. »Ich kann dir nicht einmal annähernd beschreiben, wie ich mich fühle.«

Als er mich in den Arm nahm, versteifte ich mich, wehrte mich gegen ihn, aber ich wurde versöhnlicher, als er meinen Namen flüsterte.

»Cassandra, glaub mir, es ist nicht so, wie du denkst. Ich möchte nichts anderes, als dass du glücklich bist, es gibt nichts Wichtigeres für mich. Und nebenbei habe ich wirklich gehofft, dass ein Bericht über den Weinstock der Carrais zufällig diesem Hendrik unter die Augen käme und dir bei deinen Recherchen weiterhelfen würde. Ich bitte dich, glaub mir.«

Sanft strich er mir über das Gesicht, und als ich ihm erneut in die Augen sah, wusste ich, dass er die Wahrheit sagte. Er wollte mich nicht verletzen, sondern mir helfen, meine Familiengeschichte zu erhellen und damit zugleich ein Stück von mir zu finden.

»Ich glaube dir«, murmelte ich leise und streichelte ihm mit den Fingerspitzen über das Gesicht. »Mach das trotzdem nie mehr«, fügte ich hinzu, während er mir die letzten Tränen von der Wange küsste.

23

In den ersten Herbstwochen herrschte in den Weinbergen rund um Montelupo wie jedes Jahr eine rege Betriebsamkeit, ein ständiges Kommen und Gehen von Erntehelfern aus der ganzen Region. Arbeiter schleppten mit krummem Rücken Körbe voller Trauben die Hänge hinunter, auf den Wegen roch es nach Holzkohle, weil mittags auf Feuern Würste und Fleisch gegrillt wurden, dazu lieferten die Bäcker der Umgebung jeden Tag Dutzende mit Trauben belegte Fladenbrote.

Die Zeit der Weinlese.

Auch andere Früchte reiften jetzt heran, und fast täglich ernteten wir Feigen, Quitten, Birnen, Aprikosen und späte Apfelsorten. Das meiste verarbeitete Mercedes unermüdlich zu Marmelade, manches lagerten wir ein, anderes verzehrten wir sofort. Und mit einem Teil der Feigen belegten wir den Teig für die Foccacia, die wir fast jeden Morgen frisch in den Ofen schoben.

So verging die Zeit. Und da die Tage kürzer und kühler wurden, zogen wir uns zunehmend früher ins Haus zurück und saßen in dicken Pullovern nach getaner Arbeit vor dem brennenden Kamin. Einschließlich Enea.

Zu meiner Erleichterung war Mercedes glücklich über meine neue Beziehung, dabei hatte ich am Anfang ihretwegen große Bedenken gehabt.

»Ihr drei seid eine schöne Familie«, sagte sie eines Abends, während ich mit ihr in der Küche den Abwasch machte, wobei ich dennoch einen leisen Hauch von Wehmut in ihren Worten mitschwingen hörte.

Sicher dachte sie an ihren Sohn, der eigentlich jetzt gerade mit Aurora spielend vor dem Kamin sitzen sollte.

Ich legte das Handtuch beiseite und schaute zu den beiden hinüber, die voller Leidenschaft puzzelten.

»Wer weiß, vielleicht sind wir das eines Tages tatsächlich«, erwiderte ich zögernd. »Aber das wird niemals etwas an der Liebe ändern, die mich mit Lorenzo verbindet. Und mit dir. Du gönnst mir immerhin dieses neue Leben, obwohl ...«

»Psst.« Mercedes legte mir einen zitternden Finger auf die Lippen. »Aurora und du, ihr seid meine Familie. Und Enea ebenfalls«, fügte sie hinzu, und damit war alles gesagt.

Ich nickte und musste unwillkürlich an meine biologische Familie denken, die Innocentis und ihr dunkles Geheimnis.

Seit Monaten hatte ich nicht mehr nachgeforscht, immer war alles Mögliche wichtiger gewesen. Erst die Kommunion, dann der Urlaub, jetzt die Weinlese und das bevorstehende Weinfest. Dann die wachsende Bekanntheit unseres Methusalems aller Weinstöcke. Ständig kamen

Fachleute und Neugierige vorbei, als stünde eine Touristenattraktion in unserem Garten. Und irgendwie war mir zudem die Lust nach all den vergeblichen Recherchen vergangen.

Wusste ich nicht im Grunde das Wichtigste?

Sollte es mir nicht reichen, dass ich in dem Weinstock und der Rose sinnfällige Symbole meiner engen inneren Verbindung zu dieser Verwandten besaß, die aus der Vergangenheit in mein Leben gekommen war und, so sah ich das, mir aus dem Totenreich ihre Geschichte anvertraut hatte?

Hatte ich nicht, indem ich die beiden Pflanzen vor dem Absterben bewahrte, ihrer großen, tragischen Liebe ein bleibendes Denkmal gesetzt?

Dann jedoch geschah Unerwartetes.

Eines Abends, als ich Mercedes gerade beim Aufräumen der Küche half und Enea im offenen Kaminfeuer Kastanien röstete, klopfte es an der Haustür.

»Ich gehe«, sagte ich und hatte plötzlich eine böse Vorahnung.

Zurecht.

Draußen stand meine Großmutter, ihr Kopftuch ebenso tropfnass wie die Haare darunter, die Augen rot vom Weinen.

»Er ist tot.«

»Wer?«

Anna, ohnehin eine kleine Person, sackte förmlich zusammen und begann haltlos zu schluchzen.

»Adelchi ist gestorben, mein Adelchi ist tot.«

Ich brachte sie ins Wohnzimmer zu Mercedes, während ich ins Arbeitszimmer ging und meine Mutter anrief. Der Anrufbeantworter sprang an. Also versuchte ich es auf ihrem Handy und hoffte mit jedem Klingeln, dass sie das Gespräch nicht annehmen würde, denn ich scheute mich davor. Aber sie reagierte völlig unbeteiligt auf die Nachricht, emotionslos. Ihre Stimme klang wie immer, als hätte ich ihr etwas völlig Belangloses erzählt.

»Ich kümmere mich um die Beerdigung, Großmutter kann das nicht, allerdings wäre ich dir dankbar, wenn du den ersten Flug …«

»Vergiss es«, unterbrach sie mich. »Ich packe gerade meine Sachen für eine Reise nach Indien. Ein Straßenkinderprojekt. Den Ärmsten fehlt es an allem, insbesondere an Wasser und ärztlicher Versorgung. Und sie sind ja so dankbar.«

»Trotzdem …«

»Adelchi war mir nie dankbar für irgendetwas, hatte niemals ein Lächeln für mich, obwohl er mein Vater war.« Ihre Stimme wurde lauter, härter. »Stattdessen hat er mich aus dem Haus geworfen und verflucht. Warum sollte ich da zurückkommen? Mir käme es sogar scheinheilig vor, zu seiner Beerdigung zu erscheinen. Und nichts ist mir mehr zuwider als falsches Getue. Ich habe diesen Mann zu seinen Lebzeiten gehasst und werde jetzt keine Blumen auf seinen Sarg legen. Es tut mir nur leid, dass du dich jetzt um alles kümmern musst, dabei hast du ebenfalls keinen Grund dafür. Eigentlich sollte Anna das wissen. Es ist eine Zumutung, dass sie dich damit behelligt. Schick sie zum Teufel.«

Spontan fand ich die Reaktion meiner Mutter verstörend, doch aus ihrer Sicht hatte sie recht. Wie sollte sie etwas für eine Familie empfinden, die sie verstoßen hatte? Sie hatte genauso wenig liebende Eltern gekannt wie ihre armen indischen Straßenkinder.

Ich verstand sie, aber ich war nicht in der Lage, so zu handeln wie sie. Vielleicht weil ich im Gegensatz zu ihr harmoniebedürftig war, immer nach der Liebe meiner Großeltern gesucht hatte und jetzt auf die Chance hoffte, wenigstens zu meiner Großmutter noch eine echte Beziehung aufzubauen.

Für einen Mann, der mich wie Abschaum behandelt hatte, eine würdige Beerdigung auszurichten, fiel aber selbst mir nicht gerade leicht.

Enea brachte Anna und mich nach Montelupo und blieb bei uns. Während wir auf den Arzt und den Bestatter warteten, wusch und rasierte meine Großmutter ihren toten Mann, kleidete ihn an und schob ihm die Flagge der Garibaldi-Partisanen zwischen die Hände. Nachdem der Arzt den Totenschein ausgestellt hatte und mit dem Bestatter die Beerdigung festgelegt worden war, rief ich Don Anselmo wegen der Totenmesse an, aber der Priester lehnte ab. Adelchi habe oft genug wiederholt, dass er auf keinen Fall nach seinem Tod von einem Geistlichen verabschiedet werden wolle. Er sei Atheist, wie es seine politische Haltung verlange.

Nun gut, sollte sich das Beerdigungsinstitut um alles kümmern.

Inzwischen war Adelchi im Wohnzimmer aufgebahrt, zwei Kerzen rechts und links und ein Blumengesteck zu seinen Füßen. Es wurde kalt in der Wohnung, da die Tür nach draußen offen stand und alle Heizungen abgedreht worden waren. Und so machte ich mich daran, wärmende Getränke für die wenigen Gefährten bereitzuhalten, die meinem Großvater die letzte Ehre erweisen wollten.

Niemand kam an diesem Abend, obwohl Enea im Circolo Garibaldi Bescheid gesagt hatte, und ich fragte mich schon, ob mein Großvater selbst seine alten Freunde aus dem Widerstand vor den Kopf gestoßen hatte. Und so verbrachten wir eine kalte, einsame Nacht mit einem Leichnam und einer untröstlichen Witwe.

Am späten Vormittag des nächsten Tages erschien Mercedes mit einem Mittagessen und blieb bis zum Abend, damit Enea sich für ein paar Stunden um andere Dinge kümmern konnte. Unter anderem um meine Tochter.

»Wie geht es Aurora?«, fragte ich ihn, als er zurückkam.

»Sie war bei Giulia, um Hausaufgaben zu machen, und als ich sie abgeholt habe, war sie todmüde. Mit Müh und Not habe ich sie zu einem Bad und einer warmen

Milch überredet«, erzählte er, während er frisch gebackenes Brot aufschnitt. »Und jetzt schläft sie wie ein Stein.«

Er stellte einen Teller Suppe vor mich, den ich kaum anrührte.

»Danke, ich habe keinen Hunger«, lehnte ich ab und gähnte. »Der Tag war lang, und morgen wird es bestimmt nicht besser, wenn die Beerdigung ansteht. Das alles ist einfach grausig.« Ich nickte zum Wohnzimmer, wo meine Großmutter reglos vor dem aufgebahrten Leichnam saß. »Sie hat sich seit heute Morgen nicht dort wegbewegt, sie weint und trauert um einen Mann, der ihr nicht mal treu war. Der sie jahrelang tyrannisiert hat, ihr den Kontakt zu ihrer Tochter verboten hat, zu ihrer Enkelin und Urenkelin. Warum weint man um einen solchen Mann?«

»Ich weiß es nicht, ganz offensichtlich scheint das, was sie verband, stärker gewesen zu sein als alles, was sie getrennt hat«, antwortete Enea und musterte die weinende Anna. »Oder es war eine kranke Beziehung, ein reines Abhängigkeitsverhältnis, in dem sie sich unterwarf.«

»Alles möglich. Wie auch immer: Je länger ich sie anschaue, desto besser verstehe ich, dass meine Mutter nicht zur Beerdigung kommt.«

Genau in diesem Moment brach meine Großmutter neben dem Sarg zusammen.

Sofort eilte ich zu ihr, hob ihren Kopf, klopfte ihr auf die Wangen und rief laut ihren Namen. Enea löste derweil etwas Zucker in einem Glas Wasser auf. Zu unserem Glück schaute soeben die Nachbarin vorbei, die gleich resolut zupackte.

»Ich bin Krankenschwester, ich mache das schon«, erklärte sie und lagerte erst mal Annas Beine hoch.

Langsam kam die Ohnmächtige wieder zu sich. Wir tupften ihr den Schweiß von Stirn und Hals, flößten ihr das Zuckerwasser ein und waren erleichtert, als ihr Gesicht etwas Farbe bekam.

»Wie fühlst du dich?«, fragte ich.

»Besser. Mir geht es gut, danke«, antwortete sie leicht verwirrt, lächelte ihrer Nachbarin zu und streckte ihr die Hand entgegen.

»Komm mit zu mir nach nebenan«, schlug die Frau vor. »Da kannst du dich hinlegen und dich ein bisschen ausruhen…«

»Aber ich…«

»Nichts aber«, unterbrach sie die Nachbarin und führte Anna umstandslos aus dem Wohnzimmer. »Ich mache ihr eine heiße Milch, dann wird sie hoffentlich ein paar Stunden schlafen. Seit dem Tod ihres Mannes hat sie bestimmt kein Auge zugetan und nichts gegessen. Ich kümmere mich um sie.«

Meine Großmutter, die in ihrem schwarzen Kleid bislang teilnahmslos auf der Schwelle gestanden hatte, wandte mir ihren Kopf zu.

»Bleibst du bei ihm?«, fragte sie und zeigte auf Adelchi.

»Ja.«

»Gut, dann gehen wir.«

Sobald sie verschwunden waren, schloss ich die Tür, damit wir nicht vollends erfroren, und legte Enea eine Hand auf die Schulter.

»Jetzt sind wir allein – na ja, mit ihm natürlich«, sagte ich und schaute hinüber zu Adelchi, dessen Gesicht zu einer Grimasse verzerrt war.

Nicht einmal der Tod, der die Züge eines Verstorbenen oft friedlicher und sanfter macht, hatte bei Adelchi dieses Wunder zu bewirken vermocht.

Enea inspizierte das Bücherregal im Wohnzimmer.

»Sind einige interessante Titel dabei«, erklärte er grinsend.

»Wirklich?«

»Klar doch. Ein Gebetbuch, die Mao-Bibel, dazu ein Fischkochbuch«, scherzte er und wurde sogleich wieder ernst. »Aber schau mal, was ich soeben entdeckt habe. Eine Bibel. Dass er die aufgehoben hat«, wunderte er sich und zog sie heraus.

Im Gegensatz zu Enea fühlte ich mich in diesem Raum mit dem unheimlichen Leichnam denkbar unwohl und wollte nichts wie weg.

»Wenn es dir recht ist, gehe ich mal aufräumen und stelle das Kaffeegeschirr raus. Vielleicht kommen morgen ja doch ein paar Leute, um seinen Sarg zum Friedhof zu begleiten.«

Froh, dem Aufbahrungsraum entkommen zu sein, putzte ich den Herd, wischte den Boden, deckte den

Tisch mit Tassen und Gläsern und legte die Kekse, die Mercedes mitgebracht hatte, in eine Schale. Warum musste man eigentlich immer etwas essen, wenn jemand gestorben war? Ich jedenfalls hatte nach Lorenzos Tod monatelang kaum einen Bissen heruntergebracht.

Während ich noch eifrig herumwerkelte, hörte ich Eneas aufgeregte Stimme: »Cassandra, ich habe etwas Interessantes gefunden.«

»Was denn? Ein Gebet, das du noch nicht kennst?«

»Nein, etwas, von dem ich mir eine vielleicht sensationelle Entdeckung erwarte«, antwortete er und kam in die Küche, in der Hand ein paar vergilbte, in der Mitte gefaltete Blätter.

»Was ist das?«

»Schau selbst. Das sieht aus, als hätte man die Seiten irgendwo herausgerissen«, spannte er mich auf die Folter. »Na, macht es nicht langsam klick?«

In diesem Moment dämmerte mir, mit was wir es hier zu tun hatten. »Sind das etwa ...«

»Genau, die fehlenden Seiten aus dem Tagebuch von Don Bernardino«, vervollständigte Enea den Satz und rückte den Stuhl zurück.

... Anita brachte an diesem Morgen ein gesundes Mädchen zur Welt, ein Wunder Gottes, das Symbol eines möglichen Friedens, Zeichen der Verbundenheit mit einem Volk, das uns dominiert, tyrannisiert und verfolgt hat. Der Beweis dafür, dass der Hass nicht gewinnen

kann, dass der Mensch dazu geschaffen ist, seinen Nächsten zu lieben, auch wenn er als Feind gilt. Das Baby war ein bezauberndes Wesen, schön wie seine Eltern, die ich selbst getraut hatte. Aber Adelchi hat Anita mit seinen eigenen Händen umgebracht, der arme Turati hat alles gesehen, doch im Ort wollte ihm niemand glauben. Anna hingegen hat sich mir bereits vor langer Zeit anvertraut, diese Last konnte sie nicht alleine tragen. Adelchi tötete seine Schwester, weil sie einen Deutschen liebte, sich ihm hingab und von ihm schwanger wurde. Wie kann ein Geschöpf Gottes unser Feind sein, wenn seine Gefühle rein sind? Wann werden die Menschen aufhören, sich zu hassen, und die Kinder wieder lachen können?

... zum Glück ging es der Kleinen gut. Adelchi hätte sie ebenfalls umgebracht, gottlob konnte Anna ihn davon abhalten. Er hätte dieses Geschenk Gottes ohne Reue getötet, er, der Gott seit Langem verleugnete – und sich den Fantastereien aus Moskau angeschlossen hatte. Seine Frau zum Glück nicht. In diesem Fall hat sie sich als Einzige gegen ihn durchgesetzt und ihn gezwungen, das Mädchen als eigene Tochter aufzuziehen. Und so geschah es, sie wurde als Carmen Innocenti und als Tochter von Adelchi und Anna getauft. Aber ich weiß Bescheid, und jetzt, da ich alt bin und diese Zeilen schreibe, hoffe ich, dass die Wahrheit eines Tages ans Licht kommt und mein Tagebuch dazu beitragen kann. Carmen ist nicht die Tochter von Anna und Adelchi.

Sie entstammt einer anderen Liebe, wurde verdammt dazu, Waise zu sein. Denn ihre Adoptiveltern empfinden keine Liebe für sie. Kann ein so kaltes Herz wie das von Adelchi überhaupt die Tochter eines Todfeinds lieben? Welche Absolution soll ich erteilen, welche Gebete empfehlen? Anna kommt jeden Tag und bittet um Vergebung für das Verbrechen ihres Mannes.

Ich atmete tief durch, als ich die letzte Zeile las, vermochte es nicht zu fassen.

Die Lüge war enttarnt, das düstere Geheimnis enthüllt, das die Geschichte meiner ganzen Familie verfälscht und belastet hatte. Jetzt kannte ich die Wahrheit, und sie sah so völlig anders aus als erwartet.

Das Mädchen war nicht tot, es lebte, war meine Mutter. Anita hingegen, meine Großmutter, war wirklich tot. Allerdings nicht bei der Geburt gestorben, sondern von ihrem eigenen Bruder umgebracht – dem Mann, an dessen Leiche ich heute Nacht wachen sollte.

Schmerz und Erstarrung wichen langsam unendlicher Wut. Ich stand da, die Arme auf den Tisch gestützt, und starrte ins Leere.

»Cassandra, willst du reden?«

Enea suchte besorgt meinen Blick, doch ich hatte keine Worte, um ihn zu beruhigen.

Aus dem Nebenhaus drang das Klappern von Geschirr herüber, und man konnte Stimmen hören. Anna und die Nachbarin waren noch wach.

»Ich muss gehen«, sagte ich leise und erhob mich, musste weg von diesem Ort voller Schrecken. Tränen strömten mir übers Gesicht.

Enea nahm mich sanft in den Arm. »Gib mir fünf Minuten, dann bringe ich dich nach Hause. Ich sage der Nachbarin Bescheid, okay?«

»Nein, ich muss sofort weg«, blieb ich hartnäckig. »Ich will auch Anna nicht mehr sehen. Nur weg, weg von hier.«

Ich unterdrückte ein Schluchzen und wandte mich zu Enea um, der mir wie ein Schatten folgte und mich schließlich umarmte. Ich hatte die Wahrheit wissen wollen, doch jetzt konnte ich sie nicht ertragen. Am liebsten hätte ich die Augen geöffnet, um festzustellen, dass alles wäre wie früher und ich nie diese Seiten aus Don Bernardinos Tagebuch gelesen hätte.

»Enea, bitte, bring mich weg von hier«, flehte ich ihn an. »Ich kann Adelchi nicht mehr anschauen. Allein von dem Gedanken, dass er dort liegt, wird mir übel.«

»Gut, ich hole das Auto, es steht ein Stück weit weg, aber ich beeile mich«, versprach er und stürmte davon.

Kurz darauf tauchte Anna auf, leichenblass, mit Tränen in den Augen, und streckte die Arme nach mir aus.

»Ich weiß, ich weiß«, flüsterte sie, »und trotz allem hatte er dich irgendwie gern.«

Ungläubig starrte ich sie an und wich zurück. Wie konnte sie so etwas sagen nach allem, was dieser Mann getan hatte?

Erneut kochte Wut in mir hoch.

»Warum verteidigst du diesen Mann, wo du ganz genau weißt, was er getan hat? Damit bist du genauso ein Monster wie er«, bezichtigte ich sie und stach ihr mit dem Zeigefinger in die Brust.

Anna wirkte verwirrt. »Was redest du denn da?«

»Du weißt genau, wovon ich rede«, schleuderte ich ihr entgegen und wedelte mit den herausgerissenen Seiten aus Don Bernardinos Tagebuch vor ihrer Nase herum. »Sagt dir das nichts?«

Sie schlug die Hände vor den Mund. »Ich kann dir alles erklären, mein Schatz.«

»Nein, das kannst du nicht. Und wage es nicht, mich noch einmal so zu nennen«, fuhr ich sie zornbebend an und hätte am liebsten das Geschirr vom Tisch gegen die Wand geworfen.

»Wir haben einen Fehler gemacht, ich weiß«, stammelte sie und sank mit dem Rücken gegen den Türrahmen, senkte den Blick.

»Einen Fehler nennst du das? Ein Verbrechen war das, ein kaltblütiger Mord. Und du hast den Mörder gedeckt, all die Jahre«, schrie ich und deutete auf Adelchi. »Ihr habt meine Großmutter getötet. Und meine Mutter habt ihr um eine glückliche Kindheit gebracht, ihr stattdessen das Leben zur Hölle gemacht. Sie hat sich immer als Eindringling gefühlt. Und das nennst du einen Fehler?«

»Cassandra, bitte …«

»Nein! Nein, ich will mich nicht beruhigen, ich werde die Wahrheit herausschreien, bis alle wissen, was für einen Kriminellen sie all die Jahre als Helden verehrt haben.«

Ich schrie meine Empörung, meinen Schmerz heraus. Alle sollten es hören. Es war Zeit für die Wahrheit.

»Bitte, Kind«, setzte Anna erneut an, doch ich schnitt ihr das Wort ab.

»Alle sollen wissen, dass der große Adelchi Innocenti, der Held des Widerstands, nicht besser war als die Nazis, gegen die er gekämpft hat. Alle sollen wissen, dass er seine Schwester ermordet hat, weil sie einen Deutschen liebte. Auch das war nicht besser als bei den Nazis, die zwischen gutem und schlechtem Blut unterschieden, zwischen wertvollem und unwertem Leben. Er gab vor, ein Partisan zu sein, das stimmt, und trotzdem war er genauso brutal und gewissenlos wie seine Feinde. Er war wie sie, ohne einen Funken Ehre im Leib, denn ein Mann, der seine eigene Schwester tötet, weil sie einen Deutschen geheiratet hat, ist eine Schande für jeden ehrenhaften Menschen, der für die Freiheit seines Landes, seines Volkes gekämpft hat.« Mein Blick bohrte sich in Annas. »Und du bist ebenfalls nicht wirklich besser, trotz deiner ständigen Bitten in der Kirche um Vergebung. Du hast ihn schließlich die ganze Zeit gedeckt, deine Rolle als gottesfürchtige Ehefrau gespielt und vor allem zugelassen, wie schlecht er Anitas Tochter behandelte.« Meine wütende Stimme wurde von einem

Schluchzen erstickt. »Und wenn ich daran denke, dass du mir sogar leidgetan hast, weil du mit so einem Mann leben musstest ...«

»Was redest du da, Adelchi war weder ein Monster noch ein Verräter.«

»Bist du dir da so sicher?« Ich verschränkte die Arme vor der Brust. »Willst du nicht vielleicht Nives fragen, wessen Tochter Anita bei den Barmherzigen Schwestern abgegeben hat?« Ich ging drohend auf Anna zu, die jetzt schwieg und sich ihr Taschentuch an die Lippen presste. »Du hast es gewusst. Du hast es gewusst und nichts gesagt. Du hast gewusst, was Adelchi für ein Mensch war, und hast einmal mehr weggeschaut.« Endlich war die Wahrheit heraus. »Sag mir, welche Frau dazu fähig ist.«

»Eine Frau, die liebt.«

»Erspar mir das.«

»Alles, was ich getan habe, geschah aus Liebe. Ich wusste von Anita und dem Deutschen, ich wusste von der Schwangerschaft und habe meinem Mann nichts gesagt, aber als wir nach Kriegsende aus Udine zurückkamen, hat Adelchi alles entdeckt ... Und als das dann mit Anita passierte, dachte ich, die Kleine sollte wenigstens in einer Familie aufwachsen ...«

»Von welcher Familie sprichst du? Von der, die sie zur Waise gemacht hat vielleicht?«

»Cassandra, ich weiß, das ist schwer zu verstehen ... versuch es bitte wenigstens.«

»Du willst, dass ich dich verstehe und alles entschuldige. Nichts werde ich entschuldigen. Und ich sage dir eines: Meine Mutter wäre bei den Barmherzigen Schwestern wesentlich besser aufgehoben gewesen und liebevoller behandelt worden als im Haus des Mannes, der ihre Mutter kaltblütig ermordet hat. Ihr wart keine Familie.«

»Das stimmt nicht, ich habe deine Mutter geliebt wie ein eigenes Kind.«

»Meine Mutter war nie deine Tochter und wird es nie sein. Sie ist Anitas Tochter. Selbst dieses Wissen hast du ihr vorenthalten. Deshalb hast du auch die Seiten aus dem Tagebuch gerissen, oder? Damit euer dunkles Geheimnis, vor allem natürlich der Mord, nie aufgedeckt wird?«

»Cassandra, ich ...«

»Es reicht. Ich will nichts mehr hören. Du und dein Mann, ihr ekelt mich an.«

Damit ließ ich sie stehen, allein mit ihrer Schuld und Dutzenden von Augenpaaren, die sie musterten – mein lautes Gezeter hatte inzwischen Neugierige angelockt. Es war mir egal.

Ich war am Ende.

Auf dem Hof hatte sich nun doch eine Gruppe von Partisanen mit ihren Fahnen eingefunden. Einer mit einem schlohweißen Backenbart kam auf mich zu und streckte mir die Hand entgegen.

»Wir wussten nicht, ob wir kommen sollten, nachdem er den Kontakt zu uns abgebrochen hatte. Egal. Obwohl er so seltsam geworden ist, er hat im Krieg Großes geleistet und war ein wichtiges Mitglied unserer Gruppe. Il Rosso wird uns fehlen.«

»Entschuldigen Sie, wie haben Sie ihn genannt?«

»Il Rosso, das war Adelchis Kampfname.«

So war das also, Turatis Worte fielen mir wieder ein. Er hatte mir gesagt, dass Il Rosso das Kind genommen habe, und ich hatte ihm nicht geglaubt, hatte seine Worte abgetan. Dabei hatte er die Wahrheit gesagt. Er, der Dorfdepp, hatte es von Anfang an gewusst.

»Cassandra«, rief Enea, der wartend im Auto saß. »Komm her und steig ein.«

»Entschuldige, ich muss eine Weile allein sein und mir alles durch den Kopf gehen lassen, was ich heute gehört habe.«

»Ich weiß nicht, ob es eine gute Idee ist, dich alleine durch Montelupo laufen zu lassen, immerhin ist es bereits dunkel. Soll ich dich nicht wenigstens nach Hause bringen? Dort kannst du dich ja genauso zurückziehen und allein sein.«

Durch Tränen lächelte ich ihm zu. Es tat mir gut, dass er sich Sorgen machte. Ich brauchte Menschen wie ihn.

»Es geht schon wieder, wirklich. Trotzdem habe ich das Gefühl, allein sein zu müssen.«

»Wie du meinst, wenn du nicht willst, kann ich dich ohnehin nicht überzeugen.«

Ich legte eine Hand auf seine. »Danke«, flüsterte ich.

Dann lief ich durch den Ort, setzte gedankenlos einen Fuß vor den anderen. In meinem Kopf schwirrten die Worte von Anna und Don Bernardino herum, Anitas Brief und Turatis wirrer Bericht. Ich war nicht die, für die ich mich gehalten hatte, war es nie gewesen. Die Verbindung, die ich zu Anita gespürt hatte, gab es tatsächlich, endlich konnte ich mir das erklären. Nur half mir dieses Bewusstsein nicht über meinen Schmerz hinweg.

Man hatte mich belogen, mich und meine Mutter. Wir waren von denen betrogen worden, die sich um uns kümmern, uns Liebe und Unterstützung schenken sollten.

Wir waren wie Bäume ohne Wurzeln.

Oder besser, Bäume mit tieferen Wurzeln, als wir es uns hatten vorstellen können, dachte ich. Wie der jahrhundertealte Weinstock.

Der Tag darauf war nicht allein der Tag von Adelchis Beerdigung, zu der ich unter den veränderten Umständen nicht gehen würde, sondern ebenfalls der Tag des Weinfestes, das alljährlich am Ende der Weinlese auf dem Gut gefeiert wurde.

Es war ein Ereignis in der Gegend. Jeder, der wollte, konnte kommen, und oft dauerte das Fest bis tief in die Nacht. Und wenn der Wind günstig stand, trug er das fröhliche Gelächter und die Musik weit über die Hügel rund um Montelupo.

Nach den Turbulenzen der letzten Tage war mir allerdings mehr nach Ruhe als nach ausgelassener Geselligkeit, und so hatte ich mich mal wieder an meinen Lieblingsplatz zurückgezogen: zu dem Weinstock und der Rose, die mich im Licht der neuesten Erkenntnisse noch mehr mit Anita verbanden. Schließlich war es jetzt meine Großmutter, deren Geheimnis sie so viele Jahre treu bewacht hatten.

Mit einem Mal entdeckte ich einen hochgewachsenen, etwa achtzigjährigen Mann mit weißen Haaren, der einen gut geschnittenen Anzug trug und sich auf einen Stock aus Eichenholz stützte.

»Entschuldigen Sie, wenn Sie zum Weinfest wollen, sind Sie hier falsch, da müssen Sie auf die andere Seite des Grundstücks, zum Wirtschaftshof, dort befinden sich die Weinkeller und Probierstuben«, sagte ich und wies ihm die Richtung.

Der Mann stand unbeweglich da und sagte kein Wort.

»Kommen Sie, ich bringe Sie hin, wenn Sie wollen«, bot ich ihm aus einem Impuls heraus an.

Plötzlich spürte ich seinen intensiven Blick auf mir ruhen, und als ich ihn genauer musterte, stockte mein Atem, und ihm ging es genauso in diesem magischen Augenblick des Erkennens.

»Cassandra?«, fragte er leise, fast als hätte er Angst vor der Antwort. Rührung lag in seinen grünen Augen, die meinen so ähnlich waren. »Cassandra«, wiederholte er und kam einen Schritt auf mich zu, während ich ihn wortlos und verwirrt anstarrte und unter seinem zärtlichen Blick erzitterte.

»Hendrik«, stammelte ich. »Bist du's?«

Ungläubig runzelte ich die Stirn. Erlaubte sich das Schicksal hier einen Scherz? Oder lag eine Verwechslung vor? Immerhin stammte die Auskunft, dass er tot sei, von einer deutschen Behörde.

»Ja«, antwortete er und trat unsicher auf mich zu, geriet ins Taumeln, sodass ich ihn stützen musste.

»Das verstehe ich nicht, es heißt, du seist 1989 gestorben ...«

»Nun, gestorben bin ich bereits vor langer Zeit, innerlich«, erklärte er mehr schlecht als recht auf Italienisch und presste eine Hand aufs Herz.

Ich wollte ihn ins Haus bitten, aber er lehnte ab, wollte genau an diesem Platz bleiben, und so führte ich ihn zu einem großen Baumstumpf, auf dem wir beide Platz fanden.

»Hier habe ich sie das erste Mal gesehen«, flüsterte er.

»Anita?«

»Ja.« Er trug einen Ehering, und als er meinen Blick bemerkte, lächelte er. »Das ist unser Ehering, 21. März ...«

»1944. 23.40 Uhr«, beendete ich den Satz an seiner Stelle.

Überrascht sah er mich an. »Woher weißt du das?«

»Ich weiß vieles über dich und Anita«, entgegnete ich und griff nach seiner Hand, die von Altersflecken übersät war, ein sichtbares Zeichen, wie viel Zeit vergangen war, und streichelte sie sanft, wie es früher vermutlich meine Großmutter getan hatte. »Wie kommt es, dass man sagt, du seist tot?«

Er lachte. »Das hat seine besondere Bewandtnis und hat zu tun mit dem bürokratischen Durcheinander im Zuge der Wiedervereinigung. Nach dem Fall der Mauer ging ich in den Westen und ließ meinen Namen in Weinberg ändern, im Andenken an Anita, die ich nie vergessen habe. Insofern tauchte ich als Hendrik Lang nirgendwo mehr auf, und so hat man mich irgendwann für tot erklärt.« Er hielt inne, und sein Gesicht verdüsterte sich. »Natürlich begann ich, als der Eiserne Vorhang sich endlich gehoben hatte, sofort Nachforschungen anzustellen, denn all die Jahre hatte ich so sehr gehofft, dass wir noch einmal gemeinsam glücklich sein konnten, wie wir es uns versprochen hatten. Doch das blieb ein Traum. Anita hatte den Krieg nicht überlebt, meine Hoffnung zerbrach, alle Gebete waren sinnlos gewesen. Meine Frau war tot, und über unser Kind war nichts in Erfahrung zu bringen.«

»Hast du nie geheiratet? Anita hätte dir das sicher gewünscht.«

»Möglich, bestimmt sogar. Aber weißt du«, er fuhr sich mit der Hand über das Kinn, »man kann eine Liebe wie die unsere nicht wiederholen. So etwas findet man nicht ein zweites Mal. Obwohl sie nicht bei mir sein konnte, war sie immer in meinem Herzen. Sie war mein Leuchtturm, die Richtung, die Hoffnung, die Liebe, das Glück. Mit ihr habe ich alles verloren, und ich konnte mich nicht davon erholen. Und ein Teil von mir ist damals gestorben. Ebenfalls ein Grund für mich, den Namen zu ändern.«

»Weinberg. Ich verstehe kein Deutsch, nehme jedoch an, es bedeutet *vigneto*, richtig?«

»Wie könnte es anders sein?«, gab er lächelnd zurück.

Ich schaute zu meinem Weinstock. »Hier hast du sie also das erste Mal getroffen. Es tut mir leid, dass du so lange allein und einsam gewesen bist.«

»Das ist jetzt vorbei.« Er nahm meine Hand und hielt sie fest. »Ich dachte, ich hätte alles verloren und dass mein Leben nach Anitas Tod keinen Sinn mehr haben würde, bis ich einen Artikel über diesen Weinstock las, in dem du erwähnt wurdest, und da schöpfte ich erneut Hoffnung.«

»Wirklich?«

»Ja, und jetzt finde ich diese Hoffnung bestätigt. Ich habe eine Tochter, eine Enkelin und eine Urenkelin. Die beiden anderen kenne ich noch nicht, aber du hast viel von ihr. Ich habe es gleich auf dem kleinen Foto gesehen, das dich bei dem Weinstock zeigte. Du ähnelst ihr so sehr, dass ich keinen Moment lang an einen Zufall glaubte. Ich habe in deiner Vergangenheit geforscht, und als ich entdeckte, dass du von den Innocentis abstammst, keimte in mir die Hoffnung auf, dass ich mit über neunzig noch einmal einen Funken Glück erleben würde. Eine Enkelin mit dem gleichen wunderschönen Lächeln wie die Frau, die ich mein Leben lang geliebt habe.«

Wir hielten uns an den Händen, auch ich war glücklich. Der Weinstock hatte uns tatsächlich zusammengeführt, und im Stillen tat ich Enea Abbitte, weil ich ihn damals wegen seiner Presseaktivitäten so beschimpft hatte. Ohne ihn hätte Hendrik uns nie gefunden.

Seufzend legte ich meinen Kopf an seine Schulter. »Erzähl mir, wie ihr euch kennengelernt habt, Großvater.«

»Das ist der Garten der Herrschaft, Sie können hier nicht bleiben.«

Ein Schatten fiel auf den Rasen und auf den schwarzen Stiefel eines Soldaten, der an einen Weinstock gelehnt im Garten hinter dem Gutshaus saß. Er hatte ein Stück Papier auf dem Schoß, in der Hand einen Bleistiftstummel.

An diesem Nachmittag war es frisch. Dennoch hatte er es vorgezogen, hier kurz zu verweilen, unter diesem Blätterdach, in dem leise der Wind rauschte, während seine Kameraden den Wein für den Kommandanten auf den Lastwagen luden.

Es war ein so schönes Fleckchen Erde.

»Ich dachte nicht, dass es verboten ist, hier zu sitzen.«

»Nun ja, das ist ein besonderer Weinstock, ein ganz alter, bestimmt hundert Jahre oder mehr. Da darf man nicht so einfach hin, nicht einmal deutsche Soldaten«, fügte sie mit vor der Brust verschränkten Armen hinzu. »Die Carrais haben Angst, man könnte mit den Schuhen irgendwelches Ungeziefer oder Bakterien anschleppen.«

»Ich habe einen Brief geschrieben, das ist alles«, verteidigte er sich in gebrochenem Italienisch.

Dann fuhr er sich mit den Fingern durch die Haare und setzte seine Mütze wieder auf, wischte sich die Finger an den Hosen ab und schenkte dem jungen braunhaarigen Mädchen, das sich vor ihm aufgebaut hatte, sein schönstes Lächeln.

»Das will ich mal hoffen, dass es nichts Schlimmes war«, gab sie zurück und musterte ihn mit einem stolzen, herausfordernden Blick.

Eindeutig ließ sie sich von seiner Uniform nicht einschüchtern, im Gegensatz zu den meisten Leuten hier, die um deutsche Uniformen einen weiten Bogen machten. Sie hatte keine Angst, obwohl alle im Dorf wussten, dass man sich von den Besatzern besser fernhielt.

»Übrigens heiße ich Anita Innocenti«, sagte sie und wartete, dass sich ihr Gegenüber ebenfalls vorstellte.

Vergeblich, denn der junge Soldat starrte sie bloß bewundernd an und brachte kein Wort heraus.

»Haben Sie die Sprache verloren?«, erkundigte sie sich belustigt – der junge Mann gefiel ihr und wirkte ganz und gar nicht gefährlich. »Schauen Sie mich nicht so an, ich bin nicht die Mutter Gottes persönlich. Also, wie heißen Sie?«

»Hendrik Lang, Unteroffizier der Wehrmacht«, stammelte er.

Anita brach in Lachen aus. »Jesus, da fehlt ja nur noch, dass Sie salutieren. Müssen Sie nicht, ich gehöre nicht zur Herrschaft, sondern arbeite gelegentlich auf dem Gut. Im Augenblick bei der Ernte, sonst in der Küche für die Arbeiter, in den Gemüsegärten oder bei den Tieren ...«

Interessiert musterte sie ihn.

Er war noch sehr jung, um die zwanzig, schätzte sie, hatte blonde Haare, grüne Augen und ein paar Sommersprossen auf der Nase. Außerdem war er groß und sehr schlank, ganz anders als die meisten Burschen hier, nicht so stämmig wie etwa ihr Bruder Adelchi und seine Kameraden, die in den Bergen Überfälle auf die Deutschen planten.

Er gefiel ihr.

»Gut, Hendrik Lang, Unteroffizier der Wehrmacht, ich fürchte, du musst sofort gehen«, schlug sie einen vertrauteren Ton an, der den jungen Soldaten noch mehr verstörte.

Nie zuvor hatte ihn jemand so behandelt. Seine Vorgesetzten würden das Mädchen als frech bezeichnen, so frech, dass er es eigentlich melden müsste. Die Militärpolizei kannte kein Pardon und die SS erst recht nicht. Aber jedes Mal, wenn er diese Augen auf sich spürte, hatte Hendrik immer weniger Lust, seine Rolle als Besatzer zu spielen. Ganz im Gegenteil, er wollte dieses Mädchen mit dem dunklen Blick und dem stolzen Auftreten unbedingt wiedersehen.

Sie war etwas Besonderes. Hübsche Frauen gab es genug, hier und in allen anderen Städten, durch die er gekommen war, doch keine war wie diese Anita gewesen, so forsch, sich ihrer Schönheit so bewusst. Sie hatte etwas an sich, das er bisher vergeblich gesucht hatte.

»Geh jetzt.«

»Aber ...«

»Deine Freunde lassen dich sonst hier, ich würde mich beeilen.« Sie zeigte auf den Lastwagen, der, bereit zur Abfahrt, ums Haus herumkam.

»Wann sehe ich dich wieder?«, murmelte er.

»Bist du verrückt?«

»Wann sehe ich dich wieder?«, wiederholte er und schaute besorgt zum Lastwagen, immerhin war er jetzt selbst im Blickwinkel der Kameraden.

Plötzlich war Anitas forsche Art wie weggeblasen, jetzt war sie nichts als ein verlegenes junges Mädchen, das unschlüssig von einem Fuß auf den anderen wippte.

»Ich weiß nicht ... Morgen?«

»Abgemacht, ich warte morgen hier auf dich. Gleicher Ort, gleiche Uhrzeit.«

Sie lächelte. Ein deutscher Soldat, ein Besatzer, ein Feind. Absolut verrückt. Egal, von einem Mann wie ihm hatte sie immer geträumt. Die Dorfburschen, die ihr alle nachstiegen, konnten sie mal ...

»In Ordnung«, antwortete sie und nickte, während er in Richtung Lastwagen davoneilte.

24

Hendrik erzählte mir von seiner ersten Begegnung mit Anita und wie daraus die Liebe seines Lebens wurde. Nachdem Hendrik geendet hatte, waren wir beide tief bewegt. Ich fürchtete sogar, dass es zu viel gewesen war für meinen Großvater.

»Lass uns ins Haus gehen«, schlug ich vor, »es ist plötzlich kühler geworden.«

Er hob den Kopf und sah mich direkt an. »Darf ich dich zuvor noch etwas fragen – weißt du, wie deine Großmutter gestorben ist?«

»Gut, dann komm mit«, sagte ich nach kurzem Zögern und nahm seinen Arm. »Wenn ich dir diese Geschichte erzählen soll, sollten wir an einen besonderen Ort gehen.«

Ich half ihm aufzustehen, und schweigend machten wir uns auf den Weg.

Es dauerte nicht lange, bis wir den kleinen Friedhof von Montelupo erreichten, ein Gebäude aus weißem Marmor, zwei große Eisentore, flankiert jeweils von einer Statue, die über die Seelen der Toten wachte. Lorenzo ruhte hier im neuen Teil, Anita im älteren.

Irgendwann, nachdem ich endlich ihre Identität herausgefunden und von ihrem Tod erfahren hatte, war ich zur Friedhofsverwaltung gegangen und hatte mir ihr Grab zeigen lassen. Jetzt führte ich Hendrik dorthin. Eine Steinplatte, keine Inschrift, kein Name, der verriet, wer hier ruhte. Selbst im Tod war Anita totgeschwiegen worden. Nichts sollte an sie erinnern, und schon gar nicht an die Umstände ihres Todes. Wenn ich den Friedhof besuchte, legte ich immer einen Stein auf ihr Grab. Steine, ähnlich wie Worte und Gedanken, währten ewig.

»Ciao, Großmutter«, sagte ich und winkte Hendrik heran. »Hier kommt ein ganz besonderer Mensch, der dich besuchen möchte.«

Fast ein Menschenleben war es her, seit sie sich zuletzt gesehen hatten. Endlich konnte sich mein Großvater von der Frau verabschieden, der er sein Leben gewidmet hatte.

»Meine Geliebte«, murmelte er und lächelte unter Tränen, ging, so schwer es ihm fiel, in die Knie und küsste die verwitterte Grabplatte. Für mich war es quälend, seine Verzweiflung mit anzusehen, doch für ihn musste es wie eine Befreiung sein.

Lange Zeit kniete er einfach da, versunken in seinen verlorenen Traum. Dann zog er eine kleine vergilbte Fotografie von sich und Anita, die in einer Plastikhülle steckte, aus der Jackentasche, legte sie auf das Grab und schaute mich erwartungsvoll an.

»Und jetzt erzähl, wie und wann sie gestorben ist.«

Hilfe suchend wandte ich den Blick gen Himmel und erflehte Beistand, denn Hendrik die Wahrheit über den Tod seiner Frau zu sagen, schien mir eine fast unlösbare Aufgabe. Und da ich an Verbindungen mit den Toten glaubte, hoffte ich, dass Anitas unsterbliche Seele mir die richtigen Worte eingeben würde.

Ich schloss die Augen, atmete tief durch und begann zu berichten, was ich über die Ereignisse jenes Tages im Mai 1945 wusste, an dem meine Mutter geboren wurde und meine Großmutter durch die Hand ihres Bruders starb.

Als ich mit meiner Rede fertig war, befürchtete ich, er würde über dem Grab seiner geliebten Frau zusammenbrechen.

»Lass uns gehen«, schlug ich vor. »Du solltest einen Schluck Wasser trinken und dich ausruhen, das alles war zu viel für dich.«

Ich half ihm auf und geleitete ihn zu einer niedrigen Mauer.

»Alles in Ordnung«, versicherte er und ließ den Blick nicht von Anitas letzter Ruhestätte.

In diesem Moment meinte ich die Präsenz meiner Großmutter zu spüren. Hendrik hingegen war noch ganz in seinem Schmerz gefangen.

»Warum nur, warum?«

Dann plötzlich andere Stimmen. Eine Beerdigung. Und als ich mich umdrehte, erkannte ich den kleinen

Trauerzug, der Adelchi, Held des Widerstands und Schwestermörder, das letzte Geleit gab.

Nicht viele waren gekommen: Giacomo, Mario und Paolo. Die Gefährten aus der Brigade, dachte ich. Trotz allem wandten sie sich nicht ganz von dem legendären Il Rosso ab. Immerhin blieb es Anna auf diese Weise erspart, allein hinter dem Sarg hergehen zu müssen.

»Was ist los?«, erkundigte Hendrik sich, als er meinen Gesichtsausdruck bemerkte.

Mit zitternden Händen deutete ich auf den Trauerzug und setzte mich neben ihn auf die Mauer.

»Es gibt etwas, das ich dir noch nicht gesagt habe.«

»Was denn?«

»Adelchi ist vor zwei Tagen gestorben – er wird dahinten gerade beerdigt.« Ich deutete auf die einzige weibliche Person in der Gruppe. »Das ist Anna, die ich all die Jahre für meine Großmutter gehalten habe. Sie wusste von allem, hat Adelchi allerdings daran gehindert, euer Kind, meine Mutter, ebenfalls zu beseitigen, ein anderes Wort fällt mir dafür nicht ein. Ansonsten jedoch hat sie ihn gedeckt. Wie konnte sie bloß?«

Hendrik drückte meinen Arm. »Es reicht, Cassandra. Lass es gut sein.«

»Wie bitte? Das sagst ausgerechnet du?«

»Ja, denn ich habe gelernt, dass Hass zu nichts führt«, erwiderte er mit fester Stimme. »Was willst du damit erreichen?«

»Aber er hat Anita umgebracht!«

»Und jetzt ist er tot. Reicht das nicht?«

»Nein, denn er hat nie für seine Untat bezahlt, sie nicht einmal bereut. Ich habe die Wahrheit erst kürzlich entdeckt. Durch einen Zufall, sonst wäre sie nie ans Licht gekommen, die wenigen Leute, die so etwas zumindest ahnten, haben geschwiegen. Letztlich haben sie ihren Helden des Widerstands schonen wollen. Ich hingegen wollte, dass Adelchi und Anna für all den Schmerz bezahlen, den sie Unschuldigen zugefügt haben. Meine Mutter hatte nämlich keineswegs das große Los gezogen, bei ihnen aufwachsen zu dürfen. Adelchi hasste sie. Wie ich jetzt weiß, weil sie das Kind eines Feindes war und zudem eine ständige Erinnerung an das, was er getan hatte. Sobald sie volljährig war, ist sie aus Montelupo abgehauen, nach Paris zu meinem Vater geflohen. Daraufhin brach Adelchi jeden Kontakt zu ihr ab und übertrug später seinen Hass auf mich. Jedes Mal warf er mich aus dem Haus, wenn ich Kontakt zu ihm aufnehmen wollte. Da kannst du nicht einfach sagen, dass es reicht. Gut, Anna war anders und hat unter der Situation gelitten, sich leider am Ende aber immer gefügt. Und das werfe ich ihr vor. Ist es nicht so: Wer einen Mord vertuscht, macht sich auch strafbar?«

Hendrik hatte mir die ganze Zeit geduldig zugehört, jetzt seufzte er.

»Cassandra«, sagte er, »Adelchi ist tot, und wenn du an Gott glaubst, vertrau auf seine Gerechtigkeit. Für die irdische ist es zu spät, das musst du akzeptieren.«

»Wie kann ich mich mit der göttlichen Gerechtigkeit zufriedengeben, nachdem ich weiß, was dieser Mann getan hat?«, protestierte ich hitzig, ich verstand nicht, wie er so ruhig bleiben konnte.

»Was nutzt dir der Hass auf einen Menschen, mit dem du nicht einmal mehr sprechen kannst? Was nutzt es dir, diesen Hass in dir zu nähren und dich damit von Menschen zu entfernen, die du liebst?«

In diesem Augenblick schämte ich mich, dass ich nicht aufhören konnte zu hassen.

Aber vor allem jetzt, nachdem ich die ganze schreckliche Geschichte kannte, erfüllte es mich mit Bitterkeit, wenn ich daran dachte, wie anders mein Leben hätte verlaufen können ohne Adelchi. Dadurch, dass er meiner Mutter das Leben zur Hölle gemacht hatte, konnte sie schwer oder gar nicht mit Gefühlen umgehen und blieb selbst mir gegenüber stets distanziert. Beide spürten wir wohl eine tiefe Dunkelheit und Traurigkeit in uns.

»Du wirst es lernen, den Hass abzulegen«, ergriff Hendrik wieder das Wort, nachdem ich selbst, ganz in mich versunken, geschwiegen hatte. »Alles braucht seine Zeit, doch wenn du es geschafft hast, wirst du dich unglaublich leicht fühlen, glaub deinem alten Großvater«, sagte er, nahm mich in den Arm und strich mir übers Haar.

»Warum hat er das getan?«

»Ich weiß es nicht, mein Kind, nur bringt weder Hass noch Wut Anita je zurück oder macht ungeschehen, was passiert ist. Und ich möchte nicht, dass dadurch womöglich schöne Erinnerungen verschwinden und nichts bleibt als Verbitterung und ein Gefühl der Leere. Ich habe in meinem Leben zu viel gelitten, um zuzulassen, dass das wenige Gute auf diese Weise zerstört wird. Außerdem bin ich müde. Zu müde, um zu kämpfen, zu müde, um zu leiden. Meine Anita ist tot, aber du, deine Mutter und Aurora, ihr seid am Leben. Ich will die Zeit, die mir noch bleibt, mit schönen Erinnerungen füllen und sie nicht damit verschwenden, ein Gespenst zu hassen. Hass verbraucht Energie, macht dich leer. Ich hingegen will meine letzten Jahre mit Liebe füllen, bis ich am Ende meiner Tage zu ihr zurückkehre.«

Er legte seine Wange an meine, und ich lächelte ihn an.

»Du hast das gleiche Lächeln wie Anita«, flüsterte er. »Weißt du das?«

Als Hendrik an diesem Tag aus seinem Mittagsschlaf erwachte und die Küche betrat, ging die Sonne gerade unter. Wir waren am frühen Nachmittag nach La Carraia zurückgekommen und hatten das Haus menschenleer vorgefunden. Alle schienen auf dem Weinfest zu sein.

»Du hast dich im Gegensatz zu mir wahrscheinlich keine Minute ausgeruht«, sagte er, als er mich in der Küche herumwerkeln sah.

»Ich wäre sicher nicht eingeschlafen. Mir gehen zu viele Gedanken im Kopf herum, da ist es besser, wenn ich mich beschäftige«, antwortete ich und schaute zu meinem Zeichenblock, auf den ich in der letzten Stunde, ohne nachzudenken, einige Skizzen hingeworfen hatte.

»Du hättest es zumindest versuchen sollen. Dein Körper muss erst einmal alles verarbeiten, was dir heute widerfahren ist.«

Von draußen drang Lärm herein, und kurz darauf betraten Mercedes, Enea und Aurora die Küche, ihnen hatte es offenbar gereicht mit dem Weinfest. Sie würden nicht zu jenen gehören, die bis tief in die Nacht feierten.

»Ciao, Mama!«, rief Aurora und schmiegte sich an mich, Enea legte mir den Arm um die Taille.

Dass sich ein Fremder in der Küche befand, fiel erst Mercedes auf.

Als ich ihre Verwunderung bemerkte, griff ich schnell ein, stellte sie einander vor und erklärte, was Sache war. Mercedes und Enea fielen aus allen Wolken, wobei mein Pflanzenflüsterer seine Genugtuung darüber, dass Hendrik wirklich einen Artikel über den alten Weinstock gelesen und daraufhin Nachforschungen angestellt hatte, nicht zu verbergen vermochte.

Mein Großvater, der öfter mit anderen Soldaten auf dem Gut gewesen war, um für Nachschub mit Wein zu sorgen, erinnerte sich sogar dunkel daran, dass unter den Kindern, die dort im Hof spielten, ein kleines Mädchen gewesen war, das nicht laufen konnte und immer von seinem Sessel aus traurig den anderen zuschaute. Er habe ihr mal Schokolade geschenkt, sagte er, und in diesem Moment machte es bei Mercedes klick.

»Natürlich«, sagte sie lachend, »der Schokoladensoldat. Wir hatten zwar auf dem Gut ausreichend zu essen, Schokolade allerdings war Mangelware. Und die nahmen wir gerne, selbst wenn sie vom Feind kam.«

Nachdem das geklärt war, trat Enea zu Hendrik und schüttelte ihm überschwänglich die Hand und versicherte ihm, wie sehr er sich freue, ihn kennenzulernen.

»Übrigens: Mein Name ist Enea Fasari, und ich bin ein Freund ihrer Enkelin.«

»Richtiger gesagt«, mischte ich mich ein, »ist er der Mann, den ich liebe. Er ist ein bisschen schüchtern und verheimlicht das gerne«, fügte ich scherzhaft hinzu und erntete einen überraschten Blick wegen dieser freimütigen Erklärung, mit der ich mich selbst übertroffen hatte.

Plötzlich entdeckte ich in einer Ecke Aurora, die völlig verwirrt schien und ratlos von einem zum anderen schaute. Ich beugte mich zu ihr hinunter und legte den Arm um sie.

»Weißt du, wer das ist?«, fragte ich sie. »Das ist Hendrik, mein Großvater, der Papa von Oma Carmen. Hendrik ist dein Ur…«

»Urgroßvater!«, rief sie und sprang auf ihn zu.

Ich freute mich besonders, dass mein lange Zeit verstummtes und in sich verschlossenes Kind so spontan auf einen völlig Fremden zustürmte, mehr noch, sich ihm in die Arme warf.

Vielleicht gab es ja doch so was wie verborgene Blutsbande, die meine nüchterne Mutter so vehement bestritt.

»Warum weinst du?«, fragte Aurora und deutete auf mein Gesicht.

»Weil ich so glücklich bin, mein Schatz«, erwiderte ich lächelnd. »Deine Mama ist heute sehr glücklich«, wiederholte ich und griff erst nach Eneas, dann nach Hendriks Hand, während Mercedes mich von hinten umarmte.

Wir waren eine Familie. Das war Glück, das Einzige, was wirklich zählte im Leben. Die Gewissheit, dass niemand, was immer passieren mochte, alleine war. Wir würden stets füreinander da sein.

»Was sagt ihr zu einem schönen Teller Spaghetti mit Knoblauch, Öl und Chili?«, durchbrach meine praktisch veranlagte Schwiegermutter die rührselige Stimmung. »Ich weiß nicht, wie es euch geht, aber mir macht das Glück immer Appetit.«

Und so saßen wir eine halbe Stunde später alle um den großen Tisch, und Mercedes erzählte vom Leben auf La Carraia, wie es früher gewesen war, von ihrer Hochzeit mit Giacomo, mit dem sie eine glückliche Ehe geführt hatte, von Lorenzos Kindheit.

Hendrik wiederum reichte das Foto von ihm und Anita am See herum, das gleiche, dass er auf dem Friedhof abgelegt hatte, und berichtete dann von seinem Leben. Von seiner Jugend in einem kleinen Ort in der Nähe von Berlin, seinen Eltern und seinem Bruder, von seiner Einberufung und der Zeit in der Wehrmacht und natürlich von seiner Liebesgeschichte mit Anita. Wie sie sich am Weinstock kennenlernten, sich verabredeten, sich am See trafen und wie sie eines Abends trotz Verdunklung an die Tür von Don Bernardino geklopft hatten, um sich trauen zu lassen.

Dann sprach er über den Tag, als sie ihm eröffnet hatte, dass sie schwanger sei, von ihrem Abschied und von Anitas Versprechen, ihm einen Passierschein zu besorgen. Seufzend trank er einen Schluck Grappa, bevor er weitererzählte.

Inzwischen hatte sie für ihn im ehemaligen Gesindehaus ein Versteck eingerichtet, nachdem sie die unterirdische Kammer zufällig entdeckt hatte. Da sie auf dem Gut öfter allerlei Aushilfsarbeiten erledigte, hatte sie später, als die Erntezeit vorbei war und niemand mehr im Gesindehaus übernachtete, dort unten eine Unterkunft für ihn zurecht gemacht. Zunächst eher ein Liebesnest für sie beide, schließlich war mittlerweile Winter, und sie brauchten einen Ort, wo sie sich treffen konnten. Als dann Anitas Evakuierung bevorstand, sie zudem schwanger war, reifte in Hendrik der Plan zur Flucht heran. Und dort unten sollte er darauf warten, dass ein Fluchthelfer sich mit ihm in Verbindung setzte.

Aber das Versteck wurde an die Partisanen verraten, irgendwer musste ihn beobachtet haben. Jedenfalls wurde er verschleppt und gefoltert, weil man ihn wie alle

Deutschen für einen überzeugten Nazi hielt und ihm militärische Geheimnisse entlocken wollte. Als dann alliierte Truppen die Deutschen aus ganz Mittelitalien verjagten, geriet er in amerikanische Kriegsgefangenschaft und wurde später in seinen Heimatort in der sogenannten sowjetischen Besatzungszone Deutschlands entlassen.

Er hatte keine Gelegenheit mehr bekommen, die Dose unter dem Rosenbusch auszugraben und sich auf die Suche nach Anita zu machen.

»Mein Herz war immer bei ihr«, sagte er, während ich ihm endlich die für ihn bestimmte Dose übergab.

»Mach sie auf«, forderte ich ihn auf und beobachtete, wie er vorsichtig den Deckel abhob. »Ich denke, das solltest du behalten.«

Ich hatte alles wieder hineingelegt, den Brief, den Ableger des Weinstocks, den Passierschein und das Geld.

Als er den Brief gelesen hatte, küsste er ihn, faltete ihn zusammen und legte ihn in die Blechdose zurück. Eine Weile hielt er sie fest, dann schob er sie zu mir herüber.

»Das hier ist die Vergangenheit, das, was wir geliebt und verloren haben – aber zugleich ist es der Samen für Liebe und Verzeihen und dafür, dass wir heute hier so zusammensitzen. Und da jeder Samen Erde braucht, um Wurzeln zu schlagen, möchte ich, dass du diese Dose wieder dort vergräbst, wo Anita sie vor so vielen Jahren versteckt hat. Leg zusätzlich alles hinein, was du gehen lassen willst, und steck ebenfalls das Versprechen auf Glück und die Erfüllung deiner Wünsche mit hinein. Und dann vertraue alles wieder deinem Weinstock und der Rose an.«

Ich nickte und griff nach der Kiste. »In Ordnung.«

Doch es dauerte noch viele Wochen, bis ich dazu bereit war.

Genau genommen, wartete ich bis Dezember.

Hendrik war längst nach Deutschland zurückgekehrt, würde indes bald zurückkommen, um mit uns Weihnachten zu feiern. Seiner Urenkelin hatte er zu Beginn der Adventszeit einen Kalender mit vierundzwanzig Türchen und einen Nussknacker aus Holz geschickt.

Wie jedes Jahr wurde eine Woche vor dem Fest im Wohnzimmer ein großer Weihnachtsbaum aufgestellt und mit Lichterketten, Girlanden und Kugeln behängt, was diesmal Enea übernahm. Die Ingwer-Zimt-Kekse, unsere essbare Dekoration, buken Aurora und ich, und schließlich lagen überall in der Küche ausgestochene Engel, Sterne und Tannenbäume herum und warteten auf die Glasur. Mercedes hingegen kümmerte sich um Tür- und Fensterkränze sowie andere Dekorationen, besorgte Geschenke und bestellte Zutaten für das Weihnachtsessen.

Und irgendwann, mitten in diesem Trubel, beschloss ich, die Dose wieder einzugraben.

Mit Gummistiefeln an den Füßen und einer Gartenschaufel in der Hand machte ich mich an die Arbeit. Es fiel mir schwer, das alles endgültig loszulassen, aber ich musste es tun. Das Leben, das vor uns lag, verlangte es.

Ich holte ein Foto von Lorenzo und mir aus der Tasche meiner Jeans und küsste es.

»Ciao, mein Lieber«, sagte ich leise und legte es zu den anderen Sachen in die Dose, in der neben Anitas Hinterlassenschaft bereits das Foto von ihr und Hendrik sowie Lorenzos DVD lagen.

»Du tust das Richtige, hab keine Angst.«

Mercedes.

Erschrocken zuckte ich zusammen und schaute wieder auf das Foto.

»Ich weiß nicht«, murmelte ich, doch Mercedes nickte mir aufmunternd zu.

»Lorenzo wusste, wie schwer Abschiede fallen, deshalb hat er seiner Reiki-Therapeutin die DVD gegeben. Er dachte, dass dir die Kraft fehlen würde, und wollte dir noch aus dem Jenseits beistehen. Damit du seine Nähe spürst, wenigstens so lange, bis du wieder auf eigenen Füßen stehen würdest.«

»Du hast das alles gewusst?«, fragte ich verunsichert und ein wenig verärgert. »Das mit der DVD ebenso wie das mit Auroras Brief und dem Haarreif?«

Mercedes verschränkte die Finger in ihrem Schoß. »Er hat es mir am Tag vor seinem Tod anvertraut, und ich musste ihm versprechen, dass ich nichts sage. Was sollte ich denn machen?«

Ich stand auf und nahm sie in den Arm, so standen wir eine Zeit lang da und weinten beide. Dann trockneten wir unsere Tränen, ich griff nach der Kiste und wandte mich an Mercedes.

»Hilfst du mir?«, fragte ich.

Erneut würde sie an meiner Seite sein wie eine Mutter.

Wir hielten die Kiste gemeinsam, senkten sie in das Loch und bedeckten sie mit Erde. Mit ihr an meiner Seite fiel mir dieser Schritt leichter.

Auch das war Familie, den anderen in seinem Schmerz aufzufangen oder ihn, umgekehrt, um Hilfe zu bitten.

»Vielleicht sollte ich das nicht sagen, vor allem nicht jetzt, aber ich freue mich für dich und Enea«, erklärte Mercedes unvermittelt und warf eine letzte Schaufel Erde auf die Stelle unter der Rose.

Verlegen schaute ich zu Boden angesichts dieses Liebesbeweises, zumal ich wusste, wie viel sie diese Worte gekostet hatten.

»Ich freue mich, dass du einen Menschen gefunden hast, der dich wirklich liebt«, fuhr sie fort, »und obwohl ein Teil von dir meinen Sohn immer lieben wird, wofür ich dankbar bin, darfst du dein Herz nicht verschließen. Niemals, verstehst du. Hör nie auf zu lieben, selbst wenn es wehtut, es dir falsch erscheint, was immer. Hör nie auf zu lieben, versprich mir das.«

Ich umfasste ihre Hand und drückte sie fest.

»Versprochen.«

25

Ich setzte mich in die erste Reihe. Irgendwo stimmte ein Musiker sein Instrument, ein Kind steckte seine Finger ins Weihwasser und leckte sie danach unter dem Protest seiner Eltern ab.

San Biagio war wie jedes Jahr mit Weihnachtssternen in allen erdenklichen Farben geschmückt, vier Adventskerzen beleuchteten die Krippe. Von meinem Platz aus konnte ich die Mühle sehen, die Fische im See, den Angler, der seine Rute in die Luft streckte, die alte Bäckerkate neben dem Stall mit Ochs und Esel, die über den Schlaf des Jesuskinds wachten.

Genau wie damals, dachte ich und betrachtete Don Anselmos Werk, genau wie vor zwölf Monaten.

Nur dass diesmal die Welt für mich viel rosiger aussah.

Ich hatte meine Mutter, die sich nach wie vor in Indien aufhielt, via Skype über die neusten Entwicklungen unterrichtet. Es war für sie ein Schock gewesen. Sie mochte keine Überraschungen, weder positive noch negative, also diese ebenfalls nicht. Und sie hatte keinerlei Bereitschaft erklärt, deswegen vorzeitig in die Heimat zurückzukehren. Offenbar brannte sie nicht unbedingt darauf, ihren richtigen Vater kennenzulernen.

Als ich Hendrik, der sich inzwischen wieder bei uns eingefunden hatte, schonend beizubringen versucht hatte, dass es wohl nichts würde mit dem erhofften Besuch seiner Tochter, hatte er, wie es seiner abgeklärten Art entsprach, sehr gelassen reagiert. Es werde sich sicher bald etwas ergeben, meinte er.

Jetzt schaute ich mich unruhig um, wo er wohl steckte. Er hatte noch einen kleinen Gang durch den festlich geschmückten Ort machen wollen.

»Da bist du ja«, sagte ich, als er wie aus dem Nichts auftauchte, und zog ihn auf den Platz neben mich.

»Meinst du ernstlich, ich würde das Konzert meiner Urenkelin verpassen?«, erwiderte er und bedachte mich mit einem tadelnden Blick, bevor er sich in das Programm vertiefte. »Wie schön, Sie singen sogar *O Tannenbaum* auf Deutsch«, freute er sich.

»Wahrscheinlich extra deinetwegen«, zog ich ihn auf, ich hielt es nicht für ausgeschlossen, dass Enea das veranlasst hatte.

Er lächelte mich liebevoll an und ließ seinen Blick schweifen.

»Eine wunderschöne Kirche«, sagte er leise. »Seit ich das letzte Mal hier war, hat sich zwar einiges verändert, aber das Kruzifix gibt es immer noch. Anita und ich haben vor ihm gekniet, das werde ich nie vergessen.« Er deutete auf den Altar. »Don Bernardino, wir und zwei

Trauzeugen, das war die ganze Hochzeitsgesellschaft, und wenngleich sie lediglich einen Feldblumenstrauß hatte und ein Spitzentaschentuch als Schleier auf dem Kopf trug, war sie die schönste Braut der Welt. Meine Braut.«

Er fuhr sich über die Augen, und ich legte den Kopf an seine Schulter in der Hoffnung, dass es ihn tröstete.

In diesem Moment setzte die Orgel ein und kündigte den Einzug der Sänger an. Wie im letzten Jahr sollte jeder etwas Rotes an sich tragen. Bei Aurora war es ein Gürtel aus roten Blumen, ich hatte ihn eigens für ihren dunkelblauen Samtrock genäht. Enea kam als Letzter, in einen eleganten Smoking gekleidet, den wir vor wenigen Tagen gekauft hatten. Er meinte, diesen Anzug werde er höchstens zu einem ganz bestimmten Anlass tragen, und es war ziemlich klar, was er damit meinte.

War ich bereit, hatte ich mich selbstkritisch gefragt und auf meinen nackten Ringfinger gestarrt, um schließlich für mich die Frage positiv zu beantworten.

Ja, ich war bereit, mir einen neuen Ring überstreifen zu lassen.

»Sie sehen wunderschön aus, oder?«, flüsterte Hendrik.

Ich dachte an den gleichen Moment im vergangenen Jahr, an die Szene mit Enea, an Iris und Lorenzos DVD, an meinen Schmerz und meine Bitterkeit, die mir an diesem Abend den Blick verschleiert hatten. Damals war ich eine andere gewesen. Heute hatte ich meine Familie, meine Wurzeln gefunden und wusste, wie schwer es war, zu verzeihen.

Diese zwölf Monate hatten mich gelehrt, meinem Mann ohne schlechtes Wissen Lebewohl zu sagen. Und ich hatte begriffen, dass man das Leben nicht aufhalten konnte.

Vor allem hatte ich gelernt, dass selbst in der dunkelsten Nacht irgendwo ein Licht leuchtete, wenn man es nur suchte.

Und dass dieses Licht, auch wenn wir es manchmal nicht glauben, in uns selbst ist.

Lesen Sie weiter >>

LESEPROBE

Ein kleines Dorf in der Toskana. Der Zauber alter Dinge. Eine Liebe, die zu neuem Leben erwacht.

Mit gebrochenem Herzen kehrt Dafne in ihr Heimatdorf in der Toskana zurück. Dort will sie über eine verlorene Liebe hinwegkommen und ihr Leben wieder selbst in die Hand nehmen. Als sie die Werkstatt ihres Großvaters betritt, hat sie eine Idee: Sie wird diese neu eröffnen, um geliebte, aber ausgediente Gegenstände zu restaurieren und ihnen zu neuem Leben zu verhelfen. Der junge Handwerker Milan unterstützt sie dabei. Doch dann fällt Dafne eine alte Taschenuhr in die Hände, die derjenigen Milans zum Verwechseln ähnlich sieht. Sie ahnt plötzlich, dass er nicht zufällig in ihr Dorf gekommen ist …

1

1. September 2002

Ein Windstoß brachte die Blätter des Kalenders neben der Tür zum Flattern und erinnerte daran, wie schnell die Zeit verging.

»Schon wieder September«, murmelte die Großmutter und betrachtete die Weintrauben, die als Symbol für diesen Monat auf dem Kalender abgebildet waren. September, der Monat des Wandels. Die Zeit zwischen den bittersüßen Sommertagen, die jetzt nur noch Erinnerung waren, und dem Beginn der kälteren Jahreszeit, in der das Leben in der Natur nach einem letzten üppigen Farbenrausch immer langsamer wurde, bis es schließlich in Winterstarre verfiel.

Der Wind trug herbstliche Düfte in Clelias Küche, in der Altes und Neues, Vergangenes und Gegenwärtiges lebendig waren. Die Regale an den Wänden quollen über vor Pfannen, Töpfen und sonstigen Küchenutensilien, die sich im Laufe eines langen Lebens angesammelt hatten.

In diesem Raum hatte Dafne vor fast dreißig Jahren ihre ersten Worte gesprochen.

Jetzt saß sie am Küchentisch, die Hände auf der makellos sauberen Tischdecke verschränkt, und starrte zu dem antiken Schränkchen hinüber, auf das ein Lichtstrahl fiel. Genauer auf ein Schreiben mit einem Hermesstab als Logo, das dort lag. Darin war in dürren Worten von Krebs die Rede, ein paar wenige Zeilen, darunter die Unterschrift des Onkologen sowie eine Tabelle mit Zahlen und unverständlichen Zeichen.

Dass sie Angst hatte, würde niemand erfahren. Bisher zumindest hatte sie keinerlei Gefühlsregung gezeigt, nicht einmal als der Arzt ihr die Diagnose mitgeteilt hatte.

Seufzend sah sie nach draußen, wo das goldene Sonnenlicht langsam hinter den Hügeln verschwand, die Torralta begrenzten.

Hier war sie zu Hause.

»Nimm doch einen Keks, ich habe sie gestern extra für dich bei Lavandai gekauft, es ist deine Lieblingssorte.«

»Danke, Großmutter, ich hab keinen Appetit.«

»Ich weiß, mein Schatz, ich weiß. Du hast Angst, aber du wirst sehen, wir schaffen das. Alles wird gut.«

Die schmale, vom Alter gezeichnete Hand der Großmutter fuhr zärtlich über die Wange ihrer Enkelin. »Dafne, bitte«, beharrte sie.

Ein resignierter Seufzer, der aus den Tiefen des Ozeans zu kommen schien, dann berührten sich die ausgestreckten Hände der alten und der jungen Frau. Beide sahen einander in die Augen, sie brauchten keine Worte.

Dafne senkte den Blick, schlang fröstelnd die Arme

um den Oberkörper. Der Wind schien ihr mit einem Mal durch Mark und Bein zu fahren, und wieder einmal überfiel sie das beklemmende Gefühl, die Erde würde sich unter ihr auftun. Sie hatte Angst, schreckliche Angst – fürchtete sich davor, der unheilvollen Realität ins Auge zu sehen. Schon die unmittelbaren Konsequenzen waren belastend genug – wie etwa die Tatsache, dass sie ihre Haare verlieren würde.

Verzweifelt krallten sich ihre Finger in die weiche Wolle ihres Pullovers, beschwörend richtete sich ihr Blick auf die traumhaft schöne Landschaft mit ihren Hügeln und Weinbergen, als könnte sie ihr wenn schon nicht Heilung, so wenigstens Hoffnung, Frieden und Vergessen schenken.

Aber irgendwie versagte diesmal der Zauber.

»Warum kommst du nicht ganz zurück?«, hörte sie die Großmutter sagen. »Hier in Torralta kennst du jeden, du wärst nicht so allein.«

Eine Falle, dachte Dafne. Sie musste aufpassen, nicht schon wieder einen Fehler zu machen. Um die Antwort hinauszuzögern, nahm sie nun doch einen Keks aus der kleinen Dose, die Großvater Levante vor vielen Jahren aus einem Vogelhaus gebastelt hatte.

»Du weißt genau, dass das nicht geht. Ich habe meinen Job in Rom, mein Leben.«

»Dein Leben, sicher«, antwortete Clelia und strich mit den Fingern über die Stickerei der Serviette. »Ettore meinst du damit.«

Ein letzter Strahl der untergehenden Sonne traf Dafnes Wange, überzog sie mit seinem goldroten Schein. Die Liebe zu ihrem Chef war ein heikles Thema: schwer zu erklären, kompliziert und gedanklich Lichtjahre von dem stillen, einfachen Leben in Torralta entfernt.

»Großmutter, bitte.«

»Nein, jetzt hörst du mir mal zu. Dieser Mann ist für dich unerreichbar, und das weißt du genau. Vor allem in dieser Situation. Glaubst du etwa, dass er an deiner Seite bleibt, wenn er von deiner Krankheit erfährt?«

Als sie sah, dass Dafne erstarrte und ihr Tränen in die Augen schossen, bedauerte Clelia ihre Worte sofort und wandte den Blick ab. Vielleicht war es besser, zu schweigen und darauf zu hoffen, dass früher oder später die Einsicht über den Stolz siegen würde. Sie wusste genau, dass sie, was Ettore betraf, bei ihrer Enkelin auf taube Ohren stieß. Wenn es um diesen Mann ging, setzte bei ihr der gesunde Menschenverstand aus – da gab es keine Regeln, bloß noch Gefühle. Nicht einmal die Schwangerschaft seiner Ehefrau hatte daran etwas zu ändern vermocht.

»So einfach ist das nicht«, murmelte Dafne, brach den Keks in der Mitte durch, ließ die Krümel auf die cremefarbene Leinenserviette regnen und fuhr mit den Fingerspitzen über die Zuckerkristalle. Rau und hart, wie alles an diesem Tag. »So einfach ist das eben nicht«, wiederholte sie, während sie mit dem Teelöffel versuchte, die Kekskrümel zu retten, die im Milchkännchen schwammen.

Und wer rettete sie?

2

Oktober 2005

Dafne war gerade aus dem Bus gestiegen, ihren Koffer in der einen, die Plastiktüte vom Supermarkt in der anderen Hand. Hinter ihr lagen hundertzwanzig Stunden nahezu ununterbrochener Arbeit. Sie schwankte ein wenig auf ihren hochhackigen Manolo-Blahnik-Schuhen, und ihr Körper steckte in einem hautengen Kleid, in dem sie kaum Luft bekam. Aber nur noch eine Ecke, dann hatte sie es geschafft.

Seit ein paar Jahren wohnte sie bereits in dieser Straße. Vor der Haustür stellte sie den Koffer ab und nestelte die Schlüssel aus der Tasche. Wie jeden Tag streckte die Romni, die an der Hauswand ihren Stammplatz hatte, die Hand in der Hoffnung auf die Barmherzigkeit vorübergehender Passanten aus, die ihr ein paar Münzen gaben.

»Hast du Hunger?«, erkundigte Dafne sich, warf dabei einen Blick in ihre Tüte, aus der eine Flasche Chianti herausschaute, außerdem eine Schachtel mit Briekäse, deren blaues Etikett zwei Engelsköpfe zierten. »Viel habe ich nicht, aber ein Stück Brot und etwas Käse gebe ich dir gerne ab.«

Die Frau wandte den Kopf ab wie jedes Mal, wenn sie ihr etwas anbot.

»Wie du willst.« Dafne schüttelte den Kopf, steckte den Schlüssel ins Türschloss und betrat den hellen Marmorfußboden des Hausflurs, als sie die Frau hinter sich rufen hörte.

»Was ist?«

»Gib mir deine Hand.«

Zweifelnd schaute Dafne sie an. »Du willst mir aus der Hand lesen? Ist das dein Ernst?«

»Seitdem ich hier vor diesem Haus sitze, bist du die einzige Bewohnerin, die mich überhaupt bemerkt. Gib mir deine Hand«, beharrte die Frau mit slawischem Akzent.

Gehorsam stellte Dafne Koffer und Einkaufstüte ab und streckte der Frau die Hand entgegen. Sie hatte schon Dutzende Geschichten über Roma mit angeblich übersinnlichen Kräften gelesen und glaubte keine einzige. In ihren Augen war das Schicksal eine Mischung aus bewusst getroffenen Entscheidungen und Unvorhersehbarem. Und selbst wenn eine Voraussage eintreten sollte, blieb das Zufall, sonst nichts.

»Du bist unglücklich.«

Dafne lächelte. »Auf die Idee hätte ich genauso gut allein kommen können.«

»Schweig«, wies die Romni sie an und studierte konzentriert die kaum sichtbaren Linien ihrer Handinnenfläche, die ineinander übergingen und sich wieder trennten, als würde es sich bei ihnen um eine Schatzkarte in Geheimschrift handeln. »Du lebst ein Leben, das nicht dein eigenes ist. Ein trauriges Leben. Du bist allein, sehr allein«, urteilte sie und sah Dafne mit einem wissenden Blick an. Dann hielt sie plötzlich inne. »Was ist das?«

Dafne folgte ihrem Blick, der sich auf eine Narbe neben ihrer Pulsader heftete. »Keine Ahnung, die war immer schon da.«

»Hm«, nickte die Frau, fuhr mit der Fingerspitze über die feine Linie und drückte dann fest zu.

Eine intensive Wärme stieg in Dafne auf, strahlte bis ins Herz aus. Als die Romni schließlich aufhörte, ihre Handinnenfläche zu pressen, tupfte auch sie sich den Schweiß von der Stirn.

»Du hast eine Gabe, ich konnte sie spüren«, sagte sie. »Sie war lange Zeit vergraben, jetzt kehrt sie zurück.«

»Von welcher Gabe sprichst du?«, fragte Dafne misstrauisch und wollte die Hand zurückziehen, doch die Romni hielt sie fest, presste sie erneut und zeichnete dann mit dem Zeigefinger die unregelmäßige Linie nach.

Plötzlich stieg in Dafne eine Erinnerung auf, die sie schon lange verloren geglaubt hatte.

Damals war sie neun gewesen und hatte in der Werkstatt ihres Großvaters herumgestöbert, der mit alten Sachen handelte, mit Antiquitäten ebenso wie mit allerlei

Trödel. Dabei war ihr Blick an einer Kiste hängen geblieben, in der vergilbte Fotos, elegante Lederhandschuhe und eine Haarbürste mit silbernem Griff lagen.

Neugierig hatte sie die Hand danach ausgestreckt und mit einem Mal die Frau auf den Fotos vor sich gesehen. Wie sie mit gelockten kurzen Haaren im Stil der Zwanzigerjahre, eine Fuchsstola um die Schultern gelegt, vor einem matt erleuchteten Spiegel allein in ihrer Garderobe saß, nachdem der donnernde Applaus verebbt war. Sie machte einen irgendwie melancholischen Eindruck, trotz der roten Rosen auf dem kleinen Tisch. Plötzlich aber leuchtete ihr Gesicht auf, als hätte jemand an die Tür geklopft. Nicht irgendjemand, sondern er, der Geliebte. Sie hatte die Handschuhe übergestreift und war nach draußen gegangen, in die kalte Abendluft einer Stadt irgendwo in Europa, die Dafne nicht kannte. Bereit für eine Nacht voller Jazzmusik und Tanz, die ein tragisches Ende finden sollte. Dafne hatte sich vorgestellt, wie ein Polizist im karamellfarbenen Trenchcoat und mit einer vom Alkohol rauen Stimme auf das blutverschmierte Engelsgesicht mit den erloschenen Augen blickte. Sie war die Liebe seines Lebens gewesen, ohne dass sie es jemals erfahren hatte.

Mit einem Mal fiel Dafne wieder ein, wie oft sie den Erinnerungen nachgespürt hatte, die sich in der Werkstatt des Großvaters verbargen. Sie liebte es, die Gegenstände in die Hand zu nehmen, an ihnen zu riechen und die Schicksale dahinter zu entdecken.

Schätze für die Ewigkeit, Requisiten aus fernen Zeiten, Überbleibsel aus fremden Leben.

Sie hatte die Leidenschaft des Großvaters für solche Dinge geteilt, und der alte Levante hatte sie bereits als ideale Nachfolgerin für sein Geschäft gesehen. Clelia hingegen hatte sich sehr über die Fragen ihrer Enkelin aufgeregt. Was sollte dieses Interesse an der Vergangenheit, an den Geschichten anderer Menschen? Warum beschäftigte sich ein Mädchen von neun Jahren mit so etwas?

»Um meine Geschichte zu finden«, hatte Dafne ihr damals altklug erklärt.

Dieser Satz hatte das Blut in Clelias Adern gefrieren lassen. Lange überlegte sie, der Enkelin den Besuch der großväterlichen Werkstatt einfach zu verbieten. Doch obwohl Dafne weiterhin dort herumkramte, fand sie nie eine Antwort auf ihre Fragen. Bis heute nicht.

»Okay, das genügt.« Dafne zog die Hand weg und gab der Romni zwanzig Euro, den einzigen Schein, den sie bei sich hatte. Zu ihrem Erstaunen lehnte die Frau ab.

»Geschenkt ist geschenkt«, sagte sie, hob abwehrend die Hände.

»Wie du meinst. Einen schönen Abend noch«, erwiderte Dafne, nahm Koffer und Tüte, ging zum Aufzug und fuhr zu ihrer Wohnung hinauf.

Dort zog sie sich um, aß etwas und setzte sich anschließend im Wohnzimmer auf den Boden, den Rücken gegen das Sofa gelehnt, ein Glas Wein neben und die ganze Nacht vor sich.

Da die Luft des römischen Oktoberabends noch recht lau war, stand das Fenster offen, um den vielleicht letzten sanften Herbstgruß hereinzulassen. Bald würde der Winter Einzug halten mit schneidend kaltem Wind und ätzendem Rauch aus den Schornsteinen, der die Luft verpestete.

Von draußen drangen die Stimmen der Studenten an ihr Ohr, die laut auf der Piazza unten plauderten. Grinsend dachte sie daran, dass der eine oder andere Nachbar sich wahrscheinlich wieder beschweren würde. Sie selbst hatte nichts gegen diesen unbeschwerten Ausdruck von Lebenslust – noch vor wenigen Jahren wäre sie selbst eine von ihnen gewesen. Dafne hatte das Studentenleben geliebt, dieses Gefühl, tun und lassen zu können, was man wollte. Diese scheinbar grenzenlose Freiheit. Ohne Verpflichtungen zu haben, ohne Kompromisse eingehen zu müssen. Die ganze Welt schien ihr offenzustehen.

Es waren verrückte Jahre gewesen.

Sie hatte schließlich ihr Journalismus-Studium abgebrochen und sich der Innenarchitektur zugewandt, ihrer wahren Leidenschaft. Es war eine gute Entscheidung gewesen, denn mit einem Mal war es ihr vorgekommen, als würde sie nach einer langen Zeit der Orientierungslosigkeit endlich wieder durchblicken. Sie bekam einen Job in einem angesehenen Architekturbüro, trug eng anliegende Prada-Kleider und hatte plötzlich eine Affäre mit einem verheirateten Mann, der sie mit auf Kongresse nahm, um seiner Ehe zu entfliehen.

Jene Dafne, die Emily Dickinson gelesen und literweise Orangenblüten- und Vanilletee getrunken hatte, war Vergangenheit. Die Flügel hatte sie abgestreift, die Narben, die das Leben hinterließ, verdeckte sie.

Das Klirren von Glas riss sie aus ihren Gedanken. Bestimmt hatte einer der Studenten eine Bierflasche fallen lassen. Versonnen fuhr sie mit dem Zeigefinger über die sinnliche Form der Chianti-Flasche. Wein, kein Bier mehr. Sie war eindeutig erwachsen geworden – was allerdings zugleich bedeutete, dass die Zeit unerbittlich und stetig dahinfloss, Tag für Tag, Monat für Monat, Jahr für Jahr.

Auch dieses Jahr neigte sich schon wieder dem Ende zu. Die majestätischen Platanen, die die Piazza umrahmten, kündigten mit ihrem Rauschen die stille Jahreszeit an, und erst im Frühjahr würde alles wieder zu neuem Leben erwachen. Und welche Zukunft gab es für sie? Durfte sie ebenfalls auf einen tröstlichen Neubeginn hoffen?

Seufzend drehte sie sich zur Seite, ihre Hand tastete nach dem Smartphone, um erneut die letzte Nachricht abzuhören, die Ettore ihr hinterlassen hatte.

Meine Liebste, ich kann nicht. Ich kann Giada nicht verlassen. Nicht jetzt, wo wir ein Kind erwarten und alles gut aussieht nach der Tragödie vor zwei Jahren. Du weißt, wie sehr sie damals gelitten hat. Es wäre ungerecht, sie so zu verletzen, gerade jetzt, wo sie so glücklich ist. Verzeih mir, verzeih mir, meine Liebste.

Noch ein letzter Schluck, und die Flasche war leer. Ihr Mund verzog sich zu einem gequälten Lächeln. In diesen vier Wänden hatten sich Szenen eines erbittert geführten Krieges abgespielt, der nicht selten die Spielregeln eines fairen Miteinanders verletzt hatte, das wusste sie nur zu gut.

Sie zog die Knie an die Brust, bedeckte sie mit dem nachtblauen Seidenmorgenmantel, den ihr Ettore einige Tage nach ihrem letzten Ultimatum geschenkt hatte. Bis zu diesem Moment hatte sie immer wieder nachgegeben und geduldig seine Entschuldigungen akzeptiert.

Aber was zu viel war, war zu viel.

Mit seiner letzten Nachricht war ihre Grenze erreicht. In ihrem Stolz verletzt, hatte sie ihre ganze Verachtung und, ja, auch ihre Empörung, ihre Wut herausgeschrien, hatte sich weder zurückhalten können noch wollen.

Er würde seine Frau nie verlassen, ein Kind war etwas Endgültiges – etwas, das immer zwischen ihr und ihrem Glück stehen würde. Geburtstage, Weihnachten und andere Feiertage, sonntägliche Mittagessen bei den Großeltern, die Sommerferien am Meer, da blieb kein Platz für eine heimliche Geliebte. Viele Wochen würden sie sich nicht sehen, vielleicht nicht mal miteinander telefonieren können. Und die Wochenenden gehörten sowieso der Familie.

Wahrscheinlich würde sie warten müssen, bis der kleine Prinz oder die kleine Prinzessin größer und aus den Kinderschuhen rausgewachsen war – erst dann würden

Ettore und sie mit etwas Glück ihre Liebe leben können. Dafne spürte, dass zumindest sie nach so langer Zeit keine Kraft mehr für einen neuen Start haben würde. Schließlich hatte sie es schon jetzt satt, ständig auf ihn zu warten und sich in Dauerbereitschaft zu halten. Sie brauchte ihn hier und jetzt, doch dazu war er nicht bereit.

Sie kippte den letzten Schluck Chianti hinunter und stellte das leere Glas auf das helle Parkett neben ihr Kündigungsschreiben. Für sie kam es nicht infrage, unter diesen Umständen weiterhin dort zu arbeiten. Ohnehin war Dafne lediglich wegen Ettore geblieben, denn ihre Vorstellungen kollidierten immer öfter mit der modernen Ausrichtung des Architekturbüros. Während sie bei Konzepten eher den Landhausstil und den Charme vergangener Epochen bevorzugte, hielten sich ihre Kollegen lieber an abgefahrene Designs.

»Dort ist sowieso kein Platz mehr für mich«, murmelte sie und beschloss, ins Bett zu gehen.

Der Radiowecker riss sie gegen halb fünf aus einem kurzen Schlaf. Überrascht stellte Dafne fest, dass sie keine der am Vortag gefällten Entscheidungen bereue. Stolz ging sie ins Bad, um in die gusseiserne Wanne aus den Dreißigerjahren zu steigen. Und zwar mit Schuhen. Ihre hochhackigen, glänzend schwarzen Pumps – Ettores Lieblingsschuhe – mussten dran glauben, wurden als Symbol für ihren Neuanfang geopfert.

Nachdenklich musterte Dafne die Schuhspitzen, die

aus dem Schaum hervorblitzten, und erinnerte sich daran, wie lange sie gemeinsam unterwegs gewesen waren, um einem Mann hinterherzulaufen, der nie wirklich ihr gehört hatte. Sie waren über rote Teppiche und Marmorböden von Grandhotels stolziert, aber am Ende des Tages, zu Hause, hatte sie sie immer als Erstes erleichtert abgestreift. Diese Schuhe, elegant und schmerzhaft zugleich, waren ein letzter Zwang, dessen sie sich entledigte.

»Endlich frei«, seufzte sie und starrte an die Decke.

Nach ihrem Bad räumte sie den Kühlschrank leer, stellte der Nachbarin ein paar Blumentöpfe vor die Tür und packte ihre Sachen. Alles andere würde sie später erledigen, wenn sie sicher war, dass sie bei ihrer Entscheidung, Rom zu verlassen, blieb.

Dann belud sie den alten roten Alfa Romeo ihres Großvaters, einen Giulietta Spider, und legte sich noch ein paar Stunden schlafen, bevor sie gegen Mitternacht in Jeans, T-Shirt und Turnschuhen Richtung Norden losbrauste. Sie brauchte eine neue Perspektive, ihr Leben sollte endlich einen neuen Rhythmus bekommen. Ihren eigenen.

3

Vier Steinstufen, flankiert von Geranien und Hortensien, dahinter der Rosenbogen. Zu Hause. Innerlich aufgewühlt presste sie eine Hand aufs Herz und musste lächeln, als sie Babettes fröhliches Meckern hörte, die wie immer auf der Suche nach frischem Grün im Garten umherstreunte. Selbst die Ziege schien sich über ihre Heimkehr zu freuen.

Das Haus, in dem sie aufgewachsen war, lag still im Morgennebel. Tausende von Wassertröpfchen, Reste des nächtlichen Taus, hingen an den Rebstöcken ringsum. Die Landschaft schlief an diesem Sonntagmorgen noch, genau wie die Menschen, die diese Felder bestellten. In den Ställen drängte sich das Vieh aneinander und erwartete ungeduldig einen neuen Tag draußen auf den Weiden. Selbst die Kirchenglocken schwiegen, als wollten sie die morgendliche Stille nicht stören.

Dafne gab sich einen Ruck und ging auf das Haus zu, dessen Fenster jeden Gast freundlich einzuladen schienen, und läutete. Mit einem Mal fühlte sie sich sehr beklommen. Ihre Füße schienen auf der Türschwelle festzukleben.

Von drinnen waren Schritte zu hören, und nach kurzer Zeit tauchte das verschlafene Gesicht ihrer weißhaarigen Großmutter auf. Clelia war außer Atem und sah aus, als hätte man sie mitten aus einem Traum gerissen. Sie setzte die Brille auf und stieß einen Überraschungsschrei aus.

»Mein Schatz, was machst du denn hier? Um diese Uhrzeit?«, fragte sie schließlich und deutete auf die Uhr an Dafnes Handgelenk, die deren Großvater gehört hatte.

Doch warum sie ohne jede Vorwarnung hier auftauchte, war eigentlich nebensächlich. Sie konnte die Freude über ihr Kommen in den grünblauen Augen ihrer Großmutter sehen, die jetzt wie zwei Edelsteine funkelten.

Mit einem tiefen Seufzer der Erleichterung sank Dafne in ihre ausgebreiteten Arme.

»Ich konnte nicht mehr bleiben«, flüsterte sie, das Gesicht gegen den Flanellmorgenmantel gepresst.

Clelia schluckte sämtliche Vorwürfe hinunter und küsste ihrer Enkelin bloß stumm die Tränen von den Wangen. Sie wartete, bis Dafne etwas sagen konnte.

»Ich komme nach Torralta zurück, für immer«, eröffnete Dafne ihr, als sie sich etwas beruhigt hatte. »Vorausgesetzt natürlich, du willst mich hier haben.«